Littérature d'Amérique

La Neuvième Personne du singulier

Joel Hynes

La Neuvième Personne du singulier

roman

Traduit de l'anglais par
Sylvie Nicolas

QUÉBEC AMÉRIQUE

Catalogage avant publication de Bibliothèque et Archives Canada

Hynes, Joel
[Down to the Dirt. Français]
La Neuvième Personne du singulier
(Littérature d'Amérique)
Traduction de : Down to the Dirt.

ISBN-13 : 978-2-7644-0509-3
ISBN-10 : 2-7644-0509-X

I. Nicolas, Sylvie. II. Titre. III. Titre : Down to the Dirt. Français. IV. Collection : Collection Littérature d'Amérique.
PS8615.Y54D6914 2006 C813'.6 C2006-941062-3
PS9615.Y54D6914 2006

Conseil des Arts du Canada Canada Council for the Arts
SODEC Québec

Nous reconnaissons l'aide financière du gouvernement du Canada par l'entremise du Programme d'aide au développement de l'industrie de l'édition (PADIÉ) pour nos activités d'édition.

Gouvernement du Québec – Programme de crédit d'impôt pour l'édition de livres – Gestion SODEC.

Les Éditions Québec Amérique bénéficient du programme de subvention globale du Conseil des Arts du Canada. Elles tiennent également à remercier la SODEC pour son appui financier.

Cette traduction a été rendue possible grâce à une subvention du Conseil des Arts du Canada.

Québec Amérique
329, rue de la Commune Ouest, 3e étage
Montréal (Québec) Canada H2Y 2E1
Téléphone : 514 499-3000, télécopieur : 514 499-3010

Dépôt légal : 3e trimestre 2006
Bibliothèque nationale du Québec
Bibliothèque nationale du Canada

Mise en pages : André Vallée – Atelier typo Jane
Révision linguistique : Diane Martin

www.quebec-amerique.com
Imprimé au Canada

Pour Sherry et Percy

1

Le doigt du milieu manque à l'appel

Ainsi s'est amenée Mademoiselle Glenda Devereux, à la fin de juillet de cette année-là, pour prendre une job à la petite cantine de l'usine. Juste à temps pour ramasser son chômage pour l'hiver. Elle m'a attrapé en train d'essayer de piquer un paquet de Rothman's sur l'étagère pendant qu'elle finissait de nettoyer la salle à manger.

— T'as besoin de fumer à ce point-là? À grosseur que t'as.

Elle m'en a donné une couple. On a joué une partie de huit. Elle m'a dit qu'elle venait de laisser son mari l'année d'avant et que Billy, le frère de son ex, qui travaille sur un lift à l'usine, lui avait fait avoir la job, ici, à Cove.

Elle venait juste d'avoir vingt-six ans. Elle avait deux garçons, un de huit ans puis un tout petit, et c'était leur troisième déménagement dans l'année. Mais cette fois, ça allait être la bonne. Même si, en ce qui a trait à Cove, je pouvais pas voir en quoi ça allait être la bonne. Avec un magasin et un club, se pogner le cul était à peu près tout ce qu'on pouvait y faire. Les heures d'ouverture du magasin dépendaient de l'humeur du vieux qui le tenait et qui vendait même pas de crème glacée. Le club était ouvert les vendredis et samedis soir, puis fermé complètement de janvier à mars. Ça allait être la bonne.

Ils ont emménagé dans la maison de Mary-Angus, une immense baraque à deux étages, bâtie au tournant du siècle, juste un peu plus haut sur la route, pas loin de chez nous. Le recouvrement faisait pitié, les fondations lézardées s'écroulaient. La maison était entourée de tous bords par des érables gigantesques et des épinettes noires menaçants ; un endroit inquiétant à longer en pleine noirceur. Pourtant, Glenda était ravie. En masse de place pour les petits.

À peu près trois mois avant l'arrivée de Glenda, la propriétaire, Madame Mary-Angus, avait été amenée d'urgence en ambulance à St. John. On l'avait déclarée un danger pour elle-même après qu'elle se fut tranché tous les doigts de la main gauche alors qu'elle nettoyait sa tondeuse électrique devant la maison. Elle avait tenté de dégager une touffe de gazon coincée dans la tondeuse en marche. Elle avait sorti le gazon, mais la tondeuse n'allait pas céder sans prendre quelque chose en retour. La main enveloppée dans un linge à vaisselle, elle s'était calmement rendue chez les voisins de l'autre côté de la route.

— Il vient de m'arriver un petit accident.

Une fois déplié, le linge à vaisselle avait donné à voir des moignons giclant le sang qui, quelques minutes auparavant, commandaient encore quatre doigts légèrement arthritiques. On avait appelé l'ambulance et Mary-Angus avait été amenée d'urgence à St. John.

Le gendre du voisin avait traversé la route avec un Baggie pour ramasser les doigts au cas où ils auraient pu les lui remettre à St. John. Il prétendait avoir trouvé l'index et l'annulaire, la vieille alliance ternie toujours en place, remuant et tressautant sur les marches de la galerie. Il avait trouvé le petit doigt, collé à la lame de la tondeuse et, longtemps après la tombée de la nuit, il avait cherché l'autre, le doigt du milieu, mais ne l'avait jamais trouvé. Par la suite, moi et mon chum Andy, on a passé un bon nombre de nos soirées à quatre pattes à ratisser le gazon de son terrain, à sauter comme des excités sur tous les éclats de bois, à sacrer après les os de poulets. On n'a pas pu le trouver non plus. Pas plus de deux semaines après son petit accident, Madame Mary-Angus est morte dans son sommeil à l'hôpital de St. John.

Après notre jasette à la cantine et jusqu'à la fin de cet été-là, j'ai pas vraiment revu Glenda. J'étais occupé à baver tout le monde, à nager et à fumer, à faire du bicycle et à garrocher des roches aux filles. Mais à l'automne, j'ai commencé à aller faire mon tour chez elle le soir après l'école. Elle était en masse correcte. Ses jeunes étaient toujours chez leur père du jeudi au dimanche. Moi et Andy, on allait là pour fumer en paix, écœurés qu'on était d'avoir à se cacher dans le bois. Elle ne nous traitait pas comme des enfants non plus, mais plus ou moins comme des amis. Peut-être qu'elle aimait ça avoir de la visite. Elle nous achetait de la bière le vendredi soir et nous offrait de tirer un joint de temps en temps. Une fois, j'ai essayé de lui raconter l'histoire de Mary-Angus, mais elle m'a empêché de continuer ; elle avait peur que ça la fasse *freaker* pendant la nuit.

Dans ce temps-là, ça nous prenait pas plus de deux ou trois bières, à Andy et à moi, avant qu'on se fasse aller la gueule comme deux petits culs de merde ; c'est là que Glenda nous rappelait qu'il fallait qu'elle finisse de s'arranger pour son vendredi soir, et qu'on serait mieux de faire la même chose, nous autres avec. Une de ces fois-là, alors qu'elle nous avait plus que gracieusement montré la porte, elle se tenait debout à l'évier, dos à nous autres, pendant qu'on mettait notre coat. Elle portait une camisole sport, le genre de camisole qui laisse voir l'élastique du dos du soutien-gorge. Je me suis étiré, j'ai attrapé l'élastique, j'ai tiré puis je l'ai laissé claquer contre sa peau nue. Elle a lâché un *wak*.

— Enlève-moi ça, fille.

Andy a henni en sortant par la porte d'en avant.

Quand elle s'est retournée, elle avait pas l'air de trouver ça drôle. Je me suis dit que j'allais y goûter. Elle m'a attrapé par le poignet et m'a entraîné dans la pièce du fond. Pas de doute, elle allait me frapper en pleine face, mais non. Elle l'a pas fait. Elle m'a tiré jusqu'au divan et elle s'est débarrassée de sa camisole, ses deux petits seins coincés sous les cercles de métal de son soutien-gorge.

— C'est ça que tu veux, mon Keith?

Disons que c'était au-delà de ce que j'avais espéré. Ce que *je* voulais était autre chose.

Ses mamelons étaient foncés, comme de la rouille, et ils étaient gonflés pour une raison ou pour une autre. Avant qu'elle ait eu le temps de les replacer, je me suis penché et me suis mis à en sucer un. C'était dur et salé. J'ai réalisé que je bandais. Elle m'a repoussé, un sourire narquois sur les lèvres.

— Envoye, fais de l'air, là. Garde ça pour ta petite amie.

J'ai jamais dit à Andy ce qui venait d'arriver. Je suis sorti de la maison, mon coat devant moi pour cacher l'enflure dans mes jeans, puis je l'ai tapoché. Il m'a tapoché à son tour, on s'est frappés, on a kickboxé tout le long du chemin, tout le long de la fin de semaine.

Ce soir-là, à l'arcade où on se tenait, je me suis mis à examiner les différentes poitrines qui m'entouraient. J'essayais d'évaluer la forme, la grosseur et la couleur des mamelons. J'écoutais les gars raconter comment une telle se laissait faire, comment telle autre allait jusqu'au bout. Je pouvais même pas me faire à l'idée que l'une de ces filles, filles de mon âge, pouvait possiblement avoir, cachés dans son soutien-gorge, des petits trésors aussi adorables que ceux que Glenda m'avait montrés. Bien avant qu'il soit l'heure de rentrer, j'ai pensé retourner à Cove pour voir si Glenda était chez elle. Glenda. Deux fois mon âge. Elle était probablement en train de me faire marcher, de rire de moi. Mais j'arrivais pas à me la sortir de la tête. Cette nuit-là, quand je suis rentré à la maison, une fois dans ma chambre, je me suis branlé. Des mamelons, c'est tout ce que je voyais.

~

Normalement, je passais mes samedis après-midi, chez Glenda, à fumer des pétards, à faire des farces. J'étais rendu habitué à prendre la direction de chez elle. À mi-chemin, je me suis arrêté. Pouvais plus entrer là. J'avais passé toute la matinée à penser à ce qui s'était passé la veille, je suppose que j'avais peur qu'elle fasse comme si de rien n'était. Je pouvais pas prendre de chance.

Le mercredi suivant, je l'ai croisée ; elle sortait du magasin. Elle avait ses deux petits avec elle. Elle a souri et m'a demandé où j'étais allé me cacher.

— Je t'ai pas fait peur, toujours, mon Keith ?

Ça y était. Le signal que j'attendais. Je lui ai dit que j'avais une recherche à finir pour l'école mais que j'avais l'intention d'aller faire un tour en fin de semaine. Elle m'a dit de venir faire mon tour le lendemain soir. Les garçons allaient être chez leur père. Pas de problème.

Quand Andy a téléphoné après l'école, jeudi soir, je lui ai dit qu'il fallait que j'aille chez le dentiste à Shore. Il irait pas chez Glenda sans moi. Et j'aurais pas pu lui dire la vérité. Je voulais pas avoir à lui expliquer ça, à le convaincre. En plus, je me suis dit que j'étais mieux de me la fermer. Je savais pas si quelque chose allait se passer ou non et, si ça arrivait, c'était pas exactement la sorte d'affaire dont je voulais me vanter. Après tout, elle avait deux fois mon âge.

Je me suis arrosé d'un peu d'eau de Cologne, celle de mon père, me suis brossé les dents, me suis peigné, et j'ai pris le temps de me regarder dans le miroir. Je me suis trouvé pas pire. Mon teint était assez clair, puis j'aimais mes cheveux. Plusieurs des gars de ma classe avaient du duvet dans la face, pas moi. J'avais pas encore eu besoin de me raser et ça faisait un peu moins d'un an que le poil avait commencé à me pousser autour du moineau. Je m'étais couché la veille, comme toujours puis, le lendemain, je m'étais réveillé poilu. Mes jambes avec.

C'est à peu près dans ce temps-là que j'ai eu mon premier orgasme, puis c'était pas un accident. J'avais passé toute la journée à l'école à me forcer à rester assis à ma place pour que personne voie la bosse que j'avais dans mes culottes. C'était des culottes de jogging à part ça, fait que peu importe comment je les ajustais, même si j'essayais de me la coincer en dessous de l'élastique de mon sous-vêtement, ça ressortait. Quand je suis retourné chez nous, ce soir-là, j'en pouvais plus. Je me suis embarré dans la salle de bain, j'ai fait couler l'eau et je me suis mis à fouiller la section des sous-vêtements du nouveau catalogue Sears. Ç'a pas été long que je me suis retrouvé dans les vapes à flotter entre les images vaseuses de soutiens-gorge et de bas de nylon. Je savais pas exactement ce que j'étais supposé faire, je savais juste que plus je tirais, plus je serrais fort, mieux je me sentais. Mieux je me sentais, plus je tirais et plus je serrais. Tout est devenu noir, les muscles de mes jambes ont jamé. Et puis la pleine décharge, le soulagement. Des étoiles tout le tour de la tête, je me suis effondré au plancher, ravi et anxieux soudain. J'ai arraché la page tachée du catalogue, suis descendu et l'ai jetée dans le poêle. Adieu, mon amour.

Ça m'a pris une éternité pour me rendre chez Glenda ce soir-là. Elle restait à cinq minutes de chez nous mais, une fois rendu, j'avais l'impression d'avoir marché pendant des milles.

Malgré le vent vicieux d'octobre, je transpirais de partout. Mais je suis rentré comme d'habitude, j'ai fait comme chez nous, me suis installé à table. Me suis allumé une cigarette. Elle m'a offert un rhum, à la condition que je le noye pas avec autre chose.

— Y a juste les petits gars qui noyent leur drink. Toi, mon Keith, t'es plus un petit gars ?

J'ai pris le verre et je l'ai calé. Elle a ricané, doucement, et elle a fermé les rideaux. On a bu un autre verre, en prenant notre temps cette fois, et puis elle a emporté la bouteille dans la cuisinette.

— On va s'en garder pour plus tard. Sinon tu seras plus capable.

Plus capable ? Qu'est-ce que ça voulait dire, ça ? Plus capable de quoi ? Elle a éteint la lumière du balcon. On avait reculé l'heure et il commençait déjà à faire noir. En repassant devant moi, elle m'a souri puis, en montant, elle a fait craquer les marches de l'escalier.

Qu'est-ce que je fais ? Qu'est-ce qui se passe ici ? Est-elle juste allée à la salle de bain ? Est-elle montée pour s'étendre ? Est-ce qu'elle veut que je la suive ? Je me sens niaiseux juste à penser qu'elle serait prête à...

— Keith ? Vas-tu rester en bas tout seul ? Monte, j'ai le goût.

Je grimpe les marches trois par trois. J'étais jamais monté chez Glenda avant. Ça sent l'humidité et le vieux comparé au bas fraîchement rénové et plutôt moderne. Il y a une statue de la Vierge juste en haut de l'escalier. Un chapelet qui pend à une poignée de porte. Un bénitier de plastique délavé accroché au mur à côté d'une porte de chambre. C'est comme une sorte d'avertissement d'outre-tombe, signé Mary-Angus, intelligent et intelligible à travers le beige morne de la place qui trahit la vision lugubre et aveuglément catholique qu'elle avait de la mode.

— Je suis ici, Keith. Dernière porte au fond.

Je plonge mes doigts dans ce qui aurait dû contenir de l'eau bénite, espérant peut-être que ce que je m'apprête à faire s'annule, mais c'est plein de mégots. Glenda s'en sert comme cendrier.

J'avance au son de sa voix. La porte est fermée. Un miroir plein pied est accroché là. Je me regarde en train d'avancer : ma queue prête à tout à l'intérieur de mes jeans, mes bottes de cow-boy neuves, celles que j'ai supplié qu'on m'achète pour commencer l'école cette année, la cicatrice que je me suis faite au front quand j'avais cinq ans.

Je pousse la porte et je jette un coup d'œil autour. Un lit queen, une vieille commode en acajou où sont éparpillés des douzaines de parfums de pharmacie, un séchoir à cheveux, des lotions pour le corps, des magazines, des cendriers, un réveille-matin. Accroché au mur, un miroir géant qui donne l'impression que la chambre est deux fois plus grande et, là, dans le miroir, j'aperçois Glenda qui se faufile derrière moi, un sourire d'excitation étampé dans la face. Je ne me retourne pas, mais je soutiens son regard dans le miroir. Elle glisse ses mains autour de moi et commence à me frotter les parties par-dessus mes jeans. Je me retourne pour lui faire face. Elle est flambant nue, ondulant, la chair de poule sur tout le corps, ses mamelons exactement comme je me les rappelais. Je la touche entre les jambes, mais elle attrape ma main et la ramène entre ses deux petits seins.

— As-tu barré, Keith ?

— Quoi ? Non, je...

— Retourne en bas, barre toutes les portes. Et tiens-toi loin des fenêtres.

Je redescends, six marches à la fois. Un des garçons de Glenda a laissé traîner une sorte de robot en bas de l'escalier. Quelque chose dans la forme du torse me rappelle le vieil Atari que j'ai eu quand j'avais huit ou neuf ans. Je me souviens quand mon père l'a apporté à la maison, ça sentait le plastique flambant neuf. Le jeu de Pac-Man était inclus. J'avais rêvé toute la nuit aux petits fantômes mauves et j'avais hâte au lendemain matin parce qu'Andy avait une deuxième cassette de Space Invaders qu'il avait promis de me donner.

Je barre la porte d'en avant puis je rampe jusqu'à la porte d'en arrière. Je jette un œil dehors en direction de la route, puis je vois passer Andy et Bobby O'Neill qui traînent leur bâton de hockey. Je pensais qu'on était supposés haïr Bobby, lui et moi. Comme ça, juste comme ça, je m'en vais à Shore chez le dentiste et Andy fait chummy-chummy avec Bobby-l'écœurant-O'Neill ? Je me dis qu'il faut pas que j'oublie de lui remettre ça sur le nez, à l'école, demain.

Je me presse pas pour retourner à la chambre de Glenda. Maintenant que je sais ce qui m'attend, je me sens plus calme. C'est peut-être même une bonne façon de l'exciter. Une fois en haut, j'arrête même à la salle de bain pour me laver les mains. Un clin d'œil à la Sainte Vierge et je remonte le couloir.

Glenda est sur le lit, son parfum emplit la chambre. Je viens pour enlever mon t-shirt, mais elle me dit de pas le faire. Elle s'assoit et commence à dézipper mes jeans ; elle me la prend entre ses mains et tire dessus. C'est comme si j'allais exploser juste là. Mais elle s'arrête et retire ses mains et je commence à penser que, peut-être, elle est en train de changer d'idée ou, pire, qu'elle est vraiment juste en train de jouer l'agace-pissette. Mais, là, elle m'attire sur elle et m'installe entre ses jambes, ce qui fait que je me retrouve douloureusement coincé contre son pelvis. Elle me prend par la nuque, dirige ma tête vers ses seins et je passe, en sauvage, de l'un à l'autre comme un affamé.

Son corps est superbe. Plus maigre que je ne l'avais imaginé, mais plus doux aussi. De la peau. De la femelle. Elle pousse avec ses hanches et je me mets à penser que je suis en train de l'écraser ou quelque chose du genre. Peut-être qu'elle veut que je débarque. Alors, je commence à m'enlever de là, mais elle me force à me coller sur elle et pousse plus fort encore. Là, j'essaie de l'embrasser, mais elle se détourne. Alors, je glisse ma tête entre ses jambes, pas vraiment sûr de ce que je suis supposé faire là, mais elle m'enlève de là aussi.

— C'est quoi la passe, fille?

Elle prend ma queue dans ses mains, l'installe vis-à-vis de son con, et se met à tortiller ses hanches et à pousser dessus. Je me sens attiré par cette ouverture chaude que je viens de trouver. Elle place ses deux mains dans mon dos et essaie de m'aspirer en elle, mais je peux pas aller plus loin. C'est trop sec. J'ai pas de jeu. Ça fait mal. Est-ce que la première fois on est supposé y laisser sa peau? Elle lâche un sacre et du même souffle se crache dans la paume de la main. Une énormité de gros crachat. Elle me frotte tout le bout de la queue avec et m'attire contre elle à nouveau. Cette fois, je glisse d'une traite à l'intérieur d'elle et elle lâche un petit cri aigu. Ça a tellement rien à voir avec ce que je connais, c'est tellement pas naturel que je suis certain que j'ai fait quelque chose de pas correct, que je fais quelque chose de pas correct. Elle ramène ses mains dans le bas de mon dos, se trouve à me tirer contre elle, à me coller sur elle. Elle fait une drôle de face et sa mâchoire est juste assez relâchée pour me permettre de voir les taches de nicotine sur ses dents. Je sens les os de son bassin grincer en dessous et je veux soudain sortir de là, sortir de la chambre, sortir de la maison. Je suis pas loin de vouloir me voir en train de jouer aux petits camions dans la cour, à construire des routes de gravelle, à faire attention pour pas me salir.

«Je t'échange mon Général Lee contre ton auto de Boss Hogg et deux chars de police.»

Si jamais elle l'a déjà été, Glenda n'est plus mon amie. Je ne la reconnais plus. On dirait que j'attends le point final, l'étincelle de malice dans ses yeux qui va finir par me dire qu'on est vraiment juste en train de faire des farces.

Elle continue à pousser et à tirer, à japper et à grogner, les deux mains accrochées à mon dos, à me tirer en elle, à pousser à son tour. Assez rapidement, malgré ma distraction et mon air lugubre, je me sens prêt à venir. Mais juste avant de tirer mon coup, quelque part entre une poussée et un mouvement giratoire, je glisse hors d'elle.

— Fuck ! Fuck ! Jésus-Christ. Reviens-là, gars !

Elle me l'attrape et se la remet dedans. Cette fois, je commence à pousser à mon tour. Elle grogne et gémit comme une sorte d'animal de zoo et j'en viens à penser encore que je suis en train de lui faire mal parce qu'elle devient de plus en plus bruyante et je commence à sentir que je vais venir et là elle commence à chuchoter toutes sortes de choses et au travers de tout ça, je l'entends dire *Billy*. Pas *Keith*, Billy. Le cave du lift à marde.

Je saute en bas du lit et remets mes jeans. Je suis déjà à moitié rendu dans les escaliers qu'elle se met à crier après moi.

— Keith ? Où est-ce que tu t'en vas ? Je suis désolée, mon cœur. Tu le diras pas à personne hein ?

Avant de sortir, je ramasse la bouteille de rhum, je sais déjà où je vais la cacher jusqu'à la fin de semaine prochaine.

Cove est pas tout à fait assez gros pour se cacher de qui que ce soit, mais j'ai fait de mon mieux. Si j'avais besoin d'aller au magasin, je passais devant chez Glenda par l'autre bord de la route, plus loin, en gardant la tête baissée. Je savais pas trop ce que je devais penser de ce qui s'était passé, de ce qu'on avait fait. Je pensais pas que je pouvais juste rentrer, m'asseoir avec elle pour fumer et jaser comme si de rien n'était, mais en même temps je voulais pas en parler non plus. Et puis, le temps a passé. Trop de temps. L'hiver nous est tombé dessus puis j'ai commencé à me tenir avec un jeune qui venait de Shore. J'ai jamais dit un mot à qui que ce soit à propos de

Glenda, mais j'arrêtais pas de penser à elle, au point que, une fois, j'avais mis mes bottes pour sortir avec l'idée de débarquer chez elle puis de le refaire. Je pense que je m'ennuyais d'elle. Mais je me suis pas risqué.

Bien entendu, c'est devenu l'ultime fantasme. Aucun mamelon ordinaire ne pouvait plus rien pour moi. Je me branlais un jour sur deux. La seule chose, c'est qu'aussitôt que c'était fini, ça m'écœurait. Je pouvais même plus me relaxer après. J'avais juste le goût de courir, de me cacher, loin. Cet hiver-là, je me suis pogné quelques fois avec Andy, on en est venus aux poings pour des niaiseries. Mon père m'a pris en train de piquer un vingt dans sa chambre. On m'a suspendu à l'école parce que j'avais écrit des cochonneries à propos des profs sur les murs de la salle de toilettes. Suspendu au hockey pour les trois dernières games de la saison.

Je suis pas en train d'essayer de dire que tout ça avait quelque chose à voir avec Glenda, qu'à cause d'elle j'ai eu des troubles de comportement. Rien ne serait moins vrai. J'ai dépassé les limites quand je me suis retrouvé avec elle. C'est sûr. Mais j'en ai dépassé un paquet d'autres cette année-là.

Un soir de la fin d'avril, Glenda a mis le nez dehors pendant que je passais vis-à-vis de la porte d'en arrière. Elle m'a dit de venir, qu'elle avait quelque chose à me donner. Je voulais dire non, inventer n'importe quoi, mais j'arrivais pas à penser à quoi que ce soit. C'était comme si je pouvais pas lui dire non, comme si j'en avais pas le droit. Le temps que je traverse jusque chez elle, ses yeux étaient sur moi. Je me suis senti petit.

— T'allais même pas me dire au revoir, Keith ?

Des boîtes partout sur le plancher du perron. Elle déménageait encore une fois. S'en allait à St. John où il y avait plus de possibilités pour une femme de son âge. Plus de chance de sortir. Cette fois, ça allait être la bonne. Elle avait déjà un appartement en vue et le cave du lift était sur le point d'arriver pour lui donner un lift justement. À partir de maintenant, les jeunes allaient rester avec leur père.

— Tu l'as jamais dit à personne, hein Keith ? On pourrait se retrouver avec un paquet de troubles.

J'imagine qu'elle avait raison. Ce serait la foire si ma mère avait vent de ça. Je finirais plus d'en entendre parler.

— J'ai jamais rien dit à personne, fille.

— Penses-tu que tu vas le faire ?

— Non.

— Bon. Merci, Keith.

Puis un étrange silence, comme si elle s'était attendue à ce que je parle de ça, que je dise quelque chose de rassurant, mais j'avais rien de plus à ajouter. Je lui ai dit que j'en parlerais pas et j'étais sincère. Elle a sorti une petite enveloppe blanche de la poche de son pantalon et me l'a tendue.

— Ça fait un bout que j'ai ça, Keith. Je trouvé ça au mois d'août dernier sous les marches du perron. J'ai pensé que tu voudrais l'avoir en souvenir.

Elle me regardait drôlement. Dans ses yeux, des larmes ont commencé à monter. Je suis resté là, frissonnant dans le silence, à tenter de trouver quelque chose de correct et de gentil à dire. Pas trouvé.

— Bon, j'imagine que c'est ça qui est ça, mon Keith ? En même temps, on peut jamais être sûr de rien. On sait jamais ce que la vie nous réserve.

Je lui ai dit au revoir, content de m'entendre le dire. Elle est rentrée en dedans sans ajouter un mot de plus.

Quand je me suis retrouvé sur la route, j'ai ouvert l'enveloppe et je l'ai vidée dans ma main. Trois morceaux d'os blanchis. Je les ai ajustés l'un à l'autre, la partie la plus épaisse nettement tranchée au bout. Pendant une seconde, je les ai soupesés avant de réaliser clairement ce que c'était.

Le doigt de Madame Mary-Angus, celui qui manquait à l'appel.

Mon cœur a sauté une coche.

J'avais hâte de montrer ça à Andy et à Bobby.

Ils allaient drôlement être jaloux.

2

La bibite à feu

C'est sûr, un jour ou l'autre, tous les jeunes gars de Cove s'y sont risqués. Tu allumes une allumette, tu fous le feu dans l'herbe, tu prends le temps d'évaluer jusqu'où tu peux laisser aller ça avant que la panique pogne et puis que tu sois obligé de l'éteindre. Ça a à voir avec la capacité de reculer à temps sans perdre la face. Je suppose que c'est ce que Keith était en train de faire ce soir-là, sauf qu'il se trouvait tout seul à l'autre bout complètement, du côté de Gut Pond, et qu'il a pas pu reculer à temps ou qu'il a pas voulu. Bien entendu, personne sait si sa version de l'histoire est vraie ou pas. *Ses* versions de l'histoire, je devrais dire. Il doit bien y en avoir une douzaine au moins, et je dirais que, jusqu'à un certain point, elles sont toutes vraies. Excepté pour la passe où il dit qu'il n'a jamais allumé l'allumette.

C'est vrai que, parfois, il agit en sauvage, mais il est coupable d'à peu près la moitié de la merde qu'on lui met sur le dos. Mettons que si c'était moi qui avais pratiquement rasé toute la rive nord de Cove, les gens s'empresseraient autour de moi, soucieux et inquiets des effets de la fumée et du traumatisme mental. Ils présumeraient automatiquement qu'il s'agit d'un accident et une des mères poules de la place viendrait me reconduire chez nous. Keith, par exemple, il a juste à cracher sur le bord de la route que déjà ça cache quelque chose de pas clean. Mais, faut lui donner ça, s'il a quelque chose derrière la tête, il se cache pas pour le faire, peu importe qui voit quoi, ou alors c'est juste qu'il est trop assommé pour s'entourer de discrétion. Ce soir-là en particulier, son sens de la discrétion s'est manifesté sous la forme d'un champignon atomique, c'est ce qu'a rapporté un des Murphy qui pouvait voir ça, passé Stone Island.

— Ahhh... c'était pas si pire. Ça a fini par s'éteindre tout seul.

Ça, c'est l'argument de Keith. Assez vrai aussi. Ça a fini par s'éteindre tout seul. Avant que le joyeux troupeau de pompiers et les gars de l'usine aient le temps d'arriver sur les lieux, ça avait fini par s'éteindre. Keith a été chanceux et la rive nord avec. Ça a fait pas mal de dégâts par exemple. Ce qui avait déjà été un beau grand tapis de résineux et d'aulnes bien en santé n'était plus soudainement qu'une cicatrice noire et fumante, un trou dans les bois qu'on pouvait encore voir, bien des années après, à des milles de distance.

Bien sûr, ce soir-là, Keith m'avait traîné avec lui jusque chez eux pour faire face à son vieux. Il pensait que ce serait plus facile si j'étais là, que la nouvelle aurait perdu de son effet et que les affaires se seraient calmées avant que je reparte. Je sais que mon père, lui, m'aurait vargé dessus. Mais, honnêtement, personne a jamais réellement su ce qui se passait chez les Kavanagh, une fois les portes fermées. Keith est pas bavard quand vient le temps de parler de ces affaires-là. Mais on se battra pas pour dire qu'on nage toujours en plein drame : Keith, victime d'une terrible injustice, un tragique malentendu selon *sa* version détaillée des faits. Je peux juste imaginer la foire, si ses vieux finissaient par apprendre au sujet de lui et de Glenda Devereux. C'est pas tout à fait aussi secret qu'il veut bien le laisser croire.

Moi et Bobby O'Neill, on était à Gormon Hill à lever nos trappes à lièvres et à repérer les bonnes trails pour la saison suivante. C'est Bobby qui l'a vu en premier.

— Mau-dite marde!

Il m'a donné un coup de coude, je me suis retourné au moment où c'était au plus fort. Une suie vert noirâtre, vert morve, enfumant et boucanant la nuit. Ça a monté en rouleau épais et lourd pendant à peine une minute, avant de se soulever d'un bloc; c'est resté là, une fraction de seconde, suspendu dans les airs, puis c'est retombé tout autour. Même à distance, à plus d'un mille, l'énormité de la chose, sa soudaineté, m'ont fait peur. Ça avait pas rapport. Comme la fois où un gros orignal s'était retrouvé à nager dans le havre. Il avait l'air perdu dans l'eau. C'est parce qu'il l'était. Ça avait pas rapport.

Une autre explosion de fumée verte a traversé le centre du nuage et j'ai eu l'impression qu'une vague de chaleur m'avait léché le visage. Le seul que j'avais vu avant, je l'avais vu à la télé. Un vrai champignon atomique, ici, à Cove. Doux Jésus.

On a pas perdu de temps, on a franchi le mille entre Gormon Hill et Gut Pond. À partir de la cime des arbres, à travers les marécages et les ruisseaux, titubant, culbutant, de l'autre côté du pit de gravier, par la plage, de l'autre bord de la rampe de mise à l'eau jusqu'au bord du marais. Juste pour voir, fallait le faire. Cove avait besoin d'un bon feu. À mesure qu'on approchait, on a commencé à distinguer les flammes, ça sentait le sucré, le parfum épicé des résineux en feu. Et puis, un *autre* champignon atomique, la moitié de la grosseur du premier et presque beau si on compare. Toute la partie nord de Cove menacée de passer au feu.

— Ça, c'est Keith. Je te gage n'importe quoi.

Bobby avait de la misère à retenir son énervement, mais le mien a rapidement tourné à la panique, juste à penser à la ville rasée par les flammes, à Keith passant le reste de son adolescence dans un centre de détention pour jeunes à Whitbourne, rentrant chez eux dix fois pire qu'avant, des histoires plein les poches. J'ai imaginé Keith prenant quelques pas de recul, en train de rire, de regarder tout ça brûler, fumant une cigarette et garrochant ses allumettes dans le brasier. Ou, peut-être, parti se cacher quelque part pour pas se retrouver dans le trouble, en maudit après lui et après le vent.

Je savais que c'était Keith. Comme je savais aussi qu'il allait, une fois encore, s'en sauver. Et, avec le temps, l'histoire serait déformée et transformée en quelque chose d'héroïque, voire même d'historique. Pendant à peu près une semaine, le nom de Keith Kavanagh serait sur toutes les lèvres de Bay Bulls à Trepassey. L'histoire grossirait et prendrait de l'expansion jusqu'à ce qu'elle s'éteigne d'*elle-même* pour ne plus être que rarement mentionnée par la suite. Mais ça s'arrêterait pas là. Le nom de Keith surgirait en pleine conversation dans des endroits où il ne serait même jamais allé. Plus jamais besoin de dire aux plus jeunes de Shore qui il était. Plus jamais besoin *d'acheter* un joint ou une bière.

Je me suis croisé les doigts et j'ai espéré que le vent lève davantage. Si au moins une maison, une seule de la rive nord pouvait prendre en feu, là au moins on verrait quel genre de nom il se ferait. Si ça pouvait faire en sorte que ça lui colle après. Que ça lui foute une peur du diable. Pas comme la fois où sa mère l'avait amené au poste de police à Ferryland pour le faire enfermer une couple d'heures parce qu'il avait démoli le vieux truck qui traînait à côté de l'usine. Ça a rien donné. Si ça se peut, ça l'a rendu pire. Keith a dit que le flic l'avait pris par le collet, l'avait poussé dans une cellule puis qu'il l'avait enfermé.

— Comment est-ce que t'aimerais ça, passer le reste de tes jours en dedans, mon jeune?

Keith a dit qu'il s'était étendu sur la banquette et que, pendant deux bonne heures, il n'avait pensé qu'à des cigarettes. Il avait fallu qu'il rentre à pied chez eux parce que le flic avait pas voulu le ramener. Puis là, il s'est essayé à me faire sentir coupable sous prétexte qu'il avait pas mentionné mon nom au poste.

— Pourquoi tu m'as pas dénoncé d'abord, Keith? Tu penses que je suis pas capable de faire du temps, que t'es le seul à être capable?

Une semaine après, il a piqué le char de son père et il a manqué de gaz en traversant La Manche Bottom. Ça, c'était fort.

La première fois que j'ai rencontré Keith, on avait à peine cinq ans, on s'amusait à s'arroser à Slaughter Pond. L'année d'avant, on avait commencé la maternelle. Je lui ai prêté mes palmes et mon tuba. Un petit peu après, il est arrivé par derrière en grognant, puis il m'a sauté dessus. J'avais seulement de l'eau jusqu'aux genoux, fait que, quand Keith a atterri sur moi de tout son poids, je suis tombé par en avant puis je me suis égratigné la face dans le fond. Fendu la lèvre sur une roche. Je suis remonté pour prendre mon air et la première chose que j'ai vue, c'est ma mère qui courait, les bras ouverts pour venir me ramasser et me mettre hors de danger. Je me suis passé la main dans le visage. À la vue du sang sur mes doigts, je me suis tout de suite mis à hurler. Ma mère a pris une serviette puis l'a maintenue sur ma lèvre. Quelqu'un m'a donné une moitié de popsicle vert pour éviter que ça enfle trop. Des taches de sang sur le popsicle. Je l'ai sucé. Puis une femme, la femme qui travaille au bureau de poste, a poussé Keith jusqu'à ce qu'il soit devant moi. C'était sa mère.

— Envoye! Dis que tu t'excuses.

— Mais c'était un accident.

Lui-même au bord des larmes.

— C'était pas un accident, Keith. Un accident, c'est quand quelque chose arrive que t'avais pas l'intention de faire. Es-tu en train de dire que t'avais pas l'intention de lui sauter dessus puis de le faire tomber ? Comment est-ce que ça peut être un accident ?

— J'ai jamais voulu le faire saigner.

— Ouin ben, ça, c'est le résultat de ce que tu viens de faire et, là, il faut que tu t'excuses.

Il a secoué la tête et il s'est mis à regarder fixement au-delà de l'étang.

Sa mère l'a attrapé par le bras et lui a murmuré quelque chose que je pouvais pas entendre. Et puis elle l'a repoussé juste devant moi. Il est resté planté là avec, dans la face, une des pires expressions de méchanceté, comme si *j'avais* été celui qui *l'*avait fait saigner, celui qui avait gâché *sa* sortie à l'étang.

— Je m'excuse de t'avoir fait tomber et de t'avoir fait saigner.

C'était loin d'être la dernière fois que je l'entendrais me dire ça.

Ma mère m'a donné un dernier petit coup de serviette sur la lèvre. C'était vert popsicle.

— C'est juste une égratignure, mon cœur. Vas-y, va te rebaigner avant que le soleil s'en aille.

J'ai regardé Keith. Ses yeux étaient rivés sur mon popsicle. Il a regardé sa mère et elle lui a donné l'autre moitié de popsicle. On est retournés dans l'eau à se pousser et à s'arroser comme deux frères qui se retrouvent après avoir longtemps été séparés.

Il y avait déjà une bonne foule massée qui était là à regarder le feu à partir de l'autre bord. Ils ont fermé l'usine, les gars avaient déserté les convoyeurs, des troupeaux de fouines, des faces de commères en tablier de travail, leurs gants pour vider le poisson dans les mains, une gang de suiveux, tous gagas à la vue des flammes de l'autre côté du marécage.

— Ça, c'est le jeune Kavanagh qui est en arrière de ça. À fumer des cigarettes.

— Il est passé sur la route cet après-midi avec un bout de tuyau dans la main et je lui ai dit : « Keith, pour l'amour du ciel, qu'est-ce que t'as l'intention de faire avec ce bout de tuyau-là ? » Il me regarde puis il me répond : « Jimmy, tu me vois passer sur la route avec un bout de tuyau, tu sais en sacrement que je vas faire du trouble. »

— Han Han.

Les sirènes hurlaient et vagissaient de tous bords tous côtés. La faune. La police. Les camions de pompiers. L'ambulance. Une grosse production à grand déploiement d'un côté, une allumette tombée de l'autre.

Mais quand les camions de pompiers sont arrivés, ils avaient nulle part où passer. Ils pouvaient certainement pas traverser le bois et la rivière pour se rendre de l'autre côté de Gut Pond. La seule façon d'y aller, c'est à pied. Alors, une petite gang de gars de l'usine qui connaissaient bien le coin se sont portés volontaires aux côtés des pompiers et de l'unique garde forestier. Chargés de chaudières, de vieilles couvertes et d'une couple de haches, ils sont partis en passant par la rampe de mise à l'eau en direction du brasier. Je cherchais Bobby puis je l'ai aperçu en train d'embarquer dans l'auto de son frère, le plus vieux. Les flics interrogeaient les badauds.

— Quelqu'un a vu Keith Kavanagh ?

— Quelqu'un l'a vu, plus tôt, avec un morceau de tuyau...

— Sacrez votre camp, les cochons ! Vous avez rien à faire icitte. C'est juste un petit feu, pas un crisse de meurtre.

— C'est un de ces maniaques-là, comment qu'on les appelle donc, les pires-o-maniaques.

— Une petite bibite à feu !

— Keith Kavanagh est à St. John, chez le docteur, monsieur l'officier.

— Ketith est parti trapper avec Martin Sweeny.

— Il est là dans le bois quelque part à regarder ça. Si vous l'attrapez, enfermez-le. Une bonne nuit, on va tous finir par mourir brûlés dans nos lits.

Une autre vague de fumée noire et des flammes montent du bois. Un flic à côté de son char me fait signe de venir le rejoindre. Je fais comme si je l'avais pas vu. Il se met à me crier après :

— Hey, toi là ! Le jeune !

Je me tourne en direction de Gormon Hill et je l'entends crier :

— Viens ici ! Toi là !

Je m'enligne sur l'orée du bois et je commence à marcher. Je m'en sortirai pas si on me voit en train de parler à la police. Pas aujourd'hui. Ou aucun autre jour. Le meilleur conseil que m'a donné mon vieux, c'est de jamais, au grand jamais, parler aux flics. Si jamais j'avais absolument pas le choix et que j'étais pris pour leur parler, « conte-leur des menteries », qu'il a dit. De toute façon, peu importe ce que je pourrais dire pour défendre Keith, le monde va juste se rappeler que, le soir du grand feu, j'ai parlé aux flics. Puis un bon jour, il va y avoir une chicane pendant une game de hockey-bottines puis quelqu'un, garanti, va se mettre à me traiter de RAT ! Puis ce serait ça. Les flics, qu'ils aillent chier. Je sais rien de toute façon. Keith, qu'il aille chier lui avec.

Comme j'arrive au bout, là où la gravelle s'arrête, là où le marécage commence, le flic stationne son char en bas du pit, derrière moi. Fuck ! Avec tout le monde qui s'est ramassé autour de l'usine, fallait que ça tombe sur moi. Je baisse la tête et je continue à marcher. Je me retourne pour voir le flic qui sort de son char. Il prend des notes. Je coupe au travers du marécage et je saute par-dessus la clôture de broche de

Art Ryan. Le flic me crie de m'arrêter tout de suite, mais je file comme un lapin aux premiers gels. Pas un fucké de flic qui va m'attraper. Je cours jusqu'à ce que la tête veuille m'éclater, poussé par l'adrénaline et la peur. Puis je m'accroche le pied dans un paquet de racines sorties de terre et je plonge en pleine face dans le marécage. J'ai le bras enfoncé jusqu'au coude dans la terre noire, épaisse et boueuse et il faut que je force en masse pour le sortir de là. Je me remets sur mes deux pieds et je cours comme un fou jusqu'au bord du bois. Je grimpe tout le long jusqu'à ce que je trouve le sentier caché qui mène directement au milieu de Gormon Hill. Moi et Keith, on l'a débroussaillé l'an dernier et on a bloqué l'entrée avec un vieux saule mort. Il faut grimper par-dessus l'arbre avant d'atterrir sur le sentier, mais une fois rendu, ça se marche tout seul. Un vrai tour de passe-passe.

Je grimpe dans un arbre et je regarde du côté du pit de gravelle. À cette hauteur-ci, je peux voir le flic en toute sécurité. Il est là, debout à côté de son char, en train de parler dans son émetteur-récepteur. Il me cherche des yeux, mais je sais qu'il peut pas me voir. Et puis, à pleins poumons, j'entends Keith qui crie :

— Fuck you, police plein de pisse ! Mangeux de graine !

Il m'a fait assez peur que je tombe en bas du vieil arbre, de l'autre côté, en plein milieu du sentier. Keith sort de la cache en riant, en fumant et en radotant. Il me reluque de haut en bas, j'ai le cœur qui veut me sortir du corps, mon linge est noir de terre humide à cause du marécage. Il me tend son mégot de cigarette.

— Calme tes nerfs, mon Andy. Il est où, ce fucké de feu-là ?

Je riposte. Je peux pas endurer de lui voir la face et, de toutes mes forces, je lui écrase la cigarette allumée en plein sur le menton, en me brûlant les jointures au passage. Ça met le feu aux poudres, Keith explose, il sacre et on se retrouve à rouler par terre. Les genoux et les coudes nous claquent dans les côtes et dans les parties. Nos têtes cognent fort l'une contre l'autre, avec éclat. Keith s'étouffe tellement il rit, content de se battre contre quelqu'un. Malgré toute ma colère, j'arrive pas à tenir le coup, surtout après la course que je viens de me taper. On se lâche et on retombe sur le dos, un à côté de l'autre et, là, je remarque que ses sourcils ont disparu, qu'il a les cheveux collés sur le dessus de la tête. Son coat de hockey flambant neuf, calciné et raide sec, accroché à une branche pas loin, encore fumant. Le bas de ses jeans est brûlé de bord en bord et on peut voir une plaque de peau rouge qui ressort au travers d'un de ses bas. On dirait qu'il revient tout droit de l'enfer. Je m'en veux un peu d'avoir souhaité qu'il se fasse attraper. Il aurait pu se faire tuer. Il aurait pu cesser d'être en vie. Et il paraît que le feu, c'est la pire façon d'y passer. Je l'imagine en train de brûler vif, son corps en flammes s'enfonçant au plus profond des bois, courant, embrasant tout sur son passage, ses dernières pensées : une scène nébuleuse, depuis longtemps oubliée, de ses premiers jours d'école. On reste étendus là, quelques minutes, épuisés, comme des chiens à bout de souffle.

Keith allume une autre cigarette. L'air est lourd et ça sent le bois brûlé, mais c'est difficile de dire si ça vient du feu ou si c'est Keith qui sent ça. Sa lèvre saigne. Il me tend la cigarette, le mégot est imbibé de son sang. Aussitôt que je tire ma pof, le mégot s'écrase et s'aplatit.

— Je voulais pas te frapper, Keith. J'étais juste écœuré.

Il s'appuie sur son coude, l'air inquiet, contrarié.

— Faut que tu viennes chez nous avec moi, Andy. Ils vont me tuer. Tout le monde va penser que c'est de ma faute.

3

En route pour Devil's Kitchen

Finalement, c'est ma mère que je suis allée voir. Bien sûr. Elle hochait la tête aux moments appropriés et, quand j'ai eu fini de brailler, elle est juste restée là à me fixer. L'espace d'une seconde, j'ai attendu, j'ai voulu, j'ai désespérément et totalement eu besoin qu'elle me prenne dans ses bras et qu'elle m'aime, qu'elle m'aide à voir clair et qu'elle fasse en sorte que tout ça disparaisse. Mais elle n'en a rien fait. Elle a continué de plier les draps et elle a dit :

— Essaye-toi même pas à raconter ça à ton père, Natasha, tu sais qu'il va capoter.

Silence. Toute ma peine balayée sous le tapis parce que les gentilles petites filles ne devraient d'abord et avant tout s'intéresser, du reste, qu'aux jolies petites choses. Silence, parce qu'il n'y avait pas de place dans son parfait petit monde fait sur mesure pour un scandale. Qu'est-ce que les voisins allaient penser.

On en a plus jamais reparlé. Et les choses ont changé entre nous. Il y avait une distance de plus. Une partie de moi voulait ça comme ça, l'autre non. Elle avait plus l'air de s'en faire pour des niaiseries. Je portais ce que je voulais et j'allais et venais comme ça me tentait. Elle avait même pas l'air de s'en rendre compte. Une nuit, je suis restée dehors jusqu'à ce qu'il fasse clair et elle m'a même pas demandé où j'étais. J'avais un trou noir sans fond en plein cœur et ça lui passait dix pieds par-dessus la tête. Ça fait que j'avais plus personne à qui me confier. C'était tout pogné en nœuds en dedans et je savais pas comment faire pour les défaire. C'est mon père que j'aurais dû aller voir en premier. Il aurait capoté et il aurait égorgé Francey O'Dea sur-le-champ. Qui est Francey O'Dea? C'est un cochon de dealer, un malade qui a pas plus de cervelle que celle que Dieu a prévue pour le plus ordinaire des chiens. Quelques années plus vieux que moi. C'est lui qui venait me garder quand j'étais petite et... fuck... il continue de manger, de dormir, de respirer et de *vivre* dans la même petite ville portuaire que moi.

La manière dont je vois ça, qu'on y fasse allusion ou qu'on en envisage la possibilité, le cul est une arme puissante. Plus solide encore que la chose elle-même. Donne-leur un avant-goût, puis ils sont comme des chiens fous qui quêtent les restes de table. Bobby O'Neill a été mon premier. Pas mon premier amour. C'est Keith qui l'a été. Bobby était plus comme un morceau de pâte à modeler, une expérience, pour voir si j'étais oui ou non *capable* de passer carrément au travers. Est-ce que je pouvais vraiment rester étendue là et laisser une autre personne prendre du plaisir à me toucher? Est-ce que je pouvais moi aussi y trouver du plaisir? Avant Bobby, j'avais même peur de me toucher. Est-ce que j'allais perdre la tête? Est-ce que j'allais pas finir par voir la face gluante de Francey O'Dea collée sur la mienne et capoter?

Non, rien de tout cela. Bobby a été un amour et ç'a été facile avec lui. Et après la première fois, c'est juste devenu plus facile parce que tout ce qu'il voulait c'était moi, encore, encore et encore moi. J'avais juste à dire *non* et ça le rendait fou. Je disais *non* et il rebondissait avec des CD, des livres, du linge et, une fois, il m'a même apporté un petit minou, mais Dad a pogné les nerfs et il l'a forcé à repartir avec.

Pour moi, c'était juste un petit jeu et ça me faisait chier de rien ressentir pour lui. Mais il n'y avait aucune étincelle, aucune énergie, aucun risque. C'était trop safe. Je voulais quelque chose avec un peu plus de piquant. Je voulais quelqu'un qui *me* voie. Pire. J'avais besoin de quelqu'un qui me devine, qui me touche et avec qui partager. Le vrai moi. Je suis jamais arrivée à me confier à Bobby. Alors tout ce qu'il savait de moi, c'est ce que je lui laissais voir. Et puis, s'il avait eu la chance de voir la fille que je voyais quand je me regardais dans le miroir, je doute pas mal qu'il serait resté aussi longtemps. Fait que, après un bout, j'ai commencé à regarder autour pour quelque chose de différent. J'ai pas eu à chercher loin.

Un soir, moi et Bobby, on était collés sur le divan en train de regarder un film quand on a entendu brasser à côté de la maison. J'ai ouvert les rideaux. Il y avait quelqu'un debout sur le pare-chocs du pick-up de mon père qui pissait sur le capot. Il était tout habillé en noir et il portait son capuchon, ça fait que je pouvais pas voir qui c'était. Et puis il a éclaté de rire et Bobby a dit :

— Merde, c'est Keith.

Keith Kavanagh, sur le pick-up de mon père, mort de rire et en train de pisser. Saoul comme une botte. L'affaire la plus cool que j'ai jamais vue. Juste le piquant qui me manquait. J'avais entendu des centaines d'histoires à propos de Keith Kavanagh, avec la police, en train de se battre contre une gang de Trepassey, en train de mettre le feu, en chicane avec ses parents, suspendu de l'école tous les deux jours pour avoir dit ci ou fait ça. J'ai même entendu dire qu'il avait perdu sa virginité en sautant une vieille, pas loin derrière l'usine. Et il avait toujours un œil au beurre noir, des entailles, ou alors il boitait ou bien quelque chose d'autre lui était arrivé. Il avait une petite amie, un semblant de petite amie, une fille de Toronto qui venait passer l'été ici ou quelque chose du genre. Mais ça aussi, ça m'allait.

— Bobby, Dad va finir par le tuer ! Sors pour voir si tout est correct.

Bobby m'a lancé un regard étrange, un mélange de peur et de méfiance. De toute évidence, il voulait pas sortir et avoir à affronter Keith Kavanagh qui, rendu là, était assis sur le capot exactement là où il venait juste de pisser.

— Qu'est-ce que tu veux dire par *si tout est correct* ? Il est saoul ou gelé et il fait le con. Aller *le dire* à ton père, c'est ça que je vais faire.

— Bon, ç'a tout l'air qui va falloir que j'aille.

Ç'a pas été long que Bobby s'est grouillé. Il a sauté dans ses bottes et il est sorti. Je regardais entre les rideaux, il s'est approché de Keith. J'ai entrouvert la fenêtre pour pouvoir entendre ce qui allait se passer entre eux.

— Hey Keith. Keith ?

— Crisse de câlisse, fuck, man. Tu viens de me sacrer une moyenne frousse.

— Tu serais mieux de descendre en bas du pick-up avant...

Keith s'est laissé glisser du capot mais, en touchant le sol, il a perdu l'équilibre. Il a atterri en pleine face. Saoul mort. Bobby s'est penché pour lui donner un coup de main.

— Crisse, Bobby, qu'est-ce qui se passe avec toi, man ? ! Je te vois plus, te vois plus jamais nulle part. Jamais.

— Chut ! Écoute-moi, Keith. Faut que tu baisses le ton...

— Donne-moi une smoke, man. Je te vois plus jamais nulle part.

— Je fume plus. J'ai arrêté.

Bobby a aidé Keith à se remettre sur pied et il l'a adossé contre la clôture. Keith a sorti une cigarette et il l'a allumée.

— C'est quoi, la passe ? Qu'est-ce que je suis supposé de crisser ?

— Keith, t'es saoul ou je sais pas quoi, puis tu vas te retrouver dans le trouble.

— Le trouble ? T'en veux du trouble ? J'étais juste assis ici à rien faire. C'est *toi* qui cherches le crisse de trouble.

— Non, Keith, je suis sorti pour t'aider. Si le père de Natasha te ramasse autour de son pick-up, il va...

— Nathasha ? Fuck... Healy, c'est ça ? Où c'est qu'elle est ? Dis-lui de sortir.

— Elle est couchée, elle peut pas...

— Couchée ? Exactement sa place. Elle est équipée pour...

Il a regardé en direction de la fenêtre. Je pense qu'il m'a vue avant que je me tasse.

— Écoute, Keith, qu'est-ce que tu cherches dans le coin ? Tu vas te faire ramasser...

— Ah Bobby, mon gars, moi puis toi, on est les meilleurs. Te souviens-tu quand on a parti le bal dans le fond de la salle aux arcades ? Méchante armoire à glace, des mains larges de même, une face à fesser dedans.

— Oui oui. Faut que tu retournes chez vous là, Keith. Il commence à être tard là puis...

— J'en ai plus de chez nous. Je pars demain matin. M'en vas rejoindre Shannon.

— Où ça ? À Toronto ? Ouin, ça fait combien de temps que tu la connais ?

— Elle m'a dit que je pouvais aller vivre avec elle puis sa mère. Fait que je décrisse demain matin. Je pars.

Il disait ça comme pour forcer Bobby à le braver, même si ça avait l'air comme s'il tentait de se convaincre lui-même. Shannon. C'était ça son nom. La fille de Morris Kelly. Tous les étés, elle venait passer une couple de semaines à Cove. Le restant de l'année, elle vivait à Toronto avec sa mère. Je la connaissais pas plus que ça.

— Et comment tu vas te rendre jusque-là ?

— Sur le pouce, demain, jusqu'à la traverse de l'*Argentia*. Je vas partir de là.

— Sur le pouce. Jusqu'en Ontario ? T'es malade, Keith.

— Malade, c'est sûr. Sors tes cigarettes, veux-tu ?

— T'es déjà en train d'en fumer une, gars.

Ils sont restés là à jaser encore un peu. Keith a pris Bobby dans ses bras, comme s'ils avaient été deux vieux chums, mais Bobby est resté les bras pendants, probablement parce qu'il se doutait que j'étais en train de les regarder. Keith a souhaité à Bobby que la vie soit bonne pour lui, puis il lui a dit de garder un œil sur la petite, en parlant de moi. Il a titubé en direction de la route et j'ai entendu le son d'une bouteille qui s'écrasait contre les roches dans le fossé. Bobby est rentré, découragé. Je lui ai dit de s'en aller chez eux, que j'étais fatiguée. Je suis descendue dans ma chambre au sous-sol et j'ai tout écrit ça dans mon journal. Je suppose que Keith était en train de faire sa tournée d'adieux à Cove, à sa façon à lui : en pissant sur les camions, en lançant et en cassant des affaires. J'aurais aimé partir avec lui. Ça doit tellement être ça, se sentir libre : prendre la route avec son sac à dos. Tout laisser. Voir le monde. Plus jamais avoir toute cette gang de plates-là dans la face.

Partir avec Keith Kavanagh ?

Keith et Natasha.

Natasha et Keith.

J'aimais ça. Ça sonnait bien.

Mais je pouvais difficilement partir pour Toronto avec un gars que je connaissais pratiquement pas. Mon père me tuerait. J'avais juste à prendre mon temps, à attendre le bon moment. Et puis, j'étais loin d'être persuadée qu'il allait s'en aller pour de bon.

Le soir d'après, on avait décidé de se faire un feu à Devil's Kitchen. C'est dans les environs de Cove, à peu près à quinze minutes en dehors de l'autoroute. Le chemin qui mène au point d'eau est tellement étroit que si deux autos se rencontrent, ce qui arrive assez souvent, une des deux doit reculer tout du long pour permettre à l'autre de passer. Pour mettre un terme à des engueulades qui en finissaient plus à cause de ça, quelqu'un a planté un drapeau pour marquer la moitié du chemin, ce qui fait que, quand deux autos se rencontrent, c'est au chauffeur qui a pas encore dépassé le drapeau de reculer, parce que c'est lui qui a la plus courte distance à faire. Celui qui arrive le premier gagne le droit de continuer. Ce soir-là, avec Bobby, on a rencontré personne quand on s'est rendus avec le truck de son père. Le feu était énorme. Quelqu'un a jeté une vieille guitare sur le dessus. Quelqu'un d'autre s'est choqué et il a essayé de l'enlever de là, mais il arrivait pas à s'approcher assez. On a entendu les notes des cordes avant que celles-ci claquent, l'une après l'autre. Un chant solitaire pour une gang de plates qui avaient pas grand-chose à dire.

Je suis allée me promener du côté du vieux quai. La nuit était chaude. J'ai enlevé mon linge et j'ai sauté à l'eau. Sur le coup, c'était froid, mais en arrivant aux hors-bord amarrés un peu plus loin, j'étais réchauffée. Debout sur le quai, Bobby me criait après :

— Es-tu correcte? Va pas trop loin, tu vas attraper ton coup de mort...

Toute la poutine. J'avais déjà l'idée de le laisser le plus rapidement possible. Aussitôt que mes yeux se poseraient à nouveau sur Keith Kavanagh. J'ai plongé pour noyer le râlage de Bobby. Je me suis sentie légère, flottant dans un immense silence, la réalité du monde derrière moi. En levant les yeux, j'ai vu passer un éclat de lumière à la surface. Une auto. Je suis remontée pour prendre de l'air. Là, il y avait une pointe de panique dans la voix de Bobby.

— Oui, gars. Je suis correcte. Je suis correcte.

Puis là, quelqu'un est passé à côté de Bobby. Des grosses bottes martelant le quai, le frottement d'une veste de cuir. Un *wak*, un plongeon, puis quelqu'un qui s'élançait en direction du bateau auquel j'étais encore accrochée, dans l'eau jusqu'au cou pour pas perdre ma chaleur. J'ai retenu mon souffle. D'une certaine façon, je savais que c'était Keith. Il s'est rendu de l'autre côté du bateau et s'est hissé à bord. Il a crié en direction de la rive, à ceux qui venaient d'arriver en auto :

— Tu m'en dois deux paquets. Tu connais ma sorte.

— D'la marde, oui.

— D'la marde, c'est ça ? Si tu veux qui te reste encore des pneus sur ton char à marde, tu vas t'arranger pour les avoir demain soir.

— Tu touches à mon char, Kavanagh, je casse ton chétif de petit cou.

J'ai reconnu la voix. Francey O'Dea. Tout mon fun avalé par la nuit. Je me suis mise à trembler sur le coup, à claquer incontrôlablement des dents comme si j'avais été dans l'eau depuis des heures. J'étais nue, mon linge était resté sur le bout du quai.

— Sors de là puis essaye-toi, mon fucké !

Keith se tenait debout dans le bateau, il m'avait pas encore vue. Il était tout nu lui avec. Il a lâché un autre *wak* puis il a sauté à l'eau en faisant une sorte de plongeon arrière tout croche. Bobby a crié après moi au moment même où Keith a frappé l'eau.

— Natasha ?

— Ferme-la, Bobby ! Je suis capable de m'arranger toute seule. Retourne chez vous.

Ceux qui restaient encore sur le bord de la plage se sont mis à rire. Je me suis sentie mal pour lui. La dernière chose que je voulais, c'était de le blesser ou de le mettre mal à l'aise. Il a toujours été tellement fin avec moi. Je voulais juste plus qu'il reste là à hurler mon nom.

Francey O'Dea s'est amené sur le quai en plastronnant, il s'est installé à côté de Bobby. Du bout de sa botte, il jouait avec un de mes bas et il regardait du côté de l'eau. Puis, Keith a sorti sa tête de l'eau, près de moi. Il était sous l'eau depuis tellement longtemps que j'avais quasiment oublié qu'il était là. Une longue couette de cheveux collée sur le front. Il m'a fait un grand sourire.

— Une sirène d'eau douce? Ça veut dire que j'ai droit à un vœu?

Bon, n'importe qui m'aurait dit ça, ç'aurait eu l'air du plus éculé des clichés de merde. Mais il y avait, dans la façon qu'il avait eue de le dire, une telle intensité, comme si sa vie dépendait du fait que j'aille ou non dans le même sens que lui. Il me regardait avec l'air d'attendre quelque chose, pas la moindre trace d'un sourire. Il s'est mis sur le dos pour regarder les étoiles. Les sourcils froncés comme s'il avait été sur le point de prendre une grave décision. Il désirait quelque chose pour vrai, je sais pas ce que j'aurais donné pour être dans sa tête exactement à ce moment-là, pour voir ce qui se passait là-dedans. J'ai décidé que j'allais lui accorder un souhait, juste un, juste une fois pour autant que ce fût moi qu'il désirait avoir. Ensuite, Bobby a lâché une sorte de cri de mouette et la magie s'est rompue.

— Fuck, Natasha, je vais pas passer la nuit ici à niaiser.

Le feu était presque mort, Francey était retourné à son char, une Monte Carlo remontée à neuf avec des vitres teintées et des néons qui avaient l'air fou en dessous du pare-chocs avant. J'avais entendu tous les petits cons de l'école délirer à propos de cette espèce d'engin surper monstrueux. La fierté de Francey. À mon avis, ça lui permettait de compenser son autre engin, pas mal moins super, dans le privé.

Une couple de trois-roues sont repartis puis, finalement, Francey a reculé son auto, il a viré en direction de la route et il a disparu. Keith a replacé une mèche de mes cheveux derrière mon oreille. Je tremblais.

— T'es mieux d'y aller, mamzelle Healy. Ton homme a pas l'air content.

— C'est pas mon homme.

J'ai mis ma main sur sa cuisse. Sa peau était douce sous l'eau. Il a replongé et est ressorti de l'autre côté du bateau.

— Hey Bobby? Natasha dit que tu peux me donner un lift. Qu'est-ce que t'en dis?

Bobby a pas répondu avant un bon moment. Il est resté là, debout sur le quai, à nous regarder l'un après l'autre, moi et Keith. Je me sentais mal pour lui, mais j'allais pas empêcher mon cœur de battre pour celui pour qui il voulait battre.

— Ton linge est tout trempe. Tu vas mouiller le siège.

— On s'en crisse. T'aimes mieux que je rentre à pied et que je meure de froid derrière quelque buisson. Fuck, man.

Quand je suis retournée au quai, Bobby voulait que je fasse le tour de l'autre côté pour pas que Keith me voie toute nue. Je suis sortie de l'eau à la vue et j'ai même jeté un coup d'œil du côté de Keith, mais il regardait pas dans ma direction. Il était debout dans le bateau, il se battait avec son linge mouillé. Je me suis rhabillée aussi vite que j'ai pu, en partie parce que je ne me sentais plus à l'aise devant Bobby. J'ai entendu un splash et j'ai vu Keith disparaître sous l'eau. Il est resté tellement longtemps que j'ai pensé qu'il me faudrait sauter pour aller le chercher. Et j'y serais allée aussi. Il a ressorti sa tête de l'eau à peu près à trois pieds du quai. Il a repris son air et quand il a glissé en grimpant dans l'échelle, je lui ai tendu la main. Il pesait une tonne, ses bottes, ses jeans et sa veste de cuir totalement détrempés. Il est resté sur le bout du quai, en sacrant et en tremblant, et il s'est redéshabillé, sauf pour ses jeans. Il a essoré son t-shirt et garroché sa veste dans l'eau.

— Je l'avais volée au village de toute façon.

Bobby était déjà en train d'attendre dans le camion. Il avait pas l'air trop content de la situation. Je suppose qu'il avait prévu qu'on aurait un petit moment d'intimité. Mais pas ce soir. Il pourrait avoir toute l'intimité qu'il voulait après m'avoir déposée. Je me suis assise au milieu et Keith s'est effoiré à côté de moi. J'ai poussé mon genou contre le sien jusqu'à ce que l'humidité de son linge traverse mes jeans.

— Je pensais que tu m'avais dit que tu t'en allais à Toronto, Keith ? T'avais dit que tu partais ce matin.

— Qui a dit ça? Moi? À toi? J'ai même pas ouvert la gueule.

— Hier soir, mon gars. T'étais à côté de chez Natasha puis je suis sorti pour te parler. Dis-moi pas que tu t'en souviens pas.

Keith a pris une seconde avant de répondre, il regardait dehors par la vitre du passager.

— Ouin, j'me souviens de t'avoir parlé. Mais j'ai jamais rien dit à propos de Toronto... Crisse, je suis gelé. Remonte ta vitre, Bobby. Qui c'est qui a des cigarettes? Les miennes ont un peu pris l'eau.

Je lui ai allumé une cigarette. Bobby a continué de rouler encore un peu avant de remonter sa vitre lentement. En prenant tout son temps dans le camion de son pôpa. Par bouts, le chemin était tellement étroit que les aulnes rasaient les deux côtés du camion. Personne parlait. On était presque rendus au drapeau quand on a vu des lumières qui s'en venaient. Bobby a un peu accéléré.

— Plus vite, Bobby, c'est pas vrai qu'on va se retaper tout le chemin à reculons.

— Qu'est-ce que tu veux que je fasse, fille? Tu veux que je lui défonce le cul, c'est ça?

— C'est un quatre roues motrices, gars. Même si t'essayais, tu pourrais difficilement lui arracher le cul. C'est fait pour ce genre de route-là.

— Écoute-toi parler. T'as presque l'air de savoir de quoi tu parles...

— J'en sais que si on a à reculer, moi, je débarque puis je marche. Ç'a l'air de quoi, ça ?

Bobby s'est mis sur le powerdrive et il a donné du gaz. J'ai jeté un œil du côté de Keith. Il regardait droit devant, une lueur diabolique dans l'œil, le soupçon d'un sourire narquois au coin des lèvres.

Les lumières sont devenues de plus en plus vives jusqu'à ce qu'elles soient là, sur nous, et qu'on soit forcés de s'arrêter. On avait pas dépassé le drapeau. L'auto s'est approchée jusqu'à ce qu'on soit pare-chocs à pare-chocs. C'était Francey. J'ai pris Keith par le bras. L'enfer ! Pas question que je reste assise là pendant que Bobby allait se traîner à reculons jusqu'au quai, pendant que j'avais dans ma face, à travers le pare-brise, la fuckée de face à Francey O'Dea qui me dévisageait.

— Laisse-moi sortir.

— Natasha. Reviens-en. Ça sera pas si long que ça.

— C'est déjà assez long de se rendre dans le bon sens jusqu'ici, Bobby. Moi, je marche.

— Attends une minute, fille. Il pense probablement qui reste encore du monde là-bas.

Francey a débarqué de son char et il a fait le tour du côté de Bobby. Je me suis collée encore plus contre Keith. Il a mis sa main sur ma cuisse. Je trouvais ça correct. Je me foutais que Bobby le voie ou non. Bobby a baissé la vitre de son bord, Francey l'a même pas regardé, mais il a fixé ses yeux sur moi. Un frisson m'a traversée. Je le haïssais.

— Tu vas me reculer ça, mon Bob ?

— Il reste plus personne là-bas, Francey. Ça serait plus simple si c'était toi qui reculais jusqu'à l'autoroute.

— Ouin, mais j'ai pas mal passé le drapeau, mon chum. Puis là, vu que je me suis rendu jusqu'ici, je suis aussi bien de me taper le reste du chemin. On prendra le temps de tirer un joint. Comment ça va, Natasha ? T'as l'air en forme.

J'ai écrasé dans le fond du banc. Je pouvais voir travailler l'esprit tordu de Francey, ses yeux qui fouillaient mon corps. Je voulais mourir, me rouler en boule et mourir. Keith a serré ses doigts sur ma cuisse et, pendant une seconde, j'ai cru qu'il avait compris. Non. Comment est-ce que quelqu'un pourrait comprendre ce qu'il ne sait même pas ? Il était en train de serrer ma cuisse juste pour voir jusqu'où il pouvait aller.

Bobby a poussé une moitié d'argument de cul pour tenter de convaincre Francey, mais ç'a pas été long qu'on était déjà en train de reculer pouce par pouce jusqu'à Kitchen. Là, la seule chose qui intéressait Bobby, c'était de fumer un joint, rien d'autre.

Francey nous laissait prendre dix ou quinze pieds de distance puis là, il pompait le moteur et il nous fonçait dessus à pleine vitesse, et s'arrêtait tout juste à quelques pouces du pare-chocs avant. Bobby était impressionné.

— Elle a un crisse de drive. Capable de s'arrêter sur un dix cenne.

— C'est de valeur que ça soit un fucké de moron qui en profite.

— C'est quoi ton problème, Keith, mon gars ? Francey est un maudit bon gars.

Francey et son écœurante de face à travers le pare-brise. En train de me repousser aux confins de la nuit. De me forcer dans le coin. Se retenant un moment, chargeant à nouveau sur moi, tout ce temps-là à me regarder, triomphant, un sourire de satisfaction sur les lèvres, l'air de dire : « Je t'ai-tu assez eue, là ? »

J'étais plus capable d'en prendre.

J'étais sur le point d'exploser.

Puis Keith a changé le cours de la nuit. Il s'est mis à fouiller par terre et il a sorti une vieille cannette de Big 8. Il l'a brassée un peu et a fait comme s'il allait me l'ouvrir en pleine face. J'ai même pas cligné des yeux.

— Hey Bobby, je t'ai-tu déjà raconté la fois où j'ai réglé son cas à un gars qui venait de Gould avec une simple cannette de liqueur ?

— Quoi ? En lui lançant par la tête ?

— Crisse, non. C'était toute une pièce d'homme... j'ai versé la liqueur dans sa tinque à gaz.

— Quoi ?

— Oh yé, ça te fucke n'importe quoi, direct là. T'as jamais entendu parler de quelqu'un qui s'était fait sucrer sa tinque ?

Je pourrais pas dire pour Bobby, mais moi, j'en avais certainement entendu parler. Une couple d'étés passés, quelqu'un avait fait ça au bateau de mon père. Pendant un bout de temps, ça avait été le gros sujet de conversation à la maison. Cet été-là, le gouvernement avait accordé un permis de pêche côtière à mon père. Lui et mon oncle Rick étaient les seuls, ici à Cove, à avoir le droit de pêcher la morue. Dad et Rick étaient enchantés d'être à nouveau sur l'eau, mais il y avait pas mal de monde que ça faisait joliment chier. Je sais pas trop pourquoi le monde s'énervait pour ça, Dad avait même pas la permission de rapporter un seul poisson à la maison. Tous les matins, ils levaient les prises puis, peu importe ce qu'ils avaient ramassé, ça s'en allait aux Pêcheries pour des tests puis d'autres patentes du genre. Eux autres avec avaient à faire des tests, comme prendre la température de l'eau et mesurer la force des vents. De toute façon, à peu près une semaine après avoir commencé, alors qu'ils étaient à l'embouchure de la baie, le moteur s'est arrêté. Ils ont essayé de le repartir de toutes les façons possibles, mais il y a rien qui a fonctionné. Puis Rick a ouvert le réservoir et il a vu qu'il y avait des traces de sucre tout autour du goulot. Ils ont tout de suite su que le moteur était foutu et ça les faisait chier, mais c'était loin d'être la première fois que quelqu'un était forcé de ramer pour rentrer. Sauf que, quand ils sont venus pour sortir les rames, il en restait plus une seule. Probablement jetées par-dessus bord la veille au soir. Par-dessus le marché, la boîte de balises de détresse avait été vidée, ce qui fait qu'ils ont même pas pu en lancer une pour appeler à l'aide. Puis, comme si c'était pas assez, les gilets de sauvetage étaient manquants. Si vous voulez savoir ce que j'en pense, ça s'appelle une tentative de meurtre. Dad et Rick ont dérivé au large pendant peut-être une demi-heure avant que le vent tourne. Imagine. Ils ont finalement réussi à attirer l'attention d'un bateau-croisière un peu en dehors de Burnt Cove. Pendant quelques jours, la police a fait des allers-retours, mais ils ont jamais rien trouvé. Dad est presque certain de savoir qui a fait ça, mais il veut rien dire. Il aime, lui aussi, choisir le bon moment.

~

Plus son histoire avançait, plus Keith s'emballait. Le gars de Gould était en train d'essayer de le fourrer sur une passe de dope.

— C'est sûr qu'une bouteille, c'est mieux qu'une cannette, mais quand t'as pas le choix, t'as pas le choix. Tout ce qui te faut, c'est une sorte de bâton ou un crayon pour garder le réservoir ouvert. Tu verses la liqueur direct dedans. Si t'en échappes, t'essuies tout ça avec la queue de ta chemise. Tu vois, le vrai sucre, ça fait de la cochonnerie et la personne peut voir tout de suite qu'il se passe quelque chose avec son char. En plus, tu te fais chier à te promener avec un entonnoir. Mais une cannette de cette merde-là...

Il empoigne la cannette de Big 8 et il me regarde droit dans les yeux, comme s'il voulait s'assurer que j'ai saisi toutes les subtilités de son histoire. Je fais signe que oui et je souris. Il en manque pas une.

— ... pas de cochonnerie. Il se doute même pas de la marde qui l'attend. Il vient pour partir son char puis ça veut pas. Du sucre dans la ligne de gaz. Je sais pas comment ça se fait que ça marche, mais ça marche. Tu peux ruiner le moteur si c'est pas nettoyé assez vite.

Bobby a jeté un œil de mon côté puis il a levé les yeux au ciel, découragé. Mais Keith avait l'air tellement fier de lui, tellement enflammé par le souvenir de son mauvais coup, j'avais du mal à m'empêcher d'être fière de lui moi aussi.

Francey avait recommencé à conduire normalement. Il pensait probablement qu'on parlait de lui. Je l'ai regardé en pleine face et j'ai souri, juste pour le faire paranoïer.

Quand on est arrivés à la clairière, Bobby s'est garé à côté des restes du feu et Francey s'est stationné à côté, le nez du bord du bois. On a tous débarqué et on a suivi Francey jusqu'au quai. Il a glissé un joint dans sa bouche, l'a ramené lentement entre ses lèvres en me fixant tout ce temps-là. Je pouvais voir, autour de son nez, le gras de sa peau luire sous le clair de lune. J'avais vraiment le goût de fumer mais pas question de fumer quelque chose que sa bouche de dégueulasse avait touché. Maudit cochon sale. Keith, Francey et Bobby ont formé un demi-cercle au bout du quai. Je suis restée à l'écart. Francey a allumé le joint, mouillé de bord en bord par sa salive visqueuse. Keith a ouvert la vieille cannette de Big 8 et il a pris une gorgée. Je me suis demandé si Francey savait nager. Bobby m'a passé le joint. Sérieux comme un pape.

— Tu veux tirer une pof, chérie ?

— Non. Ça va juste m'endormir... J'ai trop envie de pisser de toute façon.

— Vas-y d'abord. On est dans le bois. Ha Ha ! Ça va en faire plus pour nous autres.

Bobby a exhalé, la boucane était épaisse et ça sentait tellement bon. J'avais pas vraiment envie d'aller pisser. J'avais juste besoin de m'éloigner avant de céder. Ça me tentait vraiment de fumer. Ils avaient déjà l'air de se sentir bien, tous déjà partis. Mais je pouvais pas. Je ne le ferais pas.

Comme je prenais le bord du bois, Keith m'a offert la cannette.

— Tu veux-tu le reste ?

En premier, j'ai pensé qu'il voulait faire une farce. Puis j'ai cliqué. L'occasion. Soudain, j'avais réellement envie d'aller pisser. J'ai pris la cannette et j'ai avalé une petite gorgée. C'était tiède. Bobby a donné un coup dessus pour essayer de me la faire tomber des mains.

— Es-tu malade, fille. Ça traîne dans le camion depuis Noël. Mon père gardait ça pour se faire des drinks.

— Puis ? C'est pas comme si ça pouvait surir. Je suis morte de soif, gars. Laisse-moi tranquille.

— O.K. d'abord. Mais tu feras pas rien que pisser après avoir bu cette saloperie-là. Ha. Ha.

Bobby était défoncé. Comme je partais, Keith m'a fait un clin d'œil. Francey était dans son monde à lui. Je me suis enlignée sur son char. Le camion le cachait de la vue, alors ils me verraient pas faire. Le cœur me débattait. Je regardais à terre pour trouver quelque chose qui pourrait garder le réservoir ouvert, comme Keith l'avait conté. J'ai trouvé un bâton de popsicle. Mon cœur. Un éclat de rires est monté du bout du quai et en même temps j'ai senti l'odeur sucrée du pot dans l'air. J'ai regardé une autre fois dans leur direction. Ils étaient en train d'allumer un autre joint. Keith a jeté un œil de mon côté, mais je pense pas qu'il pouvait me voir. Je me suis accroupie à côté du char de Francey, à côté de sa tinque à gaz, et je me suis mise à l'ouvrage.

Et s'il m'attrapait ? Mais, en même temps, *so what* s'il m'attrapait ? Qu'est-ce qu'il pouvait me faire, crisse ? Pas comme s'il pouvait me battre ou quelque chose du genre. Pas comme s'il pouvait se permettre de dire un sacrement de mot de toute façon. Il devait bien savoir, pas un doute dans mon esprit, quelque part dans sa grosse tête d'épais, que si je voulais, je pourrais lui compliquer pas mal la vie. Je pourrais le réduire à rien. Si je voulais.

J'ai enlevé le bouchon du réservoir et j'ai commencé à fouiller dans mes poches pour trouver le bâton de popsicle.

Bâton trouvé.

Bâton coincé dans le trou.

Ouvrez grand, faites ahhhhh !

Mes mains tremblaient tellement que je pouvais à peine garder la cannette en place pendant que je la vidais dans le réservoir.

Un autre éclat de rires venant du quai.

Et puis le calme absolu s'est abattu sur moi et le temps s'est arrêté.

Tout ce que j'arrivais à entendre, c'était le pétillement du Big 8 dans le réservoir du char de Francey O'Dea. J'arrivais pas à me rappeler avoir vécu un moment aussi... satisfaisant. Une sensation de pouvoir prenait le dessus, un nouvel élan de force vive semblait courir dans mes veines. La cannette de Big 8 se faisait plus légère, tout comme mon cœur.

Et puis la cannette, vidée.

Et moi qui ne l'étais pas.

~

— Natasha ?

— Minute. Minute. Je m'en viens.

J'ai revissé le bouchon et j'ai fermé la petite porte. Pas de cochonnerie. Quand je me suis relevée, j'avais l'impression de mesurer dix pieds de haut. J'ai fait semblant de rezipper mes pantalons et je suis allée à leur rencontre. Puis je me suis rendu compte que j'avais oublié de pisser et que j'avais *vraiment* envie. Mais j'ai décidé de me retenir.

Là, j'ai pensé, qu'est-ce qui se passe si l'auto de Francey part pas et qu'il veut monter avec nous autres ? C'est là que j'ai décidé que je ferais exprès pour me choquer puis que je m'en reviendrais à pied. Et je forcerais Keith à marcher avec moi. J'enverrais promener Bobby. Je sauterais Keith quelque part dans les fourrés sur le chemin du retour.

Keith Kavanagh.

Keith et Natasha.

J'aimais ça. Ça sonnait bien.

Ils venaient de finir leur pétard et s'en retournaient en trébuchant du côté des autos. Chacun dans son petit monde. Bobby se balançait la tête de haut en bas et Keith avait l'air perdu, un sourire un peu fou étampé dans la face. Francey avait les yeux rivés au sol et, pour la première fois de ma vie, je voulais qu'il me regarde parce que je savais que j'allais le scier en deux.

— T'as manqué ça, Natasha. Un vrai bon buzz.

J'avais envie de lui dire que je venais moi-même de m'offrir un vrai bon buzz. Mais je commençais à m'inquiéter quant à la façon dont tout cela allait se passer. Pas question que Francey monte avec nous autres. Ou, alors, il allait monter dans la boîte du camion. Ou on pourrait l'attacher au pare-chocs arrière et le traîner jusqu'à l'autoroute. Ça, ça ferait juste bien mon affaire.

On s'est entassés dans le camion. Francey a sauté dans son char. Bobby a embrayé en direction du chemin. Comme Francey avait fait la route dans le bons sens, il fallait qu'il commence par reculer son char avant de reprendre le chemin. J'étais tendue juste à le voir essayer de mettre la clé dans le contact. Le moteur a rugi et mon cœur s'est arrêté. Il a reculé son char. Le moteur ronronnait comme jamais. J'ai regardé

Keith. Je pense qu'il m'a fait un clin d'œil, mais il avait tellement les yeux dans le beurre que c'est difficile à dire. Il a fait un petit solo de drums sur le tableau de bord.

— O.K., mon Bobby, crissons notre camp d'ici. Pleins gaz.

— On va pas attendre Francey ?

— Nan, fuck Francey. Il connaît le chemin.

Bobby a embrayé et on a commencé à rouler. Je me suis retournée et j'ai vu le cul du char de Francey se braquer comme s'il avait frappé un mur de brique. Est-ce que ça marchait ? Il l'a reparti, a donné un bon coup de gaz, l'a mis sur le reculons... le char a encore étouffé. J'ai regardé Keith, qui me regardait justement, et j'ai souri. J'ai ouvert la radio et j'ai monté un peu le son pour que Bobby s'occupe pas de Francey. Il était trop gelé pour se rendre compte de quoi que ce soit de toute façon. On a pris le tournant puis Kitchen a disparu. J'ai pensé avoir entendu Francey klaxonner, fait que j'ai remonté la radio d'une coche.

— Natasha, t'as pas bu tout ça ?

J'avais encore la cannette dans la main et j'ai eu un instant de panique. La preuve. J'avais jamais rien fait de ce genre-là dans ma vie avant. Je pourrais me faire arrêter et avoir à payer pour les dommages ou... Cette nuit, Francey O'Dea avait toute une marche devant lui. J'ai laissé s'échapper le premier d'un millier de petits rires.

— Non, Bobby, je l'ai pas bue. Je l'ai vidée.

Moi et Keith, en même temps, tordus, à se tenir les côtes. Bobby a secoué la tête.

— Qu'est-ce qu'il y a de si drôle ? Qu'est-ce qu'il y a de si crissement drôle, Natasha ? C'est quoi qui vous fait rire ?

Je pouvais plus m'arrêter et je voulais pas non plus. J'ai regardé dehors, du côté du passager, juste au moment où on rasait le drapeau.

Là, plus question de retourner en arrière.

4

Bec et ongles

Pauvre petite crotte. Il est resté assis là, jour après jour. Quasiment pas touché à sa bouffe. Rarement capable de se rendre à sa litière à temps. On avait beau lui souffler des petits mots doux et le flatter continuellement, lui agiter un sac d'herbe aux chats sous le nez ou de la nourriture en canne, aucune réaction. On en a conclu qu'il avait été empoisonné. De l'antigel, peut-être, mélangé à du lait. Dilué, l'antigel a la réputation d'être sucré et sans odeur, ça commence lentement à travailler sur la paroi de l'estomac, à éclaircir le sang avant de se mettre à gruger les veines de l'intérieur. De s'attaquer au foie, au cœur et au cerveau. Un sale coup de sans-cœur. Ces derniers jours, ses yeux avaient l'air de s'embrumer, il avait l'air fatigué, en train d'attendre, aucun moyen de communiquer sa douleur. Pauvre petite crotte.

Un jour, Muggins, le chien de Natasha, un setter irlandais raide maigre qui avait de la misère à tenir sur ses pattes, est venu gratter à la porte, le misérable petit chat tendrement accroché entre ses mâchoires. Heureusement pour le chat, ce soir-là, c'est Becky, la sœur de Tash, qui est allée ouvrir à Muggins.

— Qu'est-ce que t'as là, Mugs? Oh mon Dieu! Je peux le garder, Dad? Je peux?

Si ç'avait été le vieux qui avait ouvert la porte, il aurait garroché le minou de l'autre bord de la clôture jusque dans la cour arrière du voisin. Il aurait peut-être même visé *la* clôture avec. Mais Becky était folle comme un balai parce que le minou lui faisait des petites affaires cute de minou. Sauter et faire des bonds, ronronner et coller son petit museau contre elle.

— Je le garde!

Elle lui donnait son lait au compte-gouttes, trempait son petit doigt dans le Cheez Whiz et lui donnait à lécher.

Un petit vite, ç'a pas été long qu'il a compris comment s'ajuster aux hauts et aux bas de la maison. Au moins, il a eu assez de bon sens pour se tenir loin du bonhomme, un caractériel toujours prêt à donner un solide coup de pied. Je peux pas en dire autant.

Il avait un peu l'air d'un avorton. Moitié matou, moitié minou. Sauf qu'un jour, le charmant petit minou en lui est disparu. Il a arrêté de jouer. Fallait le tasser du chemin avec notre pied pour pas s'enfarger. Une journée, il fait des saltos arrière pour attraper un taon dans la cuisine, la journée d'après il pèse une plume et il est en train de se laisser mourir sur le plancher de la salle de bain.

C'est là que Natasha l'a trouvé, à la fin de septembre, baignant dans ses excréments, des gémissements de douleur coincés dans la gorge.

On était partis de l'école à midi pour aller ramasser des champignons magiques à Pasture. J'ai jamais été fort sur les champignons et j'avais juré, chaque fois que j'en prenais, que jamais plus je toucherais à ça. Mais Natasha arrivait pas à s'en passer.

— C'est juste que moi, quand j'en prends, ça me fait venir, je mouille tout de suite, sans raison.

Bon, qui je suis pour dire non à ça ? On s'en est ramassé une couple de poignées chacun, puis quand on est revenus sur le bord de la route, on les a comptés. Une centaine environ. On a pris notre lunch, on a ouvert les sandwiches puis on a fourré les champignons entre le jambon et le fromage avant de se les taper. Aussitôt que je les ai eu avalés, j'ai paniqué et j'ai voulu me faire restituer, mais il était pas question qu'elle me laisse faire.

— Non ! ! Keith, non. On est là-dedans ensemble. Envoye, mon chéri, t'as dit que tu le ferais. Ça me tente pas de triper toute seule. C'est trop plate toute seule.

Chéri.

On a grimpé jusqu'au pont Sheen, on s'est accotés contre le garde-fou et on s'est mis à faire du pouce, quand les autos passaient, tout en se foutant si ça allait marcher ou non. J'ai senti que les champis brassaient dans mon estomac. *Malade.* On se parlait pas vraiment, on restait là en attendant que quelque chose arrive. On venait de se chicaner à cause de la nuit du samedi d'avant. Elle était allée à Fermeuse, à un party, et elle s'était saoulée, elle se souvenait même plus comment elle était revenue à la maison.

— Ben comment tu peux être sûre d'abord que t'as pas baisé avec quelqu'un ?

— Parce que je suis pas une salope, Keith. Contrairement à ce que tu pourrais croire.

— C'est pas ça que je suis en train de dire. C'est pas ça. Tout ce que je suis en train de dire, c'est que quelqu'un aurait pu en profiter. C'est tout.

— Quoi ? Tu penses que j'ai pas le contrôle ? C'est sûr qu'à force de se tenir avec des gars dans ton genre.

— Dans mon *genre.* O.K., si t'as le crisse de contrôle tant que ça, comment ça se fait que tu peux même pas te rappeler comment t'as fait pour rentrer ?

Tu peux juste crissement pas gagner. Ferme ta gueule. On glisse alors dans un silence amer, un silence de frustration. C'est la seule façon de s'en sortir.

— Quoi?

— Quoi?

— Je pensais que tu avais dit quelque chose.

— Jamais ouvert ma gueule, fille.

Une grosse bagnole avec des dés en peluche s'arrête, on s'effoire sur le banc d'en arrière et Natasha est aux prises avec un bâillement tellement puissant que j'ai l'impression qu'elle va se décrocher les mâchoires. Les yeux dans le même trou, les larmes qui coulent, les deux pommettes qui écrasent son nez. Un petit oisillon affamé qui attend son ver sur le point d'avaler sa propre tête. Le bâillement dure à peu près dix secondes. Avant qu'elle ait terminé celui-là, un autre s'amène. Les champignons frappent d'aplomb.

Le vieux couple dans le char parle pas beaucoup et je suis content parce que je me sens lourd et engourdi, comme si le gros siège moelleux de l'auto était pour m'avaler. On roule en silence, moi et Natasha, on a peur de partir sur un fou rire si on se regarde ou, pire, de pas rire pantoute.

Le temps qu'ils nous laissent à Cove, c'est comme si j'avais jamais vécu autre chose, comme si j'étais né sur le siège arrière de la Lincoln. Je tire sur la poignée et je sens à l'intérieur de la porte quelque chose qui fait *click*. Ça vibre dans mon bras, jusque dans ma tête, et là, je *comprends* la porte, je remercie le couple de vieux et je suis sincère, je suis authentiquement reconnaissant.

Tash a plus d'yeux, elle n'est que pupilles et sa face a l'air plus petite, enfoncée, une face de petite souris. Je lui dis ça et elle me dit que j'ai l'air d'une fille, que les champignons doivent faire sortir mon côté féminin, elle me demande si je veux lui emprunter une robe. Elle sait que ça va me faire choquer, puis moi, je sais que c'est ça qu'elle essaye de faire.

Me pousser à bout jusqu'à ce que je fasse le con pour que la faute me retombe dessus, mais dans le fond ç'a tout l'air que ça a commencé parce qu'elle a fait une petite joke et que moi je lui ai dit qu'elle ressemblait à une souris. Encore une fois, je vais finir par être celui qui a l'air d'un trou du cul.

Je prends sur moi et je respire à fond, je sais trop bien que la seule chose qu'on va arriver à faire en essayant de se venger, c'est de partir une autre chicane. Peut-être qu'elle voulait juste faire une farce. Je le sais pas. En plus, ç'a l'air le fun. Je m'imagine dans une de ses robes, la petite noire échancrée peut-être, celle qu'elle a portée au mariage de sa tante. La façon dont elle lui moulait les seins, ses cuisses nues qu'on voyait à cause de la lumière du soleil qui luisait à travers. Je lui tire ma révérence.

— Pourquoi est-ce que j'en essayerais pas une d'abord? On peut prendre une photo. La publier dans la rubrique *À vendre.*

On a la maison à nous autres tout seuls. En bas, dans sa chambre au sous-sol. On niaise. On profite de notre temps ensemble. Sur la même longueur d'onde, vraiment. Elle enlève l'élastique de sa queue de cheval et laisse retomber ses cheveux. Elle est tellement belle. Des fois, je l'aime tellement que j'ai le goût de hurler. Mais ces moments-là sont rares et de plus en plus espacés par les temps qui courent. C'est peut-être seulement une question de communication. Je le sais qu'elle était pas *avec personne* l'autre nuit. Je le sais. C'est juste qu'elle haït ça avoir à se justifier. Elle aime vivre l'instant présent et j'ai tendance à accepter ce trait de caractère chez personne d'autre que moi. Je sais pas pourquoi, j'ai toujours le goût de tuer ces temps derniers. J'aime pas mal ça, moi avec, être sur le party.

— T'as vu?

— Quoi?

— La chambre. Quand j'inspire, elle se referme sur nous, elle reprend sa place quand j'expire. Regarde. Tu vois-tu ?

— Ta face est en train de fondre, Keith. Il reste plus rien de masculin astheure. C'est comme s'il y avait une femme sous ta peau qui cherchait à se libérer.

— Va chier, Tash. On peut-tu juste...

— Non, non, c'est pas ça que je veux dire. Elle a un petit genre pas mal cute.

Natasha s'étire pour m'embrasser mais se retire à la dernière seconde avant que ses lèvres me touchent. Je fouille dans sa garde-robe et je sors la robe à laquelle je pensais. Je dézippe mes jeans, les descends jusqu'à mes chevilles. Je tire mon t-shirt par-dessus ma tête. Je prends la robe et j'essaie de l'enfiler par le bas, mais je perds pied et je tombe par terre.

— C'est pas de même qu'il faut faire ça, gars. Il faut la glisser autour de toi. En douceur.

Je passe la robe par-dessus ma tête. Je passe mon bras à travers la première manche comme il faut, quand j'essaye d'enfiler la deuxième, mon coude reste pris et je manque d'espace pour étirer mon bras. Je force un peu, j'entends la robe qui se déchire quelque part. Je fais semblant de ne pas m'en rendre compte.

— T'es donc bien sauvage, Keith. C'est une robe de cent piastres, viarge de sans génie.

— Je vais la recoudre. Calme-toi, fille. Je vais la recoudre.

— Non mais reviens-en. Enlève-la, tu vas la ruiner. C'est ma seule robe qui a de l'allure. Elle te fait même pas.

C'est un peu serré aux épaules, mais j'ai pas envie de l'enlever. C'est tellement léger, tellement doux autour de mes jambes. Je glisse mes doigts dans les ganses de ses jeans et je la tire jusqu'à ce qu'elle tombe sur le lit. On commence à s'embrasser, mais on a la bouche tellement sèche que nos langues sont comme du papier sablé. Du coin de l'œil, je vois quelque chose qui bouge, se plie et disparaît aussitôt que j'essaie de focaliser dessus. Le diable en personne. Dans la chambre. Je me redresse d'un coup.

— As-tu vu ça?

— Ferme-la, Keith. Tu veux juste pas m'embrasser.

— Non, je veux. C'est juste qu'on a la bouche tellement sèche et je suis tellement stone. C'est écœurant.

— Là je suis écœurante, c'est ça? Ben tu devrais voir de quoi t'as l'air dans ma robe.

Je défais le zipper, je glisse ma main dans ses jeans.

— J'ai mes règles.

Je retire ma main comme si ses jeans avaient pris en feu.

— Pourquoi tu me l'as pas dit avant?

— Je sais pas. Jamais pensé qu'il fallait que je fasse passer une annonce. On l'a déjà faite pareil avant.

On le faisait avant. Il y a longtemps de ça.

Il y a eu un temps où si l'un des deux avait le rhume, l'autre le voulait. *Tout ce qui vient de toi, je le veux.* C'était quand ce qui était ressenti était réel, comme s'il y avait eu personne d'autre sur la planète. Je pouvais l'embrasser à fond, première chose en me levant le matin, même si elle avait une haleine de cheval, ça me dérangeait pas, je savais que j'avais la même ou que la mienne était pire. Maintenant, je peux même pas la regarder le matin parce que la mauvaise haleine est devenue un terrain miné. Vient un temps, en cours de route, où ça passe plus, où ces affaires-là sont montées en épingle et se retournent contre toi. Comme péter. Quand on s'est connus, c'était quasiment une compétition, c'était à qui allait lâcher le plus gros. C'était aussi simple que ça entre nous. Maintenant, c'est juste une odeur de plus dans la pièce.

J'ai le cœur qui lève juste à penser que son sang menstruel nous servirait de lubrifiant.

D'un coup, j'ai le sentiment que mes reins vont me lâcher, comme si j'avais eu envie depuis des heures sans m'en rendre compte. Je saute en bas du lit et je me précipite aux toilettes.

— Keith, chéri, où tu t'en vas? Ça me dérange pas, tu sais.

Chéri.

— Je vais éclater, fille. J'ai-tu mauditement le droit d'aller pisser, oui ou non?

Je m'attends à quelque réponse plate et vicieuse à ça, mais non. Elle va attendre que je m'excuse. Puis je le ferai pas. Je pisse et je peux voir tout le chimique des champignons, ou peut-être est-ce ce qui reste de mon âme, qui se ramasse sur le dessus de l'eau du bol. C'est là où j'en suis. Je me brosse les dents jusqu'à ce que mes gencives saignent.

En sortant de la salle de bain, je manque de m'enfarger dans le chat. Il est assis au beau milieu de la place, à fixer le vide. Il a beaucoup maigri, mais il est encore un adorable petit prout. Gris charbon lustré tout partout.

— Salut, Minou.

Minou m'ignore. Je m'en retourne en bas.

— On devrait prendre un rendez-vous chez le vet pour le mine. Ou avec un psychiatre. Ça fait des semaines qu'il est de même.

Nathasha m'ignore elle avec. Elle est recroquevillée dans un coin du lit, un oreiller entre les bras. Endormie. Crisse, j'ai l'impression que ça fait seulement une minute que je suis parti. Mais ça se peut que j'aie perdu la carte pendant un bout. Comment quelqu'un qui est sur un high de champignons fait pour s'endormir aussi facilement, moi, ça me dépasse.

Pendant les deux heures qui suivent, j'en perds des bouts sans jamais trop savoir si je suis en train de marcher ou si j'ai dormi ou pas. Quelque part, dans le fond de mon esprit, j'entends un monstre hurler, je l'imagine en train de se balancer au bout d'un restant de membranes filamenteuses, Tarzan genre, dans le fin fond d'une des poches de mon cerveau. Là, je me souviens pourquoi j'ai juré que jamais plus je reprendrais des champignons. Redescendre, c'est trop débile.

Je regarde dormir Natasha. J'ai de la peine pour nous deux. On était tellement fins l'un pour l'autre. On avait du fun en masse quand on a commencé à sortir ensemble. Je suppose qu'il y a une limite à ce qu'on peut encaisser avant que ça lâche. Maintenant, on est usés à la corde, puis y en a pas un des deux qui est assez fort pour gagner sur l'autre ou pour s'en aller. Astheure, les faiblesses, les peurs qu'on se confiait l'un à l'autre sont devenues des munitions. C'est à qui va pouvoir en endurer le plus, qui va souffrir le plus face aux soupçons de trahison qu'on entretient l'un vis à vis de l'autre. Qui *peut* s'en aller, mais ne le fera pas, qui *ne peut pas* mais voudrait bien le faire. C'est un misérable scénario de colère et de ressentiment, de peur et de cul réparateur. Toujours l'éventualité, cette intense nécessité du cul qui répare et qui te ramène directement là. Juste quand on pense que c'est fini, que c'est ça qui est *ça*, qu'on a plus rien à offrir, nos émotions évacuées, nos têtes et nos cœurs sur le point d'exploser de frustration, c'est dans ce temps-là qu'on se désire le plus.

Un rond humide de bave s'est ramassé sur l'oreiller, ses yeux flippent derrière ses paupières. J'essaie de m'imaginer avec elle dans une couple d'années d'ici. J'y arrive pas. Je doute qu'on puisse faire un autre six mois. Mais je peux pas m'imaginer sans elle non plus. Je me colle contre son corps, en cuiller, et, malgré le monstre hurlant dans ma tête, je sombre dans le sommeil.

J'ai l'impression qu'on est dix ans plus tard, un son distinct me tire du lit : Natasha en train de chialer en haut de l'escalier. Saint-chrême. Au moins, cette fois, je suis certain que c'est pas dans ma tête.

— Keith ? Keith, monte vite ! Je pense qu'il est en train de mourir.

— Quoi ? Qui ça, fuck, qui est en train de mourir ? Où c'est que t'es, là ?

— Dans la salle de bain ! C'est le chat. Monte. Dépêche.

Je me sens tellement tout croche, l'effet des champignons pas tout à fait fini. Je peux pas croire que je l'ai laissée me convaincre de porter son hostie de robe stupide. Elle lui faisait même pas si bien que ça. Elle continue de s'égosiller en haut comme une cloche à vache brisée, ça fait que j'attrape mes jeans puis, en montant, je les enfile en dessous de la robe.

Je la trouve assise sur le bord du bain, un mélange de dégoût et d'horreur dans la face, les yeux fixés sur le chat, tout écartillé sur le plancher, les yeux virés à l'envers. Sa petite poitrine argentée parvient difficilement à se soulever et à redescendre, en train d'en reperdre à chaque nouvelle respiration. Ça sent la merde, Natasha laisse tomber une serviette sur le petit tas qu'a fait le chat. Une écume blanche sort lentement de sa gueule. Trop tard pour le psychiatre maintenant, mon mine.

Le menton tremblant, Natasha essaie d'étouffer une plainte. Elle l'aime, ce petit chat-là. Elle se force pour retenir ses larmes en me disant de faire quelque chose, n'importe quoi, avant que Becky revienne à la maison.

— Fuck, tu veux que je fasse quoi, fille ?

— Sors-le dehors et tue-le, Keith.

— *Le sortir dehors et le tuer?* Pour l'amour, Tash, es-tu malade, crisse ?

— Bien, noye-le d'abord, dans le bain ou quelque chose. Je le sais pas moi...

— Noyer un chat dans un câlisse de bain ? Ça c'est fort.

— Ben, je le sais pas moi, t'as juste à... juste à t'en débarrasser. Il souffre.

Il souffre. Il est en train de souffrir et je ne comprends pas pourquoi il a tant de misère à respirer, pourquoi ses pattes sont plus capables de le soutenir.

— O.K., c'est correct. C'est correct. Je suppose que je pourrais le sortir en arrière. Je vais aller me changer avant.

— Non, Keith. Fais-le tout de suite. Il faut que tu le fasses tout de suite. Becky va revenir tantôt. Je viens juste de lui parler...

— Bon, oui, je vais y aller mais...

— Fuck, Keith, tout de suite!

Elle m'a à moitié crié la dernière partie, une touche d'hystérie dans la voix. J'ai pas le moral assez solide pour me battre contre elle.

Alors je ramasse le pauvre petit paquet et je le mets dans un sac de plastique blanc. Il hurle au supplice. Il est tellement maigre qu'en dessous de sa colonne, mon pouce puis mon index se touchent presque. La peau et les os, c'est tout ce qui reste. Juste comme je suis en train de le soulever, ses intestins se vident une autre fois et Natasha se ramasse la tête dans les toilettes.

Magré tout, Minou s'installe assez confortablement dans le fond du sac, et ça me rappelle comment il aimait ça, faire ça, quand il était petit. On le fourrait dans un sac de plastique et on le faisait tourner jusqu'à ce qu'on ait le bras mort. Après, on accrochait le sac à une poignée de porte puis il s'endormait direct dedans. Quand il se réveillait, il se sortait de là à coups de griffes. Je me demande s'il a fait le lien entre les deux, et si oui, si ça atténue un peu sa douleur.

Dehors, dans le bois en arrière de la maison, un chat presque mort dans un sac de plastique à chercher une façon civilisée de le tuer. La noyade, c'est tellement trop de solitude. Je lui sors la tête du sac et je mets mes mains autour de son cou. Je les garde là. Une petite pression puis ça y est, finie la misère. Mais je peux pas. Je pourrais pas. Il est tellement petit, son cou est chaud, ses yeux sont ouverts et en toute autre circonstance, ils auraient l'air, je le sais pas, moi, maléfiques, ou peut-être même d'être des yeux de prédateur. Il est tellement petit.

Je suis absolument pas en état pour ce genre de merde-là. Je le remets dans le fond du sac, le dépose sur le sol et marche autour pendant un moment. Je devrais plutôt dire : je sautille autour. Des générations d'aiguilles de pin tombées sous la poussée du vent ont formé une couche spongieuse sur le sol qui s'enfonce sous la pression de mes bottes. *Comment faire ça sur le sens du monde?*

Sans réfléchir, je déterre une grosse roche couverte de mousse, je la lève au-dessus de ma tête et je la fais tomber dans sa face. Mais le sol en dessous est trop mou, sa tête s'enfonce et la roche rebondit vers moi. Il laisse échapper un grincement qui n'a rien à voir avec aucun des sons que peut émettre un chat, un petit grognement de pourceau haut perché qu'il avait sans doute gardé en réserve sa vie durant pour le jour où quelqu'un s'adonnerait à lui lancer une roche de dix livres en pleine face.

Un sursaut de vie à la face de la mort, hurlant et sauvage, il gigote et il agite ses pattes de derrière à l'intérieur du sac.

Je peux plus reculer.

Je peux pas le laisser continuer à vivre comme ça.

Je lui lance la roche en pleine face une autre fois. Les deux pattes d'en avant sorties du sac, il s'agrippe au bas de ma robe. La belle robe de Natasha. Pendu là pendant une fraction de seconde, avant que l'horreur de la chose n'atteigne mon cerveau et, comme je me balance pour le décrocher de là, ses griffes déchirent le délicat tissu de la robe. Le corps à moitié sorti du sac, il virevolte dans les airs et atterrit avec fracas sur une souche pourrie. Je le rejoins. J'arrive pas à le regarder dans les yeux pendant que je ramène le sac par-dessus sa tête. Je lève les yeux et je remercie le ciel. Puis, de toutes mes forces, je remets la roche par-dessus. Je peux voir ses yeux à travers le sac, il se tortille encore un peu. Les nerfs.

De la merde de chat sur le front, de la merde partout à l'intérieur de la robe de Tash. Du sang sous mes ongles. Fuck. Je rentre pour pouvoir me laver un peu, pour prendre un autre sac propre, pour lui faire un cercueil décent. Natasha est en train de regarder un talk-show.

— Y est-tu mort, Keith?

— Pas mal, je suppose.

J'enlève la merde que j'ai sur le front, les avant-bras, je cherche un sac dans les armoires.

— Comment t'as fait ça? Tu l'as pas torturé au moins, Keith?

— Torturé? Non, je l'ai crissement pas torturé... Je l'ai noyé dans un bac. Il a jamais rien vu venir, fille. Les sacs à vidange sont où?

Natasha se remet à pleurer, mais je vais pas la prendre dans mes bras. Ses pupilles sont encore dilatées. Elle est encore gelée. La compassion servirait à rien. Je la laisse là, debout au milieu de la cuisine, à fixer ses pieds, un ruisseau de larmes sur les joues.

Quand je retourne dehors, dans le bois, le chat est plus nulle part. Le chat a disparu, le vieux sac plein de sang tout froissé là où je l'avais laissé. Impossible.

— Ici, le Mine. Viens, Minou. Ici, Minou Minou Minou.

Quelque chose qui brasse et qui bruit, là, sur ma gauche, dans le buisson. Je vérifie, mais c'est rien qu'une vieille languette de plastique accrochée là. Je fouille autour, je sais très bien qu'il peut pas être très loin sans que quelque chose d'autre l'ait traîné ailleurs. Un nuage glisse devant le soleil, le bois s'assombrit, du coin de l'œil, les branches des arbres sont comme des doigts qui cherchent à me toucher. Je commence à capoter, je me dis que peut-être quelque chose dans le bois est en train de s'en prendre au chat.

Je finis par le trouver titubant à un bon douze ou quinze pieds de distance de l'endroit où je l'avais laissé pour mort.

Un œil sorti de la tête, le crâne écrapouti et maculé de sang. Du liquide blanc qui coule de son oreille. Il se laisse tomber sur le côté et miaule avec la même insistance que quand il demandait à sortir de la maison le matin. Je retourne chercher la roche, mais elle est pleine de merde de chat et mes mains sont fraîches lavées. Il doit bien y avoir une autre façon. Je fais les cent pas une fois de plus, puis quand je reviens, Seigneur Tout-Puissant, il ronronne. Étendu sur son lit de mort, la face écrasée à se ronronner ça. Compte tenu des circonstances, c'est sans aucun doute un des sons les plus freakants que j'ai jamais entendus.

Alors, avec le talon de ma botte, je l'enfonce dans le sol. Enfonce. Mais il arrête pas de grouiller... enfonce... de hurler... enfonce... de gratter... enfonce... de se tortiller. Il se bat bec et ongles. Je finis par l'écraser avec le talon de ma botte jusqu'à ce que la tête se détache du corps. Fuck. Mes bottes sont pleines de ragoût de chat. La robe de Natasha, finie, comme elle l'avait prédit. Je retiens mon souffle. Je le ramasse et je le mets dans le sac propre. Il est en bouillie. Un tapon de poil gris sanguinolent. Je fais un nœud avec les bords du sac et je le lance par-dessus les arbres, plus bas, jusque dans le pit.

Personne a jamais pensé à donner un vrai nom à ce chat-là. Juste Minou, c'est comme ça qu'on l'appelait.

Quand je rentre, Natasha me reluque de haut en bas. Elle voit dans quel état est la robe et on se retrouve exactement où on était.

— Keith, ma maudite robe. Est finie.

— Ben, je t'ai dit que je voulais me changer avant de...

— T'as vu à quel point j'étais à l'envers.

— C'est pour ça que je suis pas allé me changer. Tu m'as jamais donné la chance de le faire.

— Je t'avais dit de pas la mettre.

— C'était ta câlisse d'idée.

Cette nuit-là, Minou est pas rentré. Ni la nuit suivante. Personne s'en faisait. Les chats sont des animaux très occupés.

Quelques jours plus tard, Becky s'installe sur le bord de la porte jusqu'à minuit et se met à l'appeler *Minou Minou Miiiiiinououou.*

Les vieilles frousses autour du vieux Jack Reddigan qui écorchait les chats avec une lame de rasoir.

Moi puis Natasha, on parle de déménager à St. John l'année prochaine.

Peut-être que si on avait notre place à nous autres...

Becky qui laisse un bol de lait et des Whiskas sur les marches d'en avant.

Un soir, ça gratte à la porte.

Becky laisse rentrer le bon vieux Muggins.

— Qu'est-ce que t'as là dans le sac, Mugs ? C'est-tu un cadeau pour moi ? C'est un cadeau pour Becky ?

Fuck.

5

Du vrai beau jeu

On perd par deux points et il reste quinze minutes en troisième période. Je me faufile avec la rondelle et je franchis la ligne bleue. Keith a le champ libre sur ma gauche. Je devrais lui faire une passe. Ça tombe sous le sens. Il aurait un lancer épatant au filet. Mais je le fais pas. Peux pas prendre le risque. Je fais semblant de passer et je lance un boulet dans le haut du filet, à droite. Le but! Les bâtons se lèvent. Mes coéquipiers m'entourent, me frappent dans le dos, me tapochent les bras. Maudit. Ça fait du bien. On est encore dans la game.

Mise au jeu. Une fois de plus, on est obligés d'attendre que Keith se mette en position. Je sais pas pourquoi il se donne le trouble. Il regarde jamais la rondelle. Tout ce qui l'intéresse, c'est les mises en échec, les coups de bâton, les accrochages et les batailles. C'est ça. Il traîne de la patte jusqu'à ce qu'il repère quelque chose ou quelqu'un qui fait pas son affaire puis là, il vire fou.

La semaine passée, on a fini la pratique avec une mêlée[1]. À cause du temps de pratique réparti entre les gardiens, la règle

1. *Scrimmage* en anglais. Se joue sans gardien de but. Les joueurs marquent un point chaque fois qu'un d'entre eux réussit à frapper le poteau du but et non le filet.

établie pour les mêlées, c'est de compter un point chaque fois que la rondelle frappe un des poteaux. C'est pas facile à faire. J'ai pas encore réussi à marquer un point dans ces mêlées-là. Finalement, Brad Ryan, qui vient de Shore, remonte la glace tout seul avec la rondelle. Keith le suit. Faut lui donner ça, Keith a un vrai bon coup de patin. Je sais pas où il prend son souffle, par exemple, parce qu'avant chaque game, il se ramasse dans les gradins à fumer comme s'il mangeait des bonbons. Brad franchit la ligne bleue, Keith à quelques pouces derrière. Avec son bâton, Keith accroche Brad par la cheville. Mais Brad continue à patiner et c'est Keith qui prend une débarque. Brad poursuit en direction du filet désert. Mais, dans une mêlée, ça sert à rien de viser le filet parce que le poteau, qui est ta vraie cible, est tellement étroit, c'est difficile à évaluer. Faudrait être un as. Fait que Brad continue sa montée, il s'arrête à peu près à un pied du poteau. Il lance et rate le but. La rondelle va dans le filet. Brad reste là et il essaie de la sortir en espérant se reprendre avant de manquer de temps. Il réussit à l'attraper du bout de son bâton et à la ramasser. Juste comme il vient de la reprendre pour viser le poteau, Keith lui rentre dedans par-derrière. Faut savoir que Brad est pas mal costaud. En patins, il dépasse la barre horizontale du filet d'un bon deux pieds. Mais il a pas de défense. Il s'attendait pas à ça, mais qui se serait attendu à ça ? Son cou frappe la barre du filet. Le coup de la corde à linge. Il tombe, son épaule gauche encaisse tout le poids de la chute. Il reste étendu, inanimé, dans le filet. La game s'arrête et tout le monde se ramasse pour voir s'il est correct. Rolly, ça, c'est notre coach, encourage Brad à se relever. On frappe la glace avec nos bâtons et on crie pour encourager Brad, qui bûche pour se rendre jusqu'aux vestiaires. Keith l'encourage lui aussi, comme tous nous autres, puis il se remet à patiner et va de l'un à l'autre en lâchant de petits grognements.

Brad sort de la game avec une épaule disloquée. Il est sur le banc, il encourage les joueurs. S'il avait un minimum de bon sens, il prendrait Keith puis lui brasserait la merde dans le corps. Si c'était pas qu'on fait tous partie de la même équipe, *je* lui brasserais probablement la merde dans le corps. Peut-être s'il était pas mon meilleur ami. Il met en échec un de nos meilleurs joueurs, son propre coéquipier, durant une crisse de mêlée, une semaine avant le championnat, ça prouve à quel point il a le jeu à cœur.

Le championnat. Ça finit par pas crisser grand-chose. Le banquet de la soirée est toujours bien, par exemple; des ailes de poulet et des frites, des médailles et de la danse. C'est pas compliqué, c'est toujours les mêmes faces qui gagnent les mêmes médailles tous les ans. Les fils du coach. Les chouchous. Mais, pour être honnête, habituellement ce *sont* les fils du coach qui le méritent. Ils sont faits pour ça, ils en mangent, du hockey, et ils *sont* habituellement les joueurs les plus utiles à leur équipe ou ceux qui ont le meilleur esprit d'équipe. En fait, ils sont pas habituellement ceux qui ont le meilleur esprit d'équipe, mais ç'a pas l'air de compter fort. La médaille du meilleur esprit d'équipe va habituellement au deuxième meilleur joueur de l'équipe, peu importe s'il est le plus con des enculés de la planète ou pas. C'est juste comme ça que ça marche.

Deux ans passés, Keith a remporté la médaille du joueur qui s'était le plus amélioré. Tout un choc au banquet, mais on se disait que ça avait à voir avec la dernière game qu'il avait jouée. Pendant cette game-là, la dernière de la saison, il a compté deux buts, un en arrière de l'autre, sur la même ligne. Les seuls points qu'il a comptés de toute l'année. Il a pas levé son bâton, il s'est pas mis à danser. Il a pas levé le bras, s'est pas pavané. Si ça se peut, il avait l'air mal à l'aise. Au deuxième but, il a gardé la tête baissée, a patiné pour se replacer pour la mise au jeu, puis s'est lancé sur l'ailier droit aussitôt que la rondelle a touché la glace. Cinq minutes pour une double mise en échec. Pourtant, son premier but nous a donné l'égalité, son deuxième nous a fait gagner la game. On était plus que contents de gagner, même si ça nous mettait en troisième position dans la ligue. C'était mieux que la dernière. Après, Keith endurait pas qu'on le félicite dans la chambre des joueurs. Il s'est mis à marmonner et à être en maudit, à secouer la tête, comme si on l'accusait plutôt que de le féliciter.

Quelques semaines plus tard, à la danse du banquet, il essayait de ramasser des petites jeunes en se servant de sa médaille. Pas une était impressionnée. Le joueur le plus utile à son équipe ramasse les filles qui marchent. Le meilleur esprit d'équipe ramasse les filles de bonne famille. Celui qui s'est le plus amélioré? Faut pas lâcher, l'année prochaine, peut-être. J'ai retrouvé la médaille de Keith sur le plancher de danse ce soir-là. Le ruban avait été arraché. Je l'ai peut-être encore quelque part. C'est une belle médaille.

Rien me fait plus plaisir qu'une belle nappe de glace fraîchement faite, mes patins lacés serré et les lames parfaitement affilées. Je pourrais presque dire que j'aime plus les réchauffements *avant* la game que la game elle-même. Pas de pression, juste patiner, juste se laisser aller. Accélérer. La sensation de la lame qui mord la glace quand tu fais le tour du filet. J'aime l'équipement aussi. Tout ce que je demande pour Noël, c'est de l'équipement de hockey neuf. Je suppose que ça me fait de l'effet, moi, d'être enveloppé dans une coquille de plastique dur, une sorte d'armure. Tu te sens plus grand, plus solide, plus rapide et plus fort. Amenez-en. Le costume, ça marche aussi. Ça me donne un vrai sens... d'appartenance. Dix autres tous habillés comme moi, tous avec la même idée derrière la tête. Amenez-en.

Keith est toujours en retard sur la glace. En train de niaiser dans la chambre des joueurs ou en train de s'en prendre à un plus jeune. Il descend par les gradins avec ses patins, pas de protège-lames, saute par-dessus les planches sur le banc. Des fois, il met même pas le pied sur la glace avant la deuxième période. Et il faut toujours qu'il emprunte quelque chose qui lui manque, un bâton, un protège-cou ou Dieu sait quoi. Comment peux-tu venir jouer au hockey sans jamais apporter ton propre bâton ? Ça me dépasse. Ça ou autre chose, c'est comme n'importe quoi. Une grosse joke. Je me demande s'il sait à quel point son père en arrache pour lui payer son inscription chaque année.

Je me suis fait un paquet de vrais bons chums au hockey. Des gars qui viennent d'un bout à l'autre de Shore. J'aime ça de même. J'ai jamais été le genre à faire partie d'une gang, un gars de la gang ou ce genre de merde-là. Mais je pense que le hockey m'a donné un bon départ. Ç'a pas l'air d'être la même affaire pour Keith, par exemple. Il se force même pas à rester après la game. Il parle jamais de hockey tout simplement parce qu'il sait pas comment. Il regarde même pas les éliminatoires ! Pourtant, tout le monde le connaît. C'est pas comme s'il était un misérable petit chromo tout seul dans son coin avec personne à qui parler. Il se fait en masse aller la gueule, mais jamais à propos du hockey. C'est comme s'il venait toutes les semaines exprimer son mépris le plus total pour la game ou pour ceux qui font partie de la game. Tout ce qu'il veut, c'est leur rentrer dedans.

C'est comme ça que tout le monde le connaît. Il a la plus mauvaise réputation de toute la ligue. Plutôt que de s'intéresser comme tous nous autres à marquer et à compter des buts, il essaye de dépasser son propre record de punitions par minute de jeu. Il passe son temps à s'en vanter. Et si un gars qui embarque sur la glace a l'ombre d'une chance de mettre en péril son record, garanti qu'avant la fin de la game, Keith va avoir jeté ses gants et sauté sur le gars juste pour se faire expulser de la glace.

Un peu plus tôt cette année, après la game, le coach de l'autre équipe est entré en fou dans la chambre des joueurs. Il a dit qu'il serait prêt à donner sa gosse gauche juste pour avoir Keith sur la glace, cinq petites minutes, à lui tout seul. Il a dit que Keith devrait même pas avoir le droit d'entrer dans l'aréna pour voir une partie de hockey, encore moins mettre le pied sur la glace avec des gars qui veulent apprendre, des gars qui prennent la game au sérieux, des gars qui savent comment jouer. Keith le rendait malade. Une vraie tempête, il délirait, il brassait. Je me rappelle plus ce que Keith avait fait pour déclencher ça. Je suis certain que c'était rien de bon.

~

Là, il reste dix minutes de jeu. Kieran Maher s'élance seul avec la rondelle. Personne pour le ralentir, je traverse la patinoire. Veux-tu me dire où est passée la maudite défense? Je suis presque en train de le rattraper au moment où il franchit la ligne bleue dans notre zone. Puis là, une épaisse, sans doute la mère de Kieran, se met à crier :

— Manque pas ta chance, Kieran. Manque pas ta chance. Laisse pas ce petit écœurant-là te rattraper!

J'imagine que le petit écœurant, c'est moi. Kieran s'enligne pour compter, mais il fait l'erreur de s'arrêter juste avant. Beaucoup de gars font cette erreur-là : ils sont pas capables de faire un lancer sans s'arrêter. Mais moi, pas question de *m*'arrêter, mon Kieran. Oh, non. Et j'espère que ta mère a des yeux pour voir. Boum. Je le plaque dans la bande et il tombe. Une belle mise en échec, bien propre. La rondelle glisse juste dans le creux de mon patin et, d'un lancer du poignet, je dégage. Super.

C'est le temps de m'arrêter un peu. Shane Maher, le frère jumeau de Kieran, vient me remplacer sur la glace. Ils ont jamais été dans la même équipe et je pense que c'est parce que les entraîneurs ont trop de misère à les différencier. Pas de problème pour voir la différence sur la glace, par exemple. Shane est un des meilleurs joueurs de la ligue. Kieran est dans la moyenne. Je suis pas en train de dire que je suis un joueur extraordinaire, mais je me défends. J'ai fait l'équipe des étoiles l'année passée et je l'aurais encore faite cette année si ç'avait pas été que je me suis déboîté la cheville durant le camp d'entraînement.

Rolly se penche et me donne une petite tape sur l'épaule.

— C'est beau, Andy. Belle mise en échec.

Rolly est le meilleur coach que j'ai jamais eu. Il a plusieurs années de moins que les autres entraîneurs, ce qui fait qu'il est capable de nous suivre pendant les pratiques. Coacher, c'est pas juste savoir parler. C'est pas mal plus que de faire un speech dans la chambre des joueurs ou de crier après eux autres derrière le banc. Rolly embarque sur la glace avec nous autres, il nous montre ce qu'on fait de pas correct et ce qu'on pourrait faire pour s'améliorer. Il entend à rire aussi. Il connaît tous les trucs, comment jouer salaud sans que les arbitres s'en rendent compte. En plus, il est pas là juste parce qu'il est parent avec un des joueurs, fait qu'il a pas de chouchous. Si t'es pas dans la game, il va te le dire, peu importe qui tu es.

Quelques années passées, un éclaireur des Nordiques de Québec est venu voir Rolly jouer dans les championnats régionaux à St. John. L'équipe de Rolly a perdu, mais il s'est distingué avec deux buts et deux passes. Monsieur l'éclaireur l'a pris dans le coin après la partie et lui a offert la lune. Il disait que Rolly devait battre le fer pendant qu'il était chaud, qu'il était encore assez jeune et en pleine forme. Mais Rolly voulait pas en entendre parler. Il y en a qui disent que c'est parce que Rolly était en train de terminer son bac en génie. Mais personne sait vraiment pourquoi il a refusé. Québec s'en sortait pas mal cette année-là, et Rolly aurait pu finir ses études un peu plus tard. Il y en a qui disent qu'il a eu peur d'être avalé par la machine, qu'il aimait mieux être quelqu'un de hot sur la patinoire locale que d'être juste un figurant parmi les grands. Mais moi, je pense pas. Ça, c'est de la jalousie. Rolly est un gars pas mal humble. Dieu seul sait ce qui lui passait par la tête à ce moment-là.

C'est le gros Frank Lowe qui est notre assistant-coach. Il parle pas beaucoup. Il est bourru, une présence un peu croche la plupart du temps. Mais il connaît son hockey et il garde son œil sur la game. Son fils, P'tit Frank, est dans notre équipe. P'tit Frank est un peu lourd, mais c'est une bonne défense. Il a tendance à manquer de souffle pas longtemps après le début de la game puis il arrive jamais à le reprendre.

Merde, il reste six minutes de jeu, on tire encore de l'arrière par un point. P'tit Frank revient sur le banc, il manque de souffle, il a besoin d'un break. Je regarde Rolly et il me fait signe de prendre la place. Aussitôt que j'embarque sur la glace, le sifflet. Hors-jeu. Mise au jeu dans le territoire adverse. Ça fait plaisir à voir. C'est moi qui fais face à la mise au jeu. Avant que la rondelle tombe, j'entends crier, ça vient du banc. C'est Big Frank. Il est en train d'engueuler Rolly en pleine face, il lui sacre après puis là, il s'en va à l'autre bout du banc. C'est bizarre. La rondelle tombe et je la manque. Shane Maher s'en empare et la retient. Puis il la passe à l'ailier gauche. Une ouverture devant et je me mets en position devant le filet. Je ramasse la passe sur la gauche, je fais semblant de lancer, je repasse à Shane qui lance et la câlisse dedans! Du maudit beau jeu. Égalité, et il reste quatre minutes de jeu. On peut gagner cette partie-là. Une moitié de l'aréna hurle à mort, ils veulent que ça saigne, l'autre crie de joie, siffle et capote. Rien comme d'entendre ça.

Mise au jeu. P'tit Frank revient sur la patinoire pour remplacer la défense. Aussitôt que la rondelle touche la glace, je la colle sur mon patin et je l'envoie valser entre les jambes de l'autre joueur. C'est Rolly qui m'a montré comment faire. Je m'élance et je la ramasse avant que personne ait le temps de se rendre compte de quoi que ce soit. Là, je reçois un sournois coup de palette en plein dans les côtes. Le crisse de Kieran Maher ! Il m'en veut encore de l'avoir plaqué, je suppose. Il s'en vient sur moi, un sourire stupide dans face, et me crache quelque niaiserie. Je pense qu'il m'a traité de fif. Je garroche mes gants et je lui saute à la gorge. Ça sert à rien de viser la face à cause de son masque, je finirais juste par me démolir les jointures. Je le ramasse et il chute. C'est une autre façon de distinguer les jumeaux, sur et hors glace : Shane est ce qui se fait de mieux, Kieran est rien qu'une petite merde.

Le coup de sifflet et je m'en retourne dans la boîte sans qu'on me dise d'y aller. Dans les gradins, les supporteurs ennemis sont fous de joie. Ils applaudissent l'arbitre. La mère de Kieran se gêne pas pour m'en lancer une couple. Je sais pas trop ce qui la motive. Elle a un gars dans chaque équipe. Quand ils vont rentrer chez eux, un des deux va avoir gagné, pour l'amour du Crisse.

Deux minutes pour rudesse. Quatre minutes et demie avant la fin, et mon équipe est en infériorité numérique. Keith passe près de la boîte et il donne un petit coup de bâton sur mon casque. Il me cherche en crisse.

Je baisse la tête et j'essaie de reprendre mon souffle. Je regarde du côté du banc. Rolly a l'air découragé. Il aime pas perdre du temps de glace avec des batailles. Il dit toujours que si on peut pas régler son compte à un écœurant sur la glace en faisant du beau jeu, on a juste à le régler en dehors de la glace après la partie. Mais c'est dur de pas perdre la carte quand t'es pompé à bloc puis qu'un trou du cul commence à jouer salaud en te criant des noms.

J'essaie de me concentrer sur la game. La rondelle ricoche dans le coin de la patinoire, de notre côté. P'tit Frank est planté là et il la laisse passer. Il se traîne les pieds jusque dans le coin de la patinoire pour la ramasser, mais un gars de l'autre équipe s'en vient à pleine vitesse derrière lui. Notre gardien s'empare de la rondelle et, en un rien de temps, il la renvoie plus loin. Rolly rappelle P'tit Frank sur le banc et envoie quelqu'un d'autre prendre sa place. Le jeu est de notre bord. Keith tente un lancer en direction du filet, mais il est pas mal à côté.

— Passe-la, mon gars ! Passe-la !

J'ai dit ça par exprès. Pas comme si Keith s'organisait pour abuser de la rondelle. Ça fait des années que je le regarde aller au hockey et le plus étrange à propos de sa façon de jouer c'est que, peu importe l'effort qu'il met à s'entraîner, garanti qu'il va paniquer aussitôt que la rondelle va toucher son bâton. Il s'en débarrasse aussi vite. Il comprend pas comment ça se prépare, un jeu. Il aperçoit le filet, il fait un lancer. Si un de ses coéquipiers est plus proche, il passe la rondelle. Ou alors il la tire dans les bandes sans se crisser où elle va rebondir. Des fois, il me fait rire.

Il reste trois minutes de jeu. Quatre à quatre. Je suis en maudit d'être dans boîte. Shane a la rondelle, il amorce une montée, passe à l'ailier. Coup de sifflet. Câlisse-moi pourquoi.

Une foule autour de notre banc. Time out, sans doute.

— Laissez-le se relever !

— Laisse-le tranquille, gros taupin !

La partie est arrêtée. Je saute en dehors de la boîte des punitions et je me fais un chemin jusqu'au banc. Les deux équipes se sont ramassées là. À force de jouer du coude, je traverse l'attroupement. Big Frank a coincé Rolly dans le coin du banc puis il arrête pas de le frapper. Son poing est plein de sang. De la buée s'échappe du nez et de la bouche ensanglantés de Rolly. P'tit Frank a ses deux bras accrochés autour des genoux de son père. Big Frank crache sur Rolly. Il parle les dents serrées.

— T'es toujours en train de le pousser, toujours sur son cas. C'est du fucké de hockey mineur, pas la crisse de crisse de LNH ! Temps égal sur la glace. Mon gars est pas là juste pour réchauffer le maudit banc. T'es toujours en train de le pousser, toujours sur son cas...

P'tit Frank lâche les jambes de son père et s'élance aveuglément sur la glace. Je l'ai jamais vu aussi agile. Tête baissée, il patine en direction des portes. À mi-chemin, il s'arrête, prend son bâton à deux mains, le lève au-dessus de sa tête et le ramène à hauteur de ses genoux. Le bâton a pas cassé. Il recommence. Il arrive pas à le casser. Il le lève une dernière fois au-dessus de sa tête. Il le tient là un moment avant de le laisser retomber sur la glace. Quelqu'un ouvre les portes et il sort sans se retourner.

Big Frank Lowe grimpe par-dessus la vitre derrière le banc et saute dans les gradins. En passant, il donne un coup de pied sur une cannette vide. Ça clinque et ça claque tout le tour de la patinoire comme un écho de colère. Il disparaît dans la chambre des joueurs à la suite de son fils. Pour la première fois depuis qu'on a mis le pied sur la glace, tout est calme. Personne bouge. J'ai le cœur qui cogne. Puis le clac, clac, clac des vingt et quelques bâtons qui frappent la glace et les bandes, le bruit d'un troupeau de cent et quelques bottes d'hiver grimpant dans les gradins de bois. Ça frappe des mains, ça siffle. Rolly de nouveau sur ses deux pattes, le bras levé haut, tentant timidement de calmer les applaudissements. Quelqu'un lui tend une serviette qu'il presse contre son nez amoché. On lui apporte une trousse de premiers soins, mais il la met de côté. Il fait signe à l'arbitre de venir du côté du banc. Le coach de l'autre équipe s'en vient lui aussi, une étrange et clinquante formation.

Deux petits coups de sifflet et c'est reparti. Je m'assois sur le bord de la bande et j'attends que les dix dernières secondes de ma punition soient écoulées pour sauter sur la glace. J'ai les jambes qui tremblent, le cerveau qui se fait aller à cent milles à l'heure. La rondelle rebondit sur un de mes protège-genoux et tombe juste devant moi, mais je suis paralysé. Elle glisse entre mes jambes. Je sens mon corps qui vire sur lui-même au moment où l'épaule du joueur adverse me frôle. Il vient de s'emparer de la rondelle. J'aimerais, pour l'amour du ciel, trouver au moins une bonne raison pour essayer de l'arrêter. Je regarde du côté de Rolly. Il est encore en train de s'éponger la face avec la serviette. Il me lance :

— Envoye, Andy. Réveille ! C'est pas encore fini.

C'est pas encore fini. C'est pas encore fini. C'est pas encore fini. Je me force pour me ramener dans la game et j'essaye de me débrouiller pour trouver la rondelle. Le numéro 12 s'apprête à franchir la ligne bleue. Il est fin seul. Il franchit la ligne. Notre gardien en position, accroupi, prêt à tout. Le numéro 12 évalue la cible, prépare son bâton pour le tir au but et... sorti de nulle part, Keith s'amène avec une des plus propres et des plus belles mises en échec. Le numéro 12 s'écroule comme une tonne de briques. Une bonne affaire pour Keith, qui faisait pas le poids. Il tente de me repasser la rondelle, mais je suis trop loin. Elle glisse le long de la bande jusqu'à l'autre bout de la patinoire, c'est le joueur de défense qui la reprend. Il fait une passe au centre, mais je l'intercepte. Keith se met en position sur ma gauche. Fuck. Je veux m'essayer. Probablement ma dernière chance cette année. Peut-être même ma dernière chance tout court. Je le sais pas. Je regarde l'horloge. Cinquante et une secondes de jeu. Je franchis la ligne bleue. Kieran Maher fait une tentative pour m'enlever la rondelle et m'accroche la cheville. La douleur me traverse la jambe, mais je fais tout ce que je peux pour pas y penser. En le contournant, je perds la maudite rondelle. Il me dépasse, la ramasse et essaie de faire une passe à son ailier. Son frère l'intercepte et me la repasse.

— Manque pas ta shot. Manque pas ta shot...

Vingt-huit secondes de jeu. Je suis seul, je me rapproche. Je fais un tir en direction du filet, mais avant que la rondelle décolle, je sais déjà que j'aurais dû attendre d'être plus proche. Le gardien bloque facilement le tir. La rondelle se retrouve dans le coin derrière le filet. Le gardien la relance sur la bande et, ce qui doit être la plus horrible des surprises pour lui, la rondelle revient direct sur moi.

Cinq secondes de jeu et un crisse de filet désert. La rondelle, à peu près à dix pieds de moi, ralentit sa course. J'essaie de patiner jusque-là, mais je peux pas mettre plus de pression sur ma cheville. La rondelle s'immobilise. C'est comme si je boitais, comme si je sautillais jusque-là en me servant de mon bâton pour garder l'équilibre. Cinq pieds seulement. Je peux quasiment y toucher. Trois secondes. Presque... rendu. Deux secondes. J'entends quelqu'un qui patine derrière moi et je me prépare à frapper. C'est presque sûr que je l'ai. Presque crissement sûr. À la dernière seconde, littéralement, Keith me dépasse en criant et met la rondelle dans le filet désert.

On entend la sirène.

Fin de la partie.

On vient de remporter le championnat.

Je m'écroule sur la glace, plus à cause de la douleur dans ma cheville que parce que je suis soulagé, fier ou heureux. Tout le monde dans le stade debout à hurler, à frapper, à faire la vague ou à huer. Huer, principalement.

Je me force à me lever pour aller féliciter Keith. Pas sûr qu'il va me laisser faire. Au milieu de toute la commotion, je l'aperçois de l'autre côté de l'aréna en train de danser pour la galerie des supporteurs de l'autre équipe. Son bâton levé dans les airs. Ils sont tous montés contre lui, ils le huent. Il patine de l'autre côté des gradins, puis il fait la même affaire. La foule l'applaudit. Tenant son bâton à deux mains, comme P'tit Frank, il le ramène sur ses genoux. Et le bâton casse pas. La foule rit. Keith glisse jusqu'au filet désert et frappe son bâton contre la barre du filet. Toujours pas réussi à le casser, alors il se met à frapper la glace avec, à la marteler jusqu'à ce que le bâton craque en plein milieu. Là, il le prend à deux mains et le courbe deux fois plutôt qu'une autour de son genou pour finalement le lancer dans le coin, en un seul morceau. C'est loin d'être facile à casser, un crisse de bâton de hockey.

Rolly s'amène sur la glace en s'épongeant la face avec sa serviette tachée de sang. Son nez est un peu croche, mais il saigne plus. Il prend le temps de m'observer des pieds à la tête avec son œil intact.

— T'aurais dû faire une passe, Andy. Tu savais que Keith avait le champ libre.

Il me reste plus rien qu'à ravaler et à prendre ma place dans la file au centre de la glace; les joueurs des deux équipes prêts à se serrer la main pour une vraie belle game.

6

Montre-moi tes amis

Je ne me souviens pas de grand-chose à propos de Nan Healy. Elle est morte quand j'étais petite. Mon père dit qu'une de ses expressions préférées était *Montre-moi tes amis, je vais te montrer à quoi tu ressembles.* Si on me demande ce que j'en pense, c'est pas tout à fait le genre de phrase qui témoigne d'une grande ouverture d'esprit. Mais Dad manquait pas une occasion de la citer. Comme la première fois que j'ai emmené Keith à la maison.

— Dad, tu connais Keith, non?

Il a pris le temps de regarder le poli à ongles noir et les vieux jeans déchirés de Keith et, quand il s'est rendu compte que j'étais en train de lui présenter mon nouveau chum, il a grogné puis il s'est en allé. Depuis deux semaines : la chicane mur à mur dans la maison.

— Il rentre plus ici, m'as-tu compris, crisse?

— Mais pourquoi? Donne-moi au moins une raison...

— Parce que c'est ma maudite maison puis je veux pas lui voir la face ici. C'est ça, ma raison.

Ça servait à rien de supplier ou de chialer pour essayer de le faire changer d'idée. Puis, à ma grande surprise, ma mère a pris la défense de Keith. Elle avait travaillé avec sa mère au bureau de poste, une couple d'années avant, et j'imagine qu'elle s'était fait une autre idée que celle que Dad s'était faite à force d'entendre parler de lui partout en ville. Elle a servi à Dad toute la poutine à propos des jeunes qui ont rien à faire, qui finissent toujours, à un moment donné, par se retrouver dans le trouble, a fini par dire à Dad que Keith était pas pire que *lui* à son âge. J'étais impressionnée. Évident que ma mère faisait comme si j'existais à peu près pas. Mais peu importe les raisons qu'elle avait de prendre ma part comme ça, Dad a reculé et il a au moins fait un petit effort pour endurer Keith quand il venait à la maison.

Je veux dire que je le sais que Keith est pas un ange, mais il est jamais aussi pire que ce qu'on dit. Nan Healy se serait sûrement retournée dans sa tombe, par exemple, le jour où il a découvert le vibrateur dans le fond du classeur de la chambre des parents et qu'il a insisté pour que je trouve des batteries.

— Lâche-ça, Keith. Remets-ça là tout de suite!

C'est exactement ce que je lui ai dit. Je le jure. Je voulais rien avoir à faire avec ça. Du seul fait que c'était là, ça me stressait. Je voulais pas savoir où ça s'était retrouvé et à quel jeu nocturne ça avait servi dans la chambre des parents.

Keith se l'est mis sous le nez et il l'a reniflé. Il a fait une grimace. J'ai essayé de l'attraper, mais il s'est garroché dans la salle de bain et l'a passé en dessous de l'eau. J'ai pris les batteries du baladeur de Becky. La première chose que j'ai sue, c'est qu'on s'est retrouvés en bas dans ma chambre, Keith en train de me beurrer de gelée KY. KY, c'est pas si pire au début, mais ça finit par devenir collant et écœurant après un bout. Je préfère la lotion, mais des fois ça chauffe et ça me fait sacrer. Keith a déjà voulu utiliser de la graisse Crisco une fois quand on trouvait rien d'autre.

Il a mis un peu plus de gelée sur le bout du vibrateur avant de me le glisser en dedans. C'était correct. Ça chatouillait. Un peu froid. Je reste étendue là et je le laisse prendre son fun. Je peux juste pas m'imaginer c'est quoi la passe, c'est loin d'être aussi bon que pour de vrai. Puis il a tourné un piton au bout et ça vibrait à mort. Une chanson de petits frissons qui m'ont gracieusement traversée et j'ai senti mes cuisses se resserrer sur le coup.

De toute façon, on a joué le jeu, et même si je sais que Keith m'égorgerait s'il venait à l'apprendre, je peux pas m'empêcher de raconter que ç'a été son tour à lui aussi. C'est vrai. C'était ça, la condition : s'il voulait me fourrer avec une queue en plastique bourrée de batteries, bien, il fallait qu'il se laisse faire, lui avec. Puis c'est pas comme s'il avait protesté fort fort. En fait, je pense qu'il a aimé ça pas mal plus que moi. La plupart des gars sont comme ça, évident. Pourvu qu'ils réussissent à faire faire ce qu'ils veulent à une fille, le reste compte pas. Rien de *gay* là-dedans. Ce dont ils semblent pas se rendre compte, c'est qu'ils ont ce petit bouton de service, qu'on appelle la prostate, qui fait que c'est pas mal plus le fun pour eux autres, que pour nous autres, les filles. J'ai essayé ça par la porte d'en arrière une couple de fois avec Keith, mais j'avais juste l'impression qu'il était en train de me déchirer en deux. Il est où le fun là-dedans? Si je veux l'empêcher, je passe pour être prude.

— Je vas aller lentement, Tash, je te le promets.

Bon, s'il peut se permettre d'y aller lentement par en arrière, qu'est-ce qui l'empêche de prendre un peu plus son temps quand il rentre par en avant? Donne-moi une chance d'en profiter. Je devrais pas avoir tout le temps à finir la job toute seule.

Un coup qu'on a eu fini avec le vibrateur, on étaient crevés. Keith s'est appuyé sur son coude et il m'a lu la dernière note de suicide qu'il venait d'écrire. Un poème, vraiment. Mais toujours à propos de la mort et des tourments ou ce genre de merde-là. Je m'en fais pour lui des fois. Ça fait du bien, par exemple, quand il se laisse aller comme ça, quand on se sent vraiment proches. Quand on est pas en train de s'arracher la face l'un l'autre, ce qui arrive plus souvent qu'autrement. Ce que je veux dire, c'est que je l'aime puis tout ça, mais je vais pas passer le reste de mes jours avec.

On a fumé une cigarette, puis après on est tombés endormis, collés dans les bras l'un de l'autre. Un peu plus tard, je me suis réveillée en entendant Dad qui a sa façon bien à lui de marteler les marches d'escalier qui mènent au sous-sol. Il a toujours gardé un paquet de gogosses dans la chambre à fournaise, fait que j'avais aucune raison de m'inquiéter. Puis il a presque passé son poing à travers la porte de ma chambre.

— Natasha ? Je le sais que t'es là, ouvre la porte.

Le seul temps où il avait ce ton enragé là, c'était quand il avait bu. Mais j'avais développé un ou deux petits trucs pour dealer avec ça.

— Dad, retourne en haut puis va t'étendre. Je suis en train de faire mes devoirs. Va dormir, ça va passer.

— Dormir, ça va passer ? C'est ta solution à tout. Dormir pour faire passer ta maudite vie. Ouvre ta câlisse de porte, Natasha. Je compte jusqu'à trois. Un...

O.K., il était pas saoul. Il est pas capable de compter jusqu'à trois quand il est saoul. J'ai repassé dans ma tête tout ce que j'aurais pu avoir fait. J'avais rien pris dans son portefeuille depuis au moins une semaine et je venais juste de lui faire un paquet complet de rouleuses le matin même. Il était pas de bonne humeur, ça, c'est certain. Je me suis mise à prier en crisse pour que ce soit pas à cause du vibrateur. Moi et Keith flambant nus, à moitié endormis dans la chambre qui sentait le cul et la sueur. On a sauté dans notre linge aussi vite que possible pendant que Dad continuait de compter.

— Deux... Natasha, ouvre la saint-chrême de porte ou je la passe au travers du câlisse de plancher.

— Quoi ? Qu'est-ce qui se passe, Daddy ?

Je sais pas où je suis allée chercher le *Daddy.* Je l'avais pas appelé de même depuis des années.

— Tu sais parfaitement bien ce qui est en train de se passer, fifille. Quelqu'un est venu fouiller dans ma chambre. Kavanagh ? T'es là ?

Ça, c'est une autre affaire, il a toujours appelé Keith par son nom de famille en utilisant un ton particulièrement méprisant. C'est sa façon à lui de faire sentir à Keith qu'il est pas une vraie personne, un vrai individu, mais plutôt une extension du clan Kavanagh et de tout ce qu'ils représentent. Ce qui se résume à pas grand-chose en ce qui concerne Dad.

— C'est le trouble en peinture, Natasha. Toute sa gang a toujours été dans le trouble. Montre-moi tes amis... C'est ce que ta grand-mère a toujours dit.

Dad a continué à cogner dans la porte. Ma photo de la maternelle est tombée en bas du mur. Keith m'a regardée et il a haussé les épaules. Il avait son linge sur le dos, il était assis comme un ange sur la chaise dans le coin, un livre sur les genoux. Ça cognait plus fort encore.

— S'il te plaît, Daddy. Tu me fais peur ! Je te laisse pas entrer tant que tu me dis pas ce qui va pas.

— Deux et demie... Pour l'amour du Christ, ouvre la porte.

— O.K., O.K. Attends une minute...

— Trois !

J'ai eu juste le temps de cacher le vibrateur en dessous des couvertes avant que la porte de ma chambre, les moulures et le cadre – toute la patente – tombent sur le plancher. Du jamais-vu. Je me tenais tranquille, j'avais peur. Keith avec, je suppose, surtout qu'une partie du cadre de porte venait de lui revoler en pleine face. Dad est entré en enjambant la porte, la gueule à terre, la bave au menton... Son haleine sentait le surette d'un lendemain de veille plutôt que la cuite bien fraîche, ça, c'était un plus.

— Vous faites quoi, tous les deux enfermés dans la chambre à cette heure-ci de la journée ? Vous passez pas mal de temps ici-dedans.

Il tenait une pomme dans sa main, même pas une bouchée de partie. Il a pointé le doigt vers Keith :

— Ramasse tes bottes, Kavanagh, puis crisse ton camp de ma maison.

Keith a pas dit un mot, content de s'en aller sans se faire engueuler. Il s'est précipité dans le corridor sans jeter le moindre coup d'œil dans ma direction. On peut difficilement le blâmer, par exemple. Un peu moins de deux semaines avant, ils s'étaient accrochés tous les deux pour une raison ou une autre. En fait, un peu plus qu'accrochés. Keith était monté en haut pour se faire une couple de rouleuses. Ça faisait pas cinq minutes qu'il était monté que j'ai entendu Dad crier après lui pour quelque chose. Puis j'ai entendu ou, plutôt, j'ai *senti* un gros coup qui m'a semblé faire vibrer la maison au grand complet. J'ai demandé à Keith ce qui se passait, mais il m'a pas répondu, fait que je suis montée voir. Ils étaient là tous les deux, Dad en boxeurs, la bedaine qui se faisait aller dans tous les sens, il tenait Keith par le cou. Keith avec les orteils qui touchaient à peine le plancher. Il y avait un renfoncement dans le mur derrière sa tête et je me suis dit que ça devait être ça, le grand coup que j'avais entendu. On aurait dit que sa face était sur le point d'éclater sous la poigne de Dad. Il se tortillait et il gigotait, il faisait tout ce qu'il pouvait pour se déprendre, mais ça servait à rien. Dad est une pièce d'homme. En plus, il avait quelque chose de sérieusement psychotique dans les yeux, une sorte d'absence, comme s'il savait plus où il se trouvait ou qui il voulait tuer. Je me foutais du pourquoi de l'affaire, mais je voulais pas que Keith meure et je suis certaine que personne voulait du scandale, genre, voir Dad aller en prison. J'ai sauté sur son bras, le bras au bout duquel se trouvait la gorge de Keith, et j'ai commencé à sauter sur place en hurlant. Mais plus je pesais de tout mon poids sur son bras, plus il semblait resserrer son emprise autour du cou de Keith. Quand j'ai vu les yeux de Keith virer à l'envers, j'ai paniqué et j'ai planté mes deux pouces dans les yeux de Dad. Il a rugi comme un Sasquatch et s'est mis à basculer. Il m'a rentré dedans, en pleine poitrine, et la puissance de l'impact m'a envoyée valser de l'autre côté de la cuisine. Je me suis mise à pleurer. Pendant une seconde, il a eu l'air de reprendre ses sens. Il a lâché Keith, qui s'est effondré sur le plancher, et il s'est tourné vers moi. Il a pas dit un mot. Il s'est penché pour m'aider à me relever et il s'est probablement rendu compte, juste à ce moment-là, qu'il était en boxeurs en plein milieu de la place. Il a mis sa main à la hauteur de son sexe et il s'est traîné les pieds en direction de sa chambre. Keith a eu des grosses marques sur le cou pendant quelques jours, mais il a refusé net de me dire à propos de quoi ils s'étaient chicanés. J'ai pas arrêté de le picosser, de le piquer et de le pousser, mais il voulait pas céder. J'aurais dû laisser Dad l'étouffer jusqu'à ce qu'il meure.

Comme d'habitude, ma chambre était dans un tel état que c'était à peu près pas possible pour Dad de trouver un bout de plancher où s'installer. Il s'est penché pour ramasser une couple d'affaires puis il s'est arrêté. Il s'est dirigé vers la commode et il a mis la main sur la poignée du tiroir du haut.

— Si j'ouvre ce tiroir-là, est-ce que je vais trouver quelque chose qui m'appartient ?

Juste ça, c'est assez pour prouver, direct là, qu'il avait pas toute sa tête, parce qu'il lui serait jamais venu à l'idée de fouiller dans ma chambre. Je sais pas trop si c'était une question de moralité, un quelconque code parental ou si c'est parce qu'il s'en foutait totalement, mais j'ai toujours pensé que j'aurais pu cacher des cadavres dans ma chambre et que Dad se serait même jamais informé à propos de l'odeur. Pour lui, ce qui se trouvait dans ma chambre, ça me regardait.

— Voyons, Dad, qu'est-ce qui se passe ? Es-tu saoul ? Tu viens ici... tu défonces la porte, on est morts de peur, moi et Keith...

— C'est-tu Kavanagh qui t'a poussée à faire ça, Natasha ?

— Poussée à faire quoi ?

— Joue pas à la niaiseuse avec moi. J'avais un jouet, un tout petit jouet pour me faire du fun que quelqu'un m'a donné à la fête de Martin Sweeny l'année passé. Je veux savoir la vérité.

— Daddy, s'il te plaît, je sais pas de quoi tu...

— Maudite marde, Natasha !

Il s'est étampé la pomme dans le front. La pulpe, la pelure et les pépins ont revolé partout dans la chambre. Le plafond, le miroir, il y en avait partout. J'ai eu du jus dans l'œil et j'ai commencé à chialer. J'ai pensé que c'était plus *safe* de chialer. Ça ou lui éclater de rire en pleine face. J'ai fouillé en dessous des couvertes, sorti le vibrateur et je le lui ai garroché. Il y avait de la chair de pomme qui tombait de son menton.

— Sors d'ici ! Sors d'ici ! T'es rien qu'un pervers !

Le voir embarrassé, ébranlé, voir l'expression qu'il avait dans la face, c'était assez pour me faire tout de suite regretter. Il avait l'air en état de choc, comme s'il venait de réaliser pour la première fois de sa vie qu'avec ça il pouvait avoir l'air fou, que sa propre fille pouvait voir le malade, l'animal dans l'homme qu'il était. Il s'est penché et a pris le vibrateur entre son pouce et son index, comme s'il avait une peur absolue d'y toucher plus qu'il fallait. Il est sorti de la chambre avec, ça pendait au bout de ses doigts, et j'ai distinctement entendu la porte de la fournaise grincer, s'ouvrir et se refermer. L'air d'un petit mouton, il est revenu puis il s'est assis sur le bord de mon lit.

— Natasha, ma petit truite, écoute-moi. Ça, c'était quelque chose pour les adultes. Un jouet d'adultes...

Là, c'était sérieux. Il m'avait pas appelée se petite truite depuis très, très longtemps. Je me souviens, une fois, quand j'étais vraiment tout petite, j'étais arrivée dans son dos pendant qu'il montait les marches du perron. J'avais joué dans la mare aux grenouilles pendant presque toute la journée et j'étais crottée. Il m'a entendue arriver derrière lui et, sans se retourner, il m'a dit :

— Comment va ma petite truite aujourd'hui ?

Puis là, il a pris le temps de me regarder et il a dit :

— J'imagine que je devrais t'appeler ma petite truite mouchetée.

~

Un jouet d'adultes ? Est-ce qu'il me prenait pour une épaisse ?

— Je savais pas ce que c'était, Dad. J'étais juste curieuse. Je l'ai même pas fait marcher ou quoi que ce soit.

Il a dû pogner de quoi à la vue de l'image qui venait de se former dans sa tête. Sa petite fille, enfermée dans sa chambre avec un vibrateur.

— C'est-tu Kavanagh qui t'a poussée à faire ça, Natasha ?

J'aurais pu tout mettre sur le dos de Keith, juste là. J'aurais dû. C'était de sa maudite faute et il était déjà sur la liste noire de toute façon. Mais je me suis dit que, rendu là, Dad était trop mal à l'aise et j'avais le goût que ça s'arrête là.

— Non. Keith savait même pas que j'avais ça. Je suis désolée.

J'ai baissé la tête et je me suis mise à sangloter. Il a posé sa main sur le bord de ma jambe en dessous des couvertes, puis il a retiré sa main comme si les draps étaient en feu. Il s'est levé, a sorti un vingt de sa poche et me l'a donné. Il a ramassé la porte et l'a appuyée contre le mur en promettant de la réparer avant que je me mette au lit pour la nuit. Il a jamais été capable de me regarder dans les yeux avant de sortir de la chambre. Au milieu de l'escalier, il s'est arrêté et il est revenu dans ma chambre. Je suis restée assise là, sur le lit, à faire la baboune, les yeux pleins d'eau, à espérer qu'il me refile une couple de piastres de plus. Mais il l'a pas fait. Il a regardé le plancher fixement avant de se remettre à parler.

— S'il te plaît, ma chérie, parle pas de ça à ta mère. Rien de ça. Si elle apprenait ça, elle me crisserait un divorce sur le dos.

Cette fois, comme il partait pour sortir de ma chambre, j'ai remarqué que quelque chose dépassait juste au-dessus de sa ceinture. Quelque chose de long et de mince. Il y avait une petite tache humide là où son t-shirt était collé. Je l'ai entendu entrer dans sa chambre, j'ai entendu le tiroir de son classeur s'ouvrir.

Une fois certaine que le danger était passé, je me suis levée, j'ai attrapé mes bottes et je suis sortie pour aller retrouver Keith.

Le vingt tout chiffonné dans ma paume en sueur.

Il serait content.

On pourrait peut-être se ramasser une caisse de bière ou un joint.

Je l'ai cherché partout, mais j'ai pas pu le trouver nulle part.

7

Le Mirador de Joey Neill

Pas grand chance qu'on me trouve ici. À part elle, je suppose. Si jamais elle décide de m'honorer de sa présence. Assez safe comme place. J'ai toujours eu l'impression d'être protégé ici. Le jour en tout cas. La Grotte. C'est comme ça qu'on l'appelle. Une des trois grottes qui se trouvent à Terre-Neuve. Ça fait longtemps que je viens ici. Des fois, par contre, des fois, venir ici en pleine nuit, c'est rien pour te faire sentir le bienvenu. Il y a une ancienne noirceur ici. Fait que, je viens plus jamais à la Grotte en pleine nuit.

La rumeur veut que Cove ait déjà été en majorité peuplé d'écœurants de protestants sombres et d'une poignée de catholiques pratiquants qui avaient pas d'autre choix que d'exercer leur foi en secret, durant la nuit. À la tête de ce petit groupe de fervents rebelles, se trouvait un jeune Irlandais du nom de Joseph Neill. Personne a jamais su si Joseph Neill avait vraiment été ordonné prêtre, mais on dit que ses sermons étaient tellement convaincants qu'il a réussi à convertir à vie une couple de protestants purs et durs. Il veillait sur sa congrégation de dormeurs debout, le père Joseph, et quand il martelait la *Parole*, il ne le faisait pas en jappant, en rugissant ou en beuglant, la face en feu en gaspillant sa salive, mais plutôt en murmurant. En murmurant, parce qu'aucun sermon n'était livré avant le premier coup de minuit et être découvert, à ce qu'on dit, menait tout droit à la potence. Joseph Neill a fini pendu mais pas à cause des protestants.

La Grotte s'inscrit dans l'ensemble des lieux où Joseph Neill célébrait ses messes de minuit. Un lieu qui s'étend à travers les bois jusque derrière l'église. L'église catholique. Il n'y avait pas d'église catholique au temps des messes de minuit, et il n'y a plus, de nos jours, un seul protestant à Cove. Tout le long, de chaque côté de la Grotte, se trouvent les quatorze stations du chemin de croix, quatorze masses blanches monstrueuses, sept en montant, sept en descendant. Des résineux et des pommiers sauvages se referment sur la Grotte et, du côté de la montée, le bois se perd sur une bonne distance jusqu'à un point qu'on appelle désormais le Mirador de Joey Neill. Du haut du Mirador, on peut voir à des milles de distance dans toutes les directions. Il paraît qu'à partir de là, la nuit, on peut voir la moitié des lumières de Shore. Mais quand il fait noir, si t'as une tête sur les épaules, tu te mets pas à grimper là. Il y a un cercueil enterré là, quelque part, on sait pas où.

Quand on a commencé à sortir, moi et Natasha, on s'est en quelque sorte approprié la Grotte. On s'est même envoyés en l'air ici une couple de fois. Direct là, par terre. Personne vient jamais ici. Depuis toute la merde autour des prêtres pédophiles, personne a vraiment l'air de s'intéresser à quoi que ce soit en rapport avec l'Église. Ici, à Cove, ç'a été tout un choc. Un choc partout dans l'île. Le curé de notre propre paroisse a été le premier à tomber, crisse. J'étais en sixième année. Le premier jour d'école après le congé des fêtes, les sœurs nous avaient installés dans le gymnase pour nous annoncer la nouvelle. Évident que tout le monde connaissait déjà tous les détails croustillants, mais les sœurs avaient leur propre version des faits. Elles nous ont dit de faire attention aux commérages et aux ouï-dire et quelque insignifiance à propos de jeter la première pierre. C'est sûr qu'on pouvait pas mettre une croix sur les bonnes choses qu'il avait faites pour la communauté. Et puis, on devait bien avoir fini par apprendre qu'un homme est innocent jusqu'à ce qu'il soit déclaré coupable ? On devait bien savoir qu'il y en a qui hésitent pas deux secondes à détruire la vie de quelqu'un si ça peut faire leur affaire, puis savoir qu'il y en a qui carburent au scandale.

J'ai jamais écouté les fuckées de sœurs. C'est ma grand-mère que j'écoutais. À toutes les maudites fêtes de Pâques, elle me donnait un chapelet neuf et j'arrive pas à me rappeler l'avoir vue sans le sien dans ses propres mains ou pendu à une de ses poches. Elle allait à l'église toutes les semaines, deux ou trois fois par semaine. Et elle accrochait toujours une médaille de saint Jude ou de saint Christophe à l'intérieur de mon linge. Elle était une des innombrables ferventes catholiques d'un bout à l'autre de Shore. Elle avait ça dans le sang et, quand elle était floune, on l'avait forcée à apprendre par cœur les psaumes, les révélations, Job, Mathieu, Marc, Luc et Jean. Une fois, grand-père s'est coupé le doigt dans la cuisine et il a juste lâché entre ses dents un petit, tout petit *Jésus-Chist.* Elle lui a sacré une méchante taloche sur le bord de la tête, assez qu'il a oublié sa coupure au doigt et la grosse morue à moitié éventrée dans le fond de l'évier pour se retrouver un peu perdu dans le fond de la cour. Elle lui en a sacré une autre, à cause de ça aussi. Mais quand toute la merde autour des enfants abusés, de la drogue, de la pornographie et de l'homosexualité a commencé à sortir, son chapelet a disparu et elle a plus jamais remis le pied dans une église, même pas pour un mariage ou un enterrement. Moi non plus d'ailleurs, probablement parce qu'il y avait plus personne pour me forcer à y aller non plus.

La chose la plus étrange à propos de la Grotte, c'est que, des fois, quand il vente horriblement, quand il fait misérable, ici, il y a pas un souffle de vent. Tu peux rester assis là à fumer et à faire des ronds pendant que les arbres se tortillent, se font fouetter et se font maganer. Les jours où il fait froid, ici, dans la Grotte, on se retrouve à la chaleur, calme et en sécurité. Les jours où il pleut, il y a toujours une place où s'asseoir sans se mouiller. D'autres fois, il fait soleil à pierre fendre, on entre dans la Grotte et on se demande comment on a fait pour pas penser à s'apporter un coat. Les jours de grand calme, les jours paisibles, on peut se retrouver sur le bord d'une tempête de vent ici-dedans. Dans ces temps-là, on peut pas rester longtemps. Comme s'il y avait quelque chose qui voulait pas qu'on soit là, qui poussait pour qu'on sorte de là, une sorte de colère souterraine depuis longtemps enfouie dans le sol, là sous nos pieds. Tellement d'âmes en peine ont passé d'une station à l'autre, venues déposer leurs souffrances et confesser leurs péchés, supplier que l'absolution leur soit accordée pour leurs actions viles et hypocrites. Pour moi, c'est clair que la place peut pas faire autrement que nous en vouloir. Fallait bien, je suppose, que tous ces sombres destins soient absorbés quelque part.

Je me suis mis à avoir ce rêve récurrent, horriblement réel, à propos de la Grotte. J'ai commencé à l'avoir à peu près au moment où j'ai commencé à sortir avec Natasha. Toujours le même. Je la tiens par la main, je l'entraîne dans le bois, la nuit, entre les grandes croix blanches. Je me sens désarticulé et dix fois plus fort. Elle geint, elle a peur et elle me supplie de lui dire ce qui se passe et où on va. Mais plus elle s'énerve, plus elle pleure, plus je deviens puissant. Ça dure une éternité, et puis quelque chose se court-circuite plus ou moins dans ma tête et ça se défait. Je deviens submergé d'amour et de compassion, je tente désespérément de fusionner, de la consoler, de faire en sorte que les choses aillent pour le mieux. Mais elle se met à prendre ses distances de plus en plus à chaque pas qu'on fait. Une fois dépassé les croix, on s'enfonce dans le bois et on se retrouve devant une porte de bois noire menaçante. Mon instinct me dit qu'on devrait virer de bord sur-le-champ, mais elle arrête pas d'insister pour qu'on entre. Là, elle est en pleine possession de ses moyens parce qu'elle sait déjà ce qu'il y a de l'autre côté de la porte. Mon corps est de plus en plus faible, mes mouvements de plus en plus mous, de plus en plus gauches. Elle pousse facilement la lourde porte noire, on entre dans un espace, une pièce étouffante couverte mur à mur, jusqu'au plafond, de tapis vert pétant. Au fond, près d'une porte, quatre bancs d'église qui brillent comme un sou neuf. L'air est lourd et ça sent le renfermé, on étouffe en écœurant, ça empeste l'encens de Pâques. Des gouttelettes de cire glissent le long de quelques cierges mais leurs flammes éclairent presque pas. On peut à peine distinguer le contour de l'autre porte à l'autre bout. Là, *Natasha me* prend par la main et *me* fait traverser la pièce. Je me sens comme un enfant qui se ferait entraîner par un étranger loin de tout ce qui lui est familier et chaleureux. Comme on approche de la porte, on passe près d'un cercueil en bois dont le couvercle est rabattu. Tash arrive à la porte en premier et donne un coup pour l'ouvrir. Ça rit de l'autre côté, des vrais rires, des rires sans retenue comme ceux des enfants dans les terrains de jeux. J'essaie de jeter un œil pour voir, mais Natasha me repousse plus loin et se glisse derrière la porte. Avec un calme absolu, elle la referme en plein dans ma face. La poignée de la porte disparaît. Je me retrouve seul dans la pièce. Je me retourne et je vois que le couvercle du cercueil est soulevé, l'intérieur est usé et pourri, tout est sur les planches. L'horreur : c'est moi qui suis dedans. Mais je suis pas mort. Je reste là à me regarder, mon regard est vide et désespéré, mes yeux ont l'air de dire : *Qu'est-ce que t'as encore fait?*

Je sais pas pourquoi je continue de venir à la Grotte. C'est comme si ce qui me pousse en dehors d'ici, des fois, c'est aussi ce qui m'attire direct jusqu'ici. Il y a des moments où je débarque ici, comme ça, sans pouvoir dire à quel moment j'ai pris la décision consciente de venir. Ou, alors, je me retrouve en train de marcher, la tête baissée, à regarder mes pieds avancer, un après l'autre, puis je sais qu'ils sont en train de m'emmener à la Grotte. Mais aujourd'hui, c'est pas pareil. Aujourd'hui, je sais exactement pourquoi je suis ici. Je vais me vider le cœur. Si elle veut me laisser, qu'elle le fasse. Quand je vais avoir fini, elle va avoir toutes les raisons du monde de le faire.

Je suis tanné, fait que je décide d'aller marcher du côté du Mirador pour vérifier si je peux voir quelque chose. Si elle se promène autour, je vais pouvoir la repérer de là. La journée est avancée puis j'aimerais ça me débarrasser de ça avant à soir. Il y a une grosse défonce en bas, à Shore, et j'aimerais ça arriver là en célibataire pour faire changement.

Le bois est pas mal à pic et c'est pas possible de se rendre là en marchant normalement, il faut quasiment grimper à quatre pattes jusqu'en haut. Je trouve par terre un bout de bois parfait que j'utilise comme bâton de marche. Un bon vieux pèlerinage. Une fois rendu en haut, une fois grimpé sur la grosse roche installée en plein cœur du Mirador, je suis à bout de souffle comme si mes poumons allaient se mettre à saigner. La cigarette est déjà en train de prendre le dessus sur moi. Un beau jeune homme comme moi.

Là. Voir au loin. Toute une maudite belle vue. D'ici, je peux reconnaître à peu près chacune des maisons de Cove. Les lumières de la ville scintillent du côté de la rive sud. Il y a un cargo fantôme qui remonte le courant derrière Stone Island, il est rouge et vert, ses balises clignotent de temps en temps. Je fouille rapidement les rues et je vois Natasha qui sort du cabanon d'un de ses oncles. Elle s'en vient par ici, c'est visible, elle est sûre de son coup. Comment ça se fait que je suis pas plus content que ça à l'idée de continuer avec ? Pas grand monde, ici à Cove, qui lui arrive à la cheville, ça c'est sûr. Je suppose que c'est une question de loyauté. J'en arrache avec cette idée-là. Même quand je suis totalement sobre, la notion de loyauté demeure... je veux dire... juste ça, une notion. Puis quand je suis saoul, fuck, ça fait juste prendre le bord. Peu importe où j'atterris, c'est là que je m'installe. Je finis par me réveiller dans une foule de places étranges enlacé par des bras étrangers.

Natasha s'arrête pour lacer sa botte. Elle est magnifique et elle l'est encore plus d'année en année. Mais ça s'arrête là. Chaque année. Ça va faire deux ans qu'on est ensemble. En ce qui me concerne, tout ce temps-là à fucker le chien avec la même, c'est en masse long. Je devrais m'organiser pour être tout seul pendant que je suis jeune, puis elle avec...

Un arbre ou une branche qui craque, tout proche, quelque part, me fait sursauter. Je regarde autour puis je me rappelle que je suis là. La chair de poule partout sur le corps et, sans réfléchir, j'amorce une descente rapide en direction de la Grotte. Les branches me revolent dans les yeux.

La légende veut qu'après vingt ans de messes secrètes et de vigiles de minuit, il n'y ait plus eu, soudain, à ce qui semble, assez de présence protestante dans tout Cove pour empêcher les catholiques de pratiquer ouvertement. À peu près à la fin du dix-huitième siècle, je pense. Fait que les protestants ont paqueté leurs petits puis ils sont partis en direction de New York et Boston, du Canada, pour recommencer à neuf, bâtir de nouvelles familles et de nouvelles églises, pas de doute là-dessus. Plus souvent qu'autrement, ici à Cove, on entend dire que les protestants étaient pas capables d'endurer le rude climat, qu'ils étaient pas forts en navigation et que c'est le diable qui les avait entraînés vers des pâturages plus verdoyants.

Ç'a pas pris de temps que tout Cove était catholique. Une église a été érigée. Ça adonne que le père Joseph était pas mal doué pour la menuiserie et qu'il a donné un bon coup de main pour sa construction. Une couple d'années ont passé, les puissants sermons et la bonne parole du père Joseph mêlés à la rumeur, qui voulait qu'il ait converti une ville entière de protestants, ont fini par se rendre jusqu'aux oreilles des gros bonnets de l'Église à St. John. Un beau jour, une lettre est venue annoncer la visite imminente de l'évêque John Blaney. Tout Cove en tumulte. Ça devenait obligatoire de donner une couche de peinture fraîche sur chaque maison, étable et bécosse. Tout ce qui était brisé devait être réparé. Pas de passe-droit, pas d'exception. Compte tenu de la ferveur et de la panique qui présidaient aux préparatifs, on aurait pu croire que Jésus-Christ lui-même était en route pour Cove.

Dans la lettre, il était écrit que l'évêque Blaney arriverait par bateau. Alors, le père Joseph a pris sur lui d'ériger une porte d'arche sous laquelle *Sa Sainteté* pourrait passer aussitôt qu'Elle accosterait au quai. En tout cas, il a fait son possible, mais il a pas réussi tout à fait. Un petit détail, indétectable à l'œil nu, mais pas au sien, qui faisait que l'œuvre achevée était loin d'être parfaite, ce qui, aux yeux du père Joseph, plongeait l'ensemble de la communauté dans l'embarras et la honte.

Il l'a montée et démontée encore et encore. Remontée, ajustée serré, puis l'écho du fracas de la démolition d'un bout à l'autre du port. Fou de rage, il l'a arrosée de kérosène et il a mis le feu. Le cœur brisé, il a jeté tout ça en bas du quai.

Comme les semaines filaient et que la visite de l'évêque Blaney approchait, le père Joseph a décidé de dormir à côté de son œuvre sur le quai. Certains de ses fidèles les plus dévoués ont tenté d'intervenir, de lui faire entendre raison, mais il voulait rien savoir. Rien de ce qu'ils pouvaient dire ou faire arrivait à le convaincre de renoncer, de rentrer chez lui ou même de célébrer la messe, chose qu'il avait négligé de faire depuis près d'un mois. À la fin, ils l'ont laissé tranquille et tout le monde s'est dit que le père Joseph avait perdu la raison.

La veille du grand jour, quelqu'un a entendu le père Joseph dire que si, cette fois-là, il y arrivait pas comme il faut, le diable aurait eu raison de lui. La plupart du monde de Cove était convaincu que c'était déjà fait. Pourtant, il restait encore l'espoir que l'arrivée de l'évêque puisse ramener le père Joseph dans le droit chemin. Au crépuscule, une salve de coups de feu tirés d'une goélette qui rentrait au port annonçait à tout Cove que l'évêque Blaney arrivait à l'heure prévue. Tout le monde s'est garroché au quai dans son habit du dimanche prêt à saluer et à serrer la main de l'évêque. Là, ils ont été accueillis, sans être vraiment surpris, par une sinistre silhouette, celle du corps du père Joseph, pendu en plein centre de son ultime tentative pour atteindre la perfection.

Puisque le père Joseph s'était lui-même enlevé la vie, l'évêque Blaney a demandé que le corps soit récupéré pour être enterré au point le plus élevé du port afin que le diable ait au moins à travailler plus fort pour draguer l'âme ternie du père jusqu'en enfer. Une petite croix de bois a rapidement été fabriquée, mais Blaney a refusé qu'elle soit installée là où il était enterré. Il n'y a pas eu de prière, juste un trou creusé, le corps et la terre dont on l'a recouvert. Encore aujourd'hui, il n'y a toujours pas de pierre tombale.

À cinq pieds de la Grotte, je déchire le bas de mes hosties de jeans. Toujours de quoi. Ça commence à être un peu plus frais. La lumière descend rapidement. Le bois cède la place aux ombres et je commence à paranoïer un peu. Pas capable de rester assis tranquille. Je donne un coup, je me relève puis je repars. Avant que j'aie fait une couple de pas, l'ombre de Natasha surgit à l'autre bout du sentier. Je me force pour cacher que j'ai eu la frousse, le cœur me débat.

— Si c'est pas monsieur Kavanagh.

— Tash !

— Bon, qu'est-ce que t'avais à me dire de si important, que ça pouvait pas attendre ?

Du sang dans le blanc de ses yeux embrumés. Une odeur de pot dans son haleine. Elle est stone. Ça regarde mal.

— Qu'est-ce que tu faisais dans le cabanon de Pat ?

— Tu m'espionnes astheure ? J'étais en train de tirer un joint.

— Ça me fait plaisir de voir que je suis en tête de liste de tes priorités.

— C'est quoi l'affaire, Keith ? M'as-tu fait venir ici pour me déchirer le cœur en me disant que tu me laisses ? te soulager en pelletant dans ma cour ? C'est ça ? Gêne-toi pas.

Le pot, ça la rend agressive. Ça lui fait faire un trip de pouvoir. J'aimerais ça que ça me fasse ça, moi aussi. Quand je tire une pof, je me mets à bégayer comme un moron, pas capable de placer deux mots d'affilée, même si ça devait me sauver la vie.

Elle penche sa tête par en arrière et se met des gouttes de Visine dans les yeux. Clairs et bleus, à nouveau, ses yeux, en un rien de temps. Dieu qu'elle est belle ! Je me sens tout mou. J'ai passé deux jours à me préparer à dire tout ce que j'ai à dire, à repasser tout ça dans ma tête pour que ça soit exactement ça. Mais là, maintenant qu'on est là, je suis pas capable de le faire. Je veux pas. Je peux pas. Je fais quelques pas et je la prends dans mes bras. Elle a un fou rire, son haleine chaude et douce dans mon cou.

— J'avais juste le goût de te voir, fille. On est pas venus ici depuis longtemps et j'ai pensé que ça serait bien. Regarde-moi.

Je recule un peu, mes mains autour de son visage. Elle veut pas me regarder dans les yeux. Un petit sourire et elle regarde ailleurs. Comme je la reprends dans mes bras, je vois une forme noire qui bouge à l'entrée de la grotte, à l'autre bout. Du coup, je pense que c'est un chien, peut-être le vieux labrador noir à O'Brien venu prendre une trotte. Mais c'est pas un chien. Fuck, non. C'est une noirceur plus noire encore que celle des ombres qu'elle traverse. Une noirceur infiniment vive qui se dirige tout droit sur Tash et moi. Je la serre encore plus fort, j'ai peur de bouger ou de détacher mes yeux de cette ombre-là.

— Qu'est-ce qui se passe, Keith?

J'arrive pas à parler. Je me retourne, je la prends par la main. Sans se mettre à courir, on commence à marcher le plus vite possible. Elle s'accroche à mon bras et me dit qu'elle sent ça, elle aussi, que je suis pas en train de m'imaginer des affaires. On est repoussés, balayés hors de la Grotte par quelque chose de plus gros qu'un simple mauvais feeling. On est ballottés par une vague, quelque chose d'ancien et de sombre. Ça se rapproche, ça s'agrippe à nos trousses. On n'est pas les bienvenus. On n'a pas d'autre choix que de partir. La Grotte est froide à mort.

On dit rien, on se regarde à peine jusqu'à ce qu'on soit rendus sur la route et même là on a de la misère à l'admettre.

— On pourrait aller se défoncer à Shore à soir.

— As-tu de l'argent?

— Juste assez.

On marche main dans la main jusqu'à l'autoroute. Tout est calme partout à Cove, même pas un frisson sur l'eau. Parfait pour faire du pouce.

Avant qu'on prenne le tournant passé l'église, je jette un dernier coup d'œil en direction de la Grotte. Les arbres se tortillent, ils sont frappés de bord en bord par une soudaine montée de violence qui menace de les déraciner.

Quelque chose de tout croche dans la place.

8

Comme au ciel

— Qu'est-ce que vous pensez que vous êtes en train de faire là, monsieur Kavanagh ?

— Je me décrotte les ongles. Pourquoi ?

— Rangez ça, je vous prie.

Fuck. Évident que tout le monde que je connais a un couteau dans sa poche. Je referme la lame et je remets le couteau dans la poche de mon coat. Ça va être quoi après, câlisse ?

— J'apprécierais qu'à l'avenir vous vous reteniez de brandir des couteaux ou quelque autre arme dans mon bureau.

Crisse. Rien comme un petit tour au bureau d'aide sociale pour te faire sentir deux pieds de haut. Nathasha a pourtant essayé de me remonter le moral.

— Écoute, Keith, ils sont là pour ça. Tu y as droit. C'est pas comme si c'était pour le restant de tes jours.

Ouin. Bon. Essaye pour voir d'arriver ici avec *cette* attitude-là. Ils font tout ce qu'ils peuvent pour te donner l'impression que tu piges directement dans leur petit cochon puis que leurs enfants vont être pris pour passer un Noël de misère à cause de toi. Bienvenue dans ta nouvelle vie. Puis c'est quoi l'idée de poser toutes ces hosties de questions-là ?

Ai-je commis un crime ? Crisse, on parle d'une centaine de piastres ou à peu près. Où c'est que je vais me ramasser avec ça ?

Le bâtard d'étriqué assis derrière son bureau me tend le chèque. Je m'étire pour le prendre, mais il le retient. Je retire ma main sur-le-champ. C'est stupide, je jouerai pas à ça. Je me lève et je fais comme si je m'en allais en espérant qu'il voie pas mon jeu. Il le voit. Il dépose le chèque sur son bureau, commence à remettre de l'ordre dans ses papiers. Met ses lunettes de lecture. Je me rassois. Il me tend le chèque à nouveau, mais cette fois, quand je viens pour le prendre, il le tasse. Bâtard.

— Des plans pour l'avenir, monsieur Kavanagh ?

J'ai une couple d'idées sur ce que je vais faire avec ce chèque-là, mon gros couillon.

— J'ai une couple de plans.

— Comme quoi ?

— J'aimerais mieux les garder pour moi, genre, si ça vous dérange pas.

— On va vous suivre de près, monsieur Kavanagh. On parle pas juste de faire acte de présence une fois par mois ou de voir son chèque coupé, là. On porte un vif intérêt à votre dossier. Le système est conçu de façon à aider les gens à retomber sur leurs pieds. Ce chèque-là est prévu pour couvrir votre pension chez les... ah... Healy. Nulle part ailleurs. Ce n'est pas de l'argent de poche ou de l'argent pour partir sur le party. Si votre situation actuelle devait changer, vous êtes tenu de nous avertir aussitôt. Compris ?

— Ouep !

— Pardon ?

Il plie le chèque en deux, se gratte la joue avec et me fixe, le regard vide.

— Oui, *monsieur.*

Finalement, il me donne le chèque. Je lui arrache des mains, vire de bord et m'enligne direct sur la sortie.

~

Je reste chez Natasha depuis presque un mois maintenant. Je suis sorti de chez nous. Mémorable. Les parents de Natasha ont l'air d'être ni pour ni contre le fait que je sois là, ce qui fait mon affaire. De ce temps-là, son vieux est sur un trip de pouvoir, mais je me tiens en retrait la plupart du temps. Pourvu que je couche pas dans le lit de Natasha. Évidemment, c'est pas mal toujours là que je me retrouve. J'ai offert de payer ma part, mais sa mère m'a dit que ça avait pas de bon sens. Elle a été pas mal fine avec moi. C'est pas pour longtemps de toute façon. Ça se pourrait que j'aille à l'école à St. John l'automne prochain. J'attends de voir si mon prêt étudiant va passer.

Un peu plus haut, dépassé le bureau d'aide sociale, je m'assois sur la barrière, avant les rails, et je déplie le chèque. Cent seize piastres et soixante-six cents. Je me demande comment ils ont fait pour arriver à ce chiffre-là. Ils auraient pas pu arrondir à cent vingt? Non. Ça serait trop simple, je suppose. Logé, nourri. Évident que si je le donnais à la mère de Natasha, ce serait comme lui sacrer une claque en pleine face. Qu'est-ce qu'elle pourrait faire avec ça?

J'entends une voiture qui prend le tournant. C'est rien que Francey O'Dea, fait que je me donne même pas la peine de faire du pouce. Il aime ça me voir sur le bord du chemin en train de faire du pouce. Et il aime ça aussi passer tout droit. Je suis aussi bien de marcher tout le long jusqu'à Cove plutôt que d'embarquer avec quelqu'un dans son genre. Quand je l'ai vu ralentir puis s'arrêter un peu après m'avoir dépassé, disons que je m'attendais pas à ça. La porte du passager grande ouverte. Et puis fuck. On dirait qu'il va pleuvoir de toute façon.

De ce temps-là, Francey conduit une vieille Chevette rouillée tout croche qui a pas grand-chose dans le ventre. Elle a de la misère à grimper la côte qui mène à Cove. Ça me fait de quoi pour lui. Avant, il avait un char super. En redescendant la côte, il pousse la pédale dans le plancher, son char se met à cogner et à valser d'un bord à l'autre de la route. J'essaie d'attraper ma ceinture de sécurité, mais il y en a aucune. Ça regarde mal. Par le miroir de côté, je vois des nuages de boucane bleue épaisse qui sortent d'en arrière. Je regarde Francey, les yeux rouges sortis de la tête, crisse. L'aiguille de vitesse continue de grimper.

S'il vous plaît, mon Dieu, faites que je meure pas dans une voiture avec Francey-l'écœurant-O'Dea. Dites-moi pas que c'est ce que vous aviez en tête pour moi, tout ce temps-là. Je veux pas être pogné avec cet enfant de chienne-là pour l'éternité. Je faisais même pas de pouce, pour l'amour du Crisse. Je suis désolé. Je voulais pas dire ça comme ça. Je suis désolé. Mais je vous en supplie, mon Dieu, faites que je rentre à la maison sain et sauf juste une petite fois encore.

— Quelque chose qui va pas, mon Keith ? T'as la frousse ? Je pensais que t'étais vraiment fou de ça, la vitesse.

Francey étire son bras derrière et tire pour mettre sa ceinture de sécurité. Le char passe dans la ligne de gauche. Francey grogne, donne un coup et tire vers la droite. Je me suis écrasé le plus possible dans le fond du siège, mes pieds accotés d'aplomb dans le fond sous le tableau de bord. Les deux mains agrippées solide de chaque bord du siège au point d'en avoir les jointures blanches. Mais même en plein cœur de toute la panique, j'arrive pas à demander à Francey de ralentir. Je finirais plus d'en entendre parler. Le char prend de la vitesse et je me ferme les deux yeux bien dur, certain que je vais finir par décoller de là d'une minute à l'autre.

Notre Père qui êtes aux cieux, que votre nom soit sanctifié.
Que votre règne arrive, que votre fuckée de volonté soit faite
Sur la terre comme au ciel...

À travers le vacarme, Francey me crie.

— Puis là ? Satisfait ?

Il me fait un signe de la tête en direction du tableau de bord pour me montrer que l'aiguille est en train de défoncer. Je suppose qu'il espère que je vais raconter ça partout en ville, que ça va faire de lui un héros. Je lâche le siège et je sors mon couteau de ma poche. Je tire la lame et, en un clin d'œil, je coupe la ceinture de sécurité de Francey. Aussitôt qu'il sent la pression de la ganse qui relâche, il tâtonne pour voir si la boucle est toujours en place et il constate qu'elle l'est. Il sort la boucle de l'attache et l'enclenche à nouveau. Ses doigts attrapent le bout de la ceinture. Belle coupe. Faut me donner ça, j'ai le tour avec les couteaux tranchants. Il me regarde de côté. Je lui mets le couteau sous le nez. Il en croit pas ses yeux. Moi non plus. On est en train de perdre le contrôle ici-dedans.

— Tu me laisses sortir de cette écœuranterie-là, Francey O'Dea, ou je t'arrache les deux yeux de la tête.

Il met le pied sur le brake. Automatiquement, j'appuie mon bras libre sur le tableau de bord devant moi et l'image de mon père me traverse l'esprit. Bien avant que la loi sur les ceintures de sécurité soit en vigueur ici à Terre-Neuve, mon père conduisait un vieux Ford Custom gris. Chaque fois que j'étais dans le camion avec lui, j'avais le droit de me tenir debout sur le siège d'en avant. S'il fallait pour une raison ou une autre qu'il touche le brake, il étendait son bras juste devant moi de façon à m'empêcher de revoler à travers le pare-brise ou de me frapper contre le tableau de bord. Je m'accrochais à son bras à deux mains jusqu'à ce qu'il le retire. Jamais une ceinture m'a fait me sentir plus en sécurité que ça.

Francey parvient à arrêter complètement sa bagnole de merde. Le moteur étouffe. Il essaie pas de le repartir. Il parle pas, il regarde même pas de mon côté. De la sueur perle à son front.

De nulle part, la maudite sirène d'un char de police, partout autour. Les lumières bleues et rouges dans le rétroviseur. C'est tout ce qui me manquait en hostie. Francey décolle la strip de hasch qu'il avait collée sous le volant. Un gramme ou deux. Je l'avais pas remarquée avant. Il se la met dans la bouche, l'installe le long de sa lèvre inférieure et regarde dans le rétroviseur pour voir de quoi ça a l'air.

Je referme le couteau, le glisse dans ma poche et je débarque du char. Le char de police s'arrête à peu près à un pouce du pare-chocs arrière de l'auto de Francey. Les deux flics sortent et celui qui était du côté du passager court dans ma direction. C'est Stanford. Le gros câlisse. Il m'haït, lui avec. Il court tellement vite, tellement en sauvage, qu'instinctivement je recule d'un pas, je perds pied et je tombe dans le fossé. J'ai pas encore touché le sol qu'il est déjà sur moi. Il me tire debout et me pousse sur le capot de la Chevette.

— Écarte tes jambes, Kavanagh, tes mains, de chaque bord, sur le capot.

— Ôte tes câlisses de...

Il m'attrape par le chignon du cou et m'écrase la face sur le char. Il pousse son genou entre mes cuisse pour me forcer à m'écartiller. Mes bras en croix sur le capot brûlant. Il est en train de fouiller mes poches. Fuck.

— T'as pas le droit de faire ça! T'as besoin d'un doute raisonnable ou d'une raison raisonnable ou quelque chose de même!

— Motif, Kavanagh, motif raisonnable. C'est exactement ce que j'ai là. T'es allé boire à soir?

— Fuck you, banane.

— Pourquoi est-ce que t'essayais de te sauver, juste là? Essayais-tu de te débarrasser de quelque chose? Tiens, tiens, regarde donc ce que j'ai trouvé là.

Il ouvre mon couteau de poche et, pour se moquer, siffle d'admiration.

— Beau couteau, Kavanagh. C'est à qui? Regardez ce qu'on a ici, officier Bowden.

Bowden est en train de fouiller la banquette arrière du char de Francey. Ça doit être un nouveau. Je l'ai jamais vu avant. Il acquiesce et s'en vient.

— Est-ce que ça pourrait être considéré comme une arme illégale?

Bowden examine le couteau, il me regarde même pas.

— Je sais pas. Il va falloir le rapporter au poste pour évaluation.

Téteux de cons. C'est une petite lame de canif. Ils savent très bien qu'elle fait moins de six pouces. Mais ils vont le garder de toute façon. Je peux rien faire. Stanford continue de me fouiller puis, là, il sort le chèque de ma poche. Il le lève au-dessus de sa tête et il commence à lire.

— Gouvernement de Terre-Neuve et du Labrador. Je savais pas que tu travaillais pour le gouvernement, Kavanagh. Pourquoi t'as rien dit? Oh, mais une minute, là. Oh. Département des Services sociaux. Là, je comprends. C'est un petit coup de pouce. Pas un gros, par exemple. Crisse, Kavanagh, on serait porté à penser qu'ils pourraient investir une couple de piastres de plus dans ton cas, un citoyen exemplaire comme toi. À moins qu'avec eux autres tu sois payé à la journée.

Mal à l'aise et écœuré comme je le suis, je décide de pas dire un mot. Ça les ramasse à tous les coups. C'est la meilleure façon de dealer avec les flics. Juste se la fermer, crisse. C'est mieux de même. En plus, ça les rend fous. Il peuvent pas supporter ça. Faut me croire, il y a rien qu'ils aiment plus que de te jouer dans le moral et de te mettre des mots dans la bouche pour que tu te cales après d'aplomb. C'est l'hostie de GRC. Ils ont rien que ça à faire.

Quand Stanford réalise que je dirai pas un mot de plus, il se calme et il me redonne mon chèque. L'autre flic donne un ticket de vitesse à Francey, puis un autre parce que ses ceintures de sécurité sont pas fonctionnelles. Ha! Ça fait chier Francey, qui me jette un regard du diable. Au cas où je le saurais pas, c'est de *ma* crisse de faute. Je peux voir la ligne que fait la strip de hasch sur sa lèvre inférieure et j'ai crissement le goût de le dire aux flics. Mais je suis jamais assez fou pour ça.

Pas question que Francey conduise le reste du chemin jusqu'à Cove, alors ils le font embarquer sur le siège arrière de leur char. Ils m'offrent de me reconduire, mais je refuse. J'ai en masse le temps de me retrouver sur la banquette arrière d'un char de police. Au moment où ils décollent, Francey me fait un doigt d'honneur et il me fait signe qu'il va me trancher la gorge. Aussitôt qu'ils ont disparu de ma vue, je tire un beau gros morceau d'asphalte brisée dans le pare-brise du char à Francey. Direct du côté du chauffeur. Je reste là et je regarde la toile d'araignée se dessiner sur le pare-brise. Une fois satisfait du dégât, je m'en retourne en direction de Cove.

C'est juste une demi-heure de marche jusqu'à Cove. Je décide de me risquer. Il commence à pleuvoir. Il pleut à plein ciel. Rendu à Cove, je suis mouillé jusqu'aux os. La première maison, quand j'arrive, c'est celle des Careen. Quand j'étais petit, j'avais pas la permission de m'approcher de la maison des Careen. Bien sûr, c'est là que je passais le plus clair de mon temps. Tout le temps que j'ai grandi, la maison des Careen fourmillait de bums qui venaient d'un bout à l'autre de Shore pour se défoncer, manger puis boire sur le bras. Mis à part les deux frères plus jeunes, la place est pas mal vide de ce temps-là. Tout le clan s'est dispersé quand l'usine a fermé. Les parents se sont noyés en faisant du canot à Slaughter Pond, une couple d'années passées. Tout ce que les deux gars font astheure, c'est boire, vendre de la dope puis en fumer. Ils sont un peu plus vieux que moi, mais je m'entends assez bien avec eux autres. J'ai commencé à acheter ma dope du plus jeune des deux, Gerald, quand j'avais quatorze ans. Il a vingt-six et c'est le plus endurci des deux. Sa réputation s'étend de Bay Bulls à Trepassey, une fois parti, il est plus arrêtable, un vrai enfant de chienne. Il a l'air de rien comme ça. Vraiment juste la peau et les os. Mais ça m'est arrivé de voir Gerald Careen assommer des gars deux fois sa taille, d'un coup. Un soir, on était assis en train de jouer aux cartes quand un char s'est stationné, puis le gars a klaxonné. Quelque gros taupin saute en bas du char et se met à hurler à pleins poumons pour que Gerald sorte se battre. Gerald avait pris une couple de bières et il avait une couple de joints derrière la cravate, fait qu'il s'en foutait. Il s'est levé de table, s'est débarrassé de son t-shirt, s'est enligné sur le char et le fucké, tout surpris, s'est quasiment fait battre à mort. J'ai tout vu. Le pauvre bâtard à terre, Gerald qui le frappait, qui le relevait pour pouvoir le frapper encore jusqu'à ce qu'il tombe. Le char plein de joueurs de hockey, mais pas un assez brave pour ouvrir la porte et donner un coup de main à leur chum. Finalement, Gerald s'est arrêté. Il a envoyé un gros maudit crachat en plein dans le pare-brise, a dit qu'il allait les tuer toute la gang si c'était pour ça qu'ils étaient venus, sinon, qu'ils crissent leur camp chez eux. Quelqu'un est sorti et Gerald est allé le rejoindre, mais le gars essayait juste de se démerder pour mettre son chum dans le char. Gerald lui a donné un coup de main. Une fois rentré dans la maison, il s'est rassis pour continuer la partie, puis il a commencé à m'engueuler supposément parce que j'en aurais profité pour brasser le paquet pendant qu'il était sorti. Comme si de rien n'était. Du sang qui coulait de ses jointures. Je lui ai demandé qui c'était le gars à qui il avait fait voir des étoiles. Il a dit qu'il en avait jamais vu un d'eux autres de toute sa vie.

Il y a personne là quand j'entre dans la maison. Je fais le tour et je crie après Gerald, mais il y a pas de réponse. Le poêle chauffe, il y a un quarante onces de Russian Prince sur la table de la cuisine, fait qu'il doit pas être loin. Je mets de la glace dans un verre et je le remplis de vodka à ras bord. Je le cale et je m'en verse un autre. Je le cale encore. Ça me réchauffe un peu. J'enlève mon coat et j'accroche ma chemise sur la corde à linge derrière le poêle. Je me verse un autre verre. Au moment où Gerald arrive, j'ai un petit feeling. Il s'en sert un pour m'accompagner puis il serre la bouteille parce qu'elle appartient à Harry, son frère plus vieux. Parce que quand Harry veut un câlisse de verre, le verre a besoin de pas être trop loin. Ça me tente pas d'arrêter de boire, par exemple. Gerald non plus. Il a pas d'argent, fait que je lui offre d'aller chercher de la bière pas loin sur la route.

— Fuck, tu l'as pris à qui, cet argent-là ?

— BS.

— Fuck, direct là. Gêne-toi pas pour les fourrer toute la gang, mon Keith.

Le chèque est un peu humide, mais j'ai pas de misère à l'encaisser vu que c'est un chèque qui vient du gouvernement puis tout ça. J'achète une couple de paquets de cigarettes, une caisse de douze puis un pack de six et un gros sac de chips. Mais plutôt que de m'en retourner direct chez Gerald, je fais le tour du magasin et je monte jusqu'à la track de chemin de fer, juste derrière. Je dévore les chips et je cale cinq bières. Il commence à faire noir et j'ai senti tomber quelque gouttes de pluie, fait que je m'organise pour revenir par le bois. Je suis tellement saoul que je passe presque tout mon temps à tomber sur le dos ou en pleine face dans les buissons. J'avance et c'est comme si le monde en face de moi avait l'air de prendre en glace aussitôt que je le traverse. Puis l'image éclate et s'envole avant que j'aie eu le temps de focaliser sur la prochaine. Je marche mais j'en arrache, je veux pas tomber saoul mort dans le bois, sous la pluie et peut-être mourir. Je cours plus vite, mais ça fait en sorte que je m'enfarge un peu partout et que je m'assomme encore plus fort quand je tombe. Un moment donné, je m'arrête pour vomir. J'ai rien avalé d'autre de la journée que les chips et la bière et tout ça se met à remonter. La vodka aussi. Je continue à tituber entre les arbres, sous la pluie. Après un bout, le bois s'éclaircit et je tombe dans la cour arrière chez quelqu'un. Je suis content de voir que, malgré tout ce qui vient de se passer, la caisse est intacte, j'ai réussi. Mais la boîte est mouillée de bord en bord et elle tiendra pas beaucoup plus longtemps. Je traverse le gazon jusqu'au balcon arrière de ce qui me semble être la maison de Harold Reddigan. Je suis pas certain. Sans réfléchir, je commence à frapper, mais personne répond. C'est pas barré. Je me retrouve dans l'entrée, j'allume les lumières.

— Y a quel... qu'un?

Je regarde autour jusqu'à ce que je trouve un vieux fourrre-tout plein de linge sale, le lavage de quelqu'un. Je le vide sur le plancher et je mets la caisse de bières dedans. J'ai l'idée de laisser un mot ou quelque chose, mais c'est trop de trouble. Je barre la porte derrière moi, je traverse le stationnement et je reprends la route principale.

Gerald a la tête accotée sur la table, la bouteille de vodka vide en face de lui. Je fais pas mal de train en essayant de m'asseoir et il saute en bas de sa chaise, les poings fermés, prêt à cogner.

— Où c'est que tu crisses ton camp, Benny? Y est quelle heure, là?

— C'est juste moi, Gerald. C'est qui Benny?

Il ramasse la bouteille, il se rend compte qu'elle est vide, puis il la garroche dans les portes d'armoire. Je sors la bière du sac et je lui en donne une. J'en débouche une pour moi, mais je m'étouffe à la première gorgée. Gerald tire une galette de hasch de sa poche et la coupe en plusieurs tranches. Ça ressemble à la sorte que Francey avait, douce et huileuse. J'allume le brûleur à l'huile sur le poêle et je place les couteaux au-dessus du feu. Peu importe à quel point je suis fucké, je suis toujours capable de me redresser pour en faire. Une fois que les lames sont flambant rouges, Gerald en laisse tomber un blast sur une des lames. Je laisse travailler un petit peu avant de l'aplatir avec l'autre lame. Gerald veut rien savoir de se faire un cornet. Les bouffées de boucane blanche épaisses direct dans sa face. Comme ça achève de brûler, il approche sa bouche un peu plus près, plus près encore des lames rouges. La boucane lui enveloppe la tête avant de monter au plafond. Il se remplit les poumons puis il se les crache. Puis j'en fais une. Grosse erreur. La pièce se met à tourner et à tourner. J'essaie de m'en retourner à ma chaise, mais il y a un con certain qui s'amuse à fucker le plancher. C'est caoutchouteux et ça arrête pas de pencher sur le côté comme si la maison foutait le camp en bas de la falaise. Je me retrouve projeté de l'autre côté de la pièce sur l'autre mur complètement. J'essaie de me relever, mais j'en ai pas la force. Gerald essaie de m'encourager. Le plafond a des palpitations. Il va s'écrouler. Je me traîne jusque dans l'autre coin et je vomis dans une pile de souliers et de baskets. Gerald se tire sur moi. En un instant, il m'a remis sur pied et il me tient par le collet de mon coat.

— Toi, mon cochon d'écœurant, je devrais te faire ravaler ta marde.

— Va te crosser.

Sais pas à quoi j'ai pensé de dire quelque chose comme ça à Gerald Careen un soir de beuverie. Il recule son bras et me le ramène direct en pleine face. Il me cogne tellement fort que je rebondis sur le mur d'en arrière et j'atterris exactement à la même place, debout, devant sa face une fois de plus. Puis là je répète.

— Va te crosser.

Il recule son bras encore, mais cette fois il continue pas. Les genoux me lâchent et je tombe sur le plancher. Je peux déjà sentir mon œil en train d'enfler. Le goût du sang dans le fond de ma gorge. Je saigne du nez et je commence à brailler. Fuck. Les larmes et le sang, la bave et la morve qui me coulent dans la face pendant que je me traîne à quatre pattes jusqu'à la salle de bain. Je mets mes bras autour du bol des toilettes et je vomis encore. Pas dans le bol, mais sur le plancher, tout le tour.

Je reste étendu là pendant un moment, à essayer d'arrêter de brailler aussi fort. C'est pas la douleur. Je sens à peu près rien, vraiment. C'est juste que des fois, je sais pas trop, mais de ce temps-là, je me mets à brailler sans raison.

Mes pensées s'estompent et j'ai presque perdu la carte quand j'entends que quelqu'un frappe à la porte d'en avant. En premier, mon instinct me dit que c'est les flics. J'essaie de m'appuyer sur ma main, mais je glisse dans le vomi et je me cogne la face sur le bol. Là, j'ai la lèvre qui saigne en plus. Je me force pour entendre la conversation, ce que Gerald est en train de marmonner à celui ou celle qui est à la porte. J'entends mon nom. Mon nom au complet. Je fais tout ce que je peux pour me remettre sur mes pieds et je m'accote contre la douche. Je barre la porte de la salle de bain, j'ouvre la fenêtre qui donne sur la cour arrière. C'est pas mal serré, mais je réussis à sortir juste à temps. Comme j'atterris à terre en arrière de la maison, j'entends Gerald qui cogne à la porte de la salle de bain.

— Es-tu correct, Keith ? Y a quelqu'un ici qui te cherche. Keith ?

Déjà parti.

Sorti de là.

Il y a un sentier qui part d'en arrière de chez Gerald et qui se rend tout droit jusqu'à la rive nord de Cove. Je laisse mes jambes marcher toutes seules. Mon nez et ma lèvre ont arrêté de saigner, mais j'ai l'œil à moitié fermé. Je finis par me retrouver en arrière de la maison chez Natasha en train de descendre les marches qui mènent au sous-sol. Tout ce qui m'intéresse, c'est de m'étendre à côté d'elle et de m'endormir. Elle m'attendait pas mal plus de bonne heure, mais je suis certain qu'elle va comprendre quand elle va voir dans quel état je me trouve. J'essaie de faire le moins de bruit possible. La dernière chose que je veux, c'est de voir son vieux se crinquer. C'est juste pas ma chance. Quelqu'un s'est adonné à empiler des bouteilles de bière derrière la porte d'entrée du sous-sol et, quand je l'ouvre, tout ça se met à tomber. Ça brasse dans la maison. Des pas lourds dans le corridor d'en haut, un martèlement sur le plancher de la cuisine. Ça grince, la porte qui donne sur le sous-sol grande ouverte.

— Natasha, c'est toi ?

C'est son vieux. Je remonte les marches du sous-sol pour sortir. Mes bottes mouillées glissent sur une bouteille qui était là et je m'écrase dans l'allée de béton. Là, il se tient dans la porte, planté comme une tour au-dessus de ma tête, à constater en silence le dégât, les bouteilles brisées sur le plancher du sous-sol.

— He... ha, monsieur Healy.

— Lâche-moi avec ton câlisse de monsieur Healy, Kavanagh. Qu'est-ce qui s'est passé avec ta crisse de face ? Natasha, elle, est où ?

— Je m'excuse, je sais pas... je suis un peu...

— T'es paqueté comme un crisse. Est où, Natasha ?

— Elle est... je sais pas...

— Qu'est-ce qu'on s'était dit à propos de rentrer saoul ? Puis qu'est-ce qu'on s'était dit à propos de l'entrée au sous-sol ?

Je le prends pas. Les flics sont venus, ils te cherchaient. Si t'as mêlé Natasha à la câlisse de police, je te fends ton hostie de tête.

— Suis pas zou...

— On se demande plus pourquoi c'est si câlissement dur de lui parler, avec ce genre d'affaire-là à toute heure du jour puis de la nuit. Écoute-moi, mon petit escroc...

— Suis pas zou..

— Mens-moi donc en pleine face, veux-tu?

Pour une carrure d'homme comme lui, il est crissement rapide. Il me relève et m'accote contre le mur. Une méchante paire de bras. Il me secoue comme une poupée de guenille. Ça y est. Il est crinqué, puis il va finir par me cogner. De toute façon, il se cherchait une excuse pour le faire depuis un bout. Puis là, la mère de Natasha apparaît dans le passage. Dieu merci.

— Jésus, Marie, Joseph! Keith, regarde de quoi t'as l'air. Stan, pour l'amour de Dieu, laisse-le rentrer, gars.

C'est son nom, Stan. Mais elle est la seule à l'appeler comme ça. Tout le monde de Cove l'appelle le Beu. Moi et Natasha, on l'appelle le Vieux, pas en pleine face, par exemple. Il me lâche et saute dans l'escalier. Rendu en haut, il crie :

— Organise-toi avec lui d'abord, puis après ça s'arrête là. Y a besoin de nettoyer le dégât avant de s'en aller. Puis demande-lui ce qui s'est passé avec le petit chat de Becky.

Elle m'emmène jusqu'au divan et m'aide à m'asseoir, va dans la chambre de lavage et revient avec une trousse de premiers soins. Elle nettoie ma joue avec un tampon stérilisé.

— Avec qui tu t'es battu? La police est venue ici.

— Pas... baddu... j't'ais...

— Mon Dieu, t'es complètement saoul. Un jour d'école, Keith? On t'avait pourtant averti à propos de ça la dernière fois. Stan veut que tu t'en ailles. Y a pas confiance.

— Quoi?

Elle sort une compresse, la fixe sur mon œil. Commence à tamponner ma lèvre avec un coton absorbant.

— ... Natasha nous parle plus jamais. On met des règlements que personne suit. J'ai trouvé un cendrier, ce matin, en dessous de son lit. Elle fume pas, je peux juste assumer que c'était le tien.

— Suis pas...

— C'est-tu si dur que ça pour elle de s'asseoir et de parler avec nous autres ? nous dire où elle s'en va ou ce qui se passe dans sa vie ? Je lui ai juste demandé à quelle heure elle allait rentrer, puis elle m'a quasiment sauté dans la face. Comme si j'étais une sorte d'animal.

Elle a l'air d'avoir de la peine et elle a les yeux mouillés.

— Je sais pas ce que je fais de travers pour que ma propre fille veuille pas s'asseoir et me parler sans être en maudit ou me sacrer après ou...

— Peut-être qu'elle est pas en bonne santé.

— Pardon ?

Elle arrête de nettoyer ma lèvre. Recule et me regarde. Regarde le linge taché de sang dans sa main comme si elle venait juste de réaliser que je ne suis pas un de ses enfants.

— Qu'est-ce que t'as dit ?

— Mentalement, je veux dire...

— Mentalement ? Tu vas me dire en pleine face, avec la face que t'as, que ma fille est pas assez en santé mentalement pour qu'on puisse lui parler ?

— Je veux pas dire...

— Va-t'en.

— Je voulais pas dire...

— Va-t'en. Disparais de ma vue. Sors de ma maison. On va pas endurer un petit-chum-en-pension. Pas plus qu'un voleur. Dieu sait ce que tu mets dans la tête de Natasha.

— Où est-ce que je vais aller ?

— Je me fous de la place où tu vas aller, mais si tu pars pas tout de suite, j'appelle Stan.

Elle peut pas être sérieuse, crisse? Ça peut juste pas être en train d'arriver. Elle remonte les marches du sous-sol jusqu'en haut. Je l'entends traverser la cuisine. Elle interpelle le vieux. Il va rappliquer puis me régler mon compte.

Qu'est-ce qui m'a pris, crisse, d'aller lui dire ça?

Si j'avais pu me coucher pour passer au travers.

J'étais juste en train d'essayer de dire... ah, fuck. Fuck.

Des lumières de char qui viennent de mon bord au moment où je sors du chemin qui mène chez Natasha. Je saute dans le fossé et je m'écrase derrière un aulne. Les flics. Crisse. Ils s'en vont chez Natasha. Ça regarde mal. Je me casse la tête pour essayer de me rappeler si j'ai fait quelque chose d'illégal. Non. Rien, que je sache. J'ai pratiquement rien fait de croche ces dernières semaines. Peut-être que c'est à cause de la ceinture de sécurité de Francey? Ou du couteau de poche? Ou peut-être que le vieux les a appelés quand je suis arrivé. C'est son genre. Je le vois qui sort sur le perron d'en avant à la rencontre du char de police. Il fait signe en direction de la route, de mon côté. Je me pousse plus loin dans le bois. Crisse, je viens de passer la moitié de la journée dans le bois. Les flics font demi-tour et balayent la route avec leur gros spot d'éclairage. Je me couche par terre et, deux secondes plus tard, la lumière passe au-dessus de moi. Ils roulent lentement pendant un temps, puis ils accélèrent un peu et les voilà repartis. Je relâche mon souffle, un souffle que je savais même pas que je retenais. Je roule en dehors du bois, me laisse retomber dans le fond du fossé et je regrimpe sur le bord de la route, tout ce temps-là, les yeux rivés sur les feux arrière de leur char. Ils s'arrêtent au bout de la pointe et continuent passé le vieux cimetière. Fuck.

Je peux pas aller chez nous. Je peux pas. Faut dire que la dernière fois que j'ai posé les yeux sur mon père, je lui ai sauté dessus. Je suis revenu de l'école ce jour-là et ma mère a failli m'assommer en me lançant mon ghetto-blaster par la tête. Elle était dans ma chambre, la fenêtre ouverte, à jeter toutes mes cochonneries sur le balcon en bas. Cassettes, livres, linge, posters à moitié déchirés et tout éparpillés. Mon système de son était pas brisé, mais quand elle est descendue pour m'*accueillir*, je lui ai montré comment elle aurait dû s'y prendre. J'ai sauté dessus, je l'ai écrasé, j'ai tapé dedans et je l'ai fait éclater en le garrochant par terre pendant qu'elle restait là à regarder. J'ai jamais su c'était quoi l'idée, si je devais me défendre ou me trouver un alibi ou fuck, ce qui était en train de se passer. Mais je me suis dit que ça regardait mal. Tout ça à cause d'une paire de jumelles, ç'a tout l'air. Crisse, comment est-ce que j'étais supposé de savoir qu'elles appartenaient à son père ? Je trouvais pas qu'elles avaient l'air si antiques que ça. À quoi ça va lui servir, une paire de jumelles ? À observer les alentours. Je me demande ce qui se passe chez les Sweeny ce soir. Si on veut savoir ce que j'en pense, c'est pervers. De toute façon, un soir, j'ai vendu le fucké de truc chez Tors Cove quarante piastres et, honnêtement, je pensais que j'étais en train de voler le gars. J'ai promis à Mom de lui redonner l'argent. Elle m'a dit de m'en aller puis de pas revenir. Fait que je suis parti pendant un petit bout. J'ai attendu qu'il soit à peu près dix heures avant de rentrer. Elle et le père étaient assis dans la cuisine. Le reste de mes cochonneries était paqueté dans des sacs de vidanges. Ils m'ont donné le choix : ou je changeais sérieusement mes habitudes et je pouvais rester *à la condition* que je fasse pas une niaiserie de plus sinon j'étais dehors pour de bon, ou je pouvais m'en aller tout de suite et me trouver une autre place pour rester. Je continue de penser que c'était un peu fort pour une fuckée de vieille paire de jumelles. J'ai pas dit un mot plus haut que l'autre, j'ai attrapé une couple de sacs de vidanges et j'ai passé la porte. Ma mère a perdu la tête.

— T'as beau aller sucer des vieux, vendre de la drogue, aller voler la station d'essence. Mais si j'entends parler de quelque chose, même juste une fois, je me rends direct au poste de police.

Elle a pris le reste des sacs et les a lancés dehors par terre. Je lui ai dit d'aller se crosser. C'est là que mon père m'a poussé en bas des marches. J'ai rebondi pour lui sauter dessus. Mom est rentrée en dedans, lui a reculé jusque derrière la porte et il l'a fait claquer juste au moment où je m'apprêtais à lui en décrocher un en pleine face. Mon poing direct dans la porte, c'est après que j'ai découvert que j'avais une jointure de cassée. Le pire, c'était l'expression sur le visage de Dad. Une expression à mi-chemin entre la peur et... l'empathie. Une expression que j'avais jamais envisagé ou souhaité voir sur le visage de mon père. Pas mal de merde, pas mal pire que celle-là, m'est tombée dessus au cours des années. Mais cette fois-là, c'était pas la même chose, ça se sentait. Une limite avait été franchie et je savais que c'était pas possible de revenir en arrière. J'aurais dû juste virer de bord puis m'en aller sans lui sauter dessus comme ça. Ça avait rien à voir avec lui. Il s'en foutait, des maudites jumelles. Il faisait juste obéir aux ordres.

J'ai pris une couple d'affaires dans un des sacs de vidanges, je suis allé m'installer dans son camion pour la nuit. Mais j'arrivais pas à me sentir bien. Quand je fermais les yeux, tout ce que je voyais, c'était sa face à travers la vitre quand j'avais donné un coup dans la porte. Je pense que j'ai braillé. J'ai fini par dormir une couple d'heures et je suis sorti de son camion avant qu'il s'en aille travailler le lendemain matin. Alors qu'il se dirigeait vers son camion, je me suis installé sur la butte qui donne sur notre entrée. Il a embarqué, il a démarré puis il s'est accoté le front contre le volant. Je me suis dit qu'il devait seulement être fatigué, qu'il avait pas assez dormi.

Je me demande si je devrais retourner chez Gerald et m'écraser sur son divan. Il a probablement fini de vider le reste de la bière avant de tomber dans les pommes au bout de la table. Il se souviendra pas qu'il m'a tombé dessus. Ou je pourrais arrêter pour voir si Andy est chez eux. Non. Moi et Andy, on a commencé à faire nos affaires chacun de notre bord. Tout ce qui l'intéresse, c'est le câlisse de hockey. Et je pense qu'il se tient avec un gars qui vient de Shore.

Fuck.

Je peux pas aller chez nous.

Il recommence à pleuvoir. L'église est probablement mon meilleur bet, pour tout de suite. Évident que le *bon Dieu* va me prendre. Me garder au chaud pour un bout. Je verrai ce que je vais faire demain matin. J'accélère le pas, je me sens moins croche maintenant que j'ai une place où aller.

On en a passé du temps à niaiser dans l'église quand on grandissait. À remonter et à redescendre les allées en courant, à sauter sur les bancs, à grimper comme des singes le long de la chaire, à varger sur l'orgue. J'ai même réussi à entraîner Shannon Kelly là, une nuit. On a bu tout le vin qu'on pouvait trouver. Une fois, moi et Bobby O'Neill, on est entrés puis on a fait les bancs, on a raflé tous les livres de cantiques et on les a emportés sur la plage, on s'est fait un feu puis on a brûlé toute la patente. Y a eu un petit tumulte autour de ça.

Là, c'est parti pour de bon, il pleut fort. Des éclairs dans l'embouchure de la baie. Je me dépêche de grimper les marches pour me rendre compte que la porte est barrée. Surprise. J'aurais probablement eu la frousse d'avoir à dormir là de toute façon. Mais, en même temps, sont qui, crisse, eux autres, pour embarrer le monde en dehors de la maudite église?

Je m'assois sur les marches et j'essaie de réfléchir.

La face veut me fendre. J'ai les bras et les jambes raides, couverts de bleus, les pieds qui me chauffent et qui démangent dans mes bottes d'armée. Mouillé jusqu'aux os. Peux pas fumer, mes cigarettes sont trempées. Je suis crevé. Je m'étends sur le dos, ferme les yeux et laisse la pluie me tomber dessus.

Une douleur lancinante sous mes aisselles pendant qu'une paire d'épais aux mains gantées me relèvent. Ça sent la cannelle. Le dos de mes talons claquent sur les marches de l'église, traîné tout du long, à travers la bouette, jusqu'au stationnement. Mal dans ma tête, comme si un couteau était pris dedans et qu'il essayait de se tailler un chemin vers la sortie. Ça griche et ça bipe, un radiorécepteur. La terre est bleue, puis rouge. Bleue. Rouge. Puis une couche d'air sec bien égale, une bordée d'air chaud sur mon corps. Je viens de mourir et je suis rendu au ciel. Une brève montée d'inquiétude pénètre mon tout nouvel état de grâce au moment où j'entends les mots :

— On l'a. On le rentre au poste.

Puis, la noirceur...

Ils m'ont relâché le lendemain matin, après m'avoir fait signer une douzaine de câlisses de papiers en me posant une tonne de questions à propos de Gerald Careen et de Francey O'Dea. Même si c'est loin d'être vrai, je leur ai dit que c'était Francey qui fournissait la moitié de Shore.

Ils m'ont collé une charge pour entrée par effraction et une pour un vol de moins de mille dollars. Ma comparution est dans deux mois. Par-dessus le marché, ils m'obligent à me rapporter au poste tous les vendredis pour aller signer mon nom. Crisse. Tout ça pour le vieux fourre-tout magané de Harold Reddigan. Ça va être quoi, après ça, câlisse?

Le froid, la buée qui lève au-dessus de la route humide devant moi. Au moins, il fait soleil. On dirait que ça va être une journée super. Je sais pas pourquoi je m'en retourne à Cove. Plus rien là pour moi. Jamais rien eu là pour moi. Même si je voulais rester dans le coin et même s'il y avait un peu de job à faire, qui c'est qui voudrait m'embaucher ? Fuck, j'ai même pas une place où aller me coucher. Je suppose qu'au cours des années, j'ai fini par faire chier trop de monde.

Fuck le monde.

Je fouille dans mes poches, il me reste un peu plus de quatre-vingts piastres. Je connais quelques places où je pourrais aller à St. John. Quatre-vingts piastres, ça devrait me garantir une couple de nuits. Je déciderai ce que je fais rendu là. Je traverse de l'autre côté de la route et je commence à faire du pouce en direction de la ville. Il y a un gros trafic le matin. La plupart du monde ralentit et me regarde comme si j'étais le diable en peinture. Les autres accélèrent et font comme s'ils m'avaient pas vu. Vingt minutes de même avant qu'un *être humain* s'arrête sur le bord un peu plus loin. Je garde la tête baissée et j'essaie de me ramasser tout en courant en direction du véhicule. J'ai surtout pas le goût de parler, mais, s'ils s'en vont direct à St. John, c'est quand même une bonne heure et demie de route. Fait que je vais me forcer à être à moitié civilisé. J'ai pas toute ma tête et, une fois installé dans la boîte du camion, je réalise dans quoi je viens de m'embarquer. Le camion du père, le père au volant. En route pour St. John. Ça va être une longue, longue route.

9

Une deuxième dernière chance

Regarde-le aller, il se bourre la face comme un malade. On jurerait qu'il a jamais vu une livre de bœuf haché de toute sa vie. Avale, mon gars. Étouffe-toi pas. Bon Dieu. C'est comme ça que les chiens mangent. C'est dans leurs gènes. J'ai vu un reportage là-dessus au canal Découvertes le mois passé. Ça remonte bien avant qu'ils aient été domestiqués, quand ils se déplaçaient en meute. Ils avalaient tout rond de peur d'en manquer. Mais là, c'est de moi qu'il est question. J'ai ma propre assiette. C'est pas comme si j'allais sauter par-dessus la table et le pousser à terre pour lui prendre sa part.

Ça fait deux semaines qu'on est ici maintenant. Pas beaucoup de lumière ici-dedans, mais c'est un beau petit logement. Un quartier qui a de l'allure. Bien des arbres. Des dépanneurs ouverts vingt-quatre heures, un peu plus haut dans la rue. À distance de marche de l'université. Ça fait mon affaire. Keith avait eu un coup de cœur pour une place au centre-ville, mais j'ai réussi à le faire changer d'idée. J'ai trop entendu parler de gens qui s'étaient laissé entraîner dans toutes sortes d'histoires. En plus, il est soumis à une ordonnance de la cour qui lui interdit d'être en possession d'alcool ou d'en consommer, fait que je me suis dit que la dernière affaire dont on avait besoin, c'était d'avoir des tavernes ou des clubs tout le tour.

Une couple de mois passés, il s'est ramassé chez les Reddigan, sur la rive sud de Cove, et il s'est sauvé avec un fourre-tout et un CB. Stupide. Un vrai coq-l'œil. Les flics ont récupéré le sac chez Gerald Carreen, mais le CB a jamais été retrouvé. En cour, Keith a juré qu'il était au courant de rien pour la radio. Mais, je sais pas, moi, ça regarde comme s'il l'avait volé. De toute façon, il y avait pas mal de vols par effraction, à ce moment-là, à l'école secondaire de Ferryland et à la station d'essence de Fermeuse. Les flics s'en prenaient à tout le monde. Ils lui ont donné un an de probation avec toutes sortes de règlements de fou : l'affaire à propos de l'alcool, pas de médicaments sans prescription, aller se rapporter au poste tous les vendredis, pas le droit de se tenir avec du monde qui a un dossier criminel. La moitié de Shore a un dossier criminel, pour l'amour du Crisse.

Ils l'ont aussi obligé à aller rencontrer un intervenant. À St. John, une association qui s'appelle La Deuxième Chance. C'est-tu assez chou ? C'est comme ça que je me suis retrouvée à prendre l'auto de Mom pour l'amener en ville, chaque vendredi après qu'il est allé se rapporter au poste à Ferryland. Quand je l'ai ramassé après sa première rencontre avec la gang de la Deuxième Chance, il était au septième ciel, plus capable d'arrêter de dire comment il venait enfin de trouver quelqu'un capable d'établir un lien, quelqu'un à qui il pouvait se fier, quelqu'un qui comprenait réellement ce qu'il était en train de vivre. Mais ça, c'est Keith tout craché, toujours en train d'en porter lourd. Pas personne qui sait ce que c'est puis toute l'affaire.

Mais, honnêtement, j'étais contente pour lui. Ça faisait longtemps que je l'avais pas vu aussi plein d'énergie. Depuis qu'il avait eu la date de sa comparution, il se traînait, il chialait, il était déprimé. Il avait jamais le goût qu'on fasse quelque chose ensemble. Il aimait mieux rester tout seul à lire des histoires de vampires ou à écouter les Doors. J'étais à bout.

En revenant à Cove, après la première visite, il a éclaté. Sans que je m'y attende. Il arrêtait pas de parler de l'intervenant qui s'occupait de lui, comment c'était facile de se confier à lui puis, au milieu d'une phrase, il s'est mis à avoir le motton puis à brailler. Il m'a foutu une de ces frousses ! Je l'avais déjà vu verser une couple de larmes dans le passé, mais jamais comme ça. C'était pas le *je-sais-plus-ce-que-je-dois-faire-tellement-je-suis-fucké* genre de chialage, mais plus ou moins une gigantesque crise de... disons libération. Des sanglots qui venaient du fond des tripes. Ça faisait du bien de voir qu'il était pas sur ses gardes pour une fois. Je me suis arrêtée sur le bord de la route, juste passé Tors Cove, je l'ai pris dans mes bras et je l'ai laissé pleurer. Les choses allaient peut-être changer pour le mieux.

Et elles ont changé. Les vendredis soir, je le laissais devant La Deuxième Chance et il remontait dans l'auto une heure plus tard. Et il était de plus en plus parlable. Bon Dieu, oui. Il gardait rien. Tous ses doutes, toutes ses inquiétudes à propos de sa situation actuelle, à propos de son avenir à lui. De *notre* avenir. C'était nouveau pour moi. J'ai toujours pensé qu'il vivait au jour le jour et que la plupart du temps il se foutait de ce que le monde pensait de lui, où il se retrouverait dans cinq ou six ans de là. Fait que c'était plutôt bien de voir que *je* faisais partie de ses projets. Juste à le savoir là, avec moi, c'est devenu plus facile pour moi d'organiser ma vie. Il s'est effondré en m'avouant avoir couché avec ma cousine Margaret le soir du party de Noël à Aquaforte. Il disait qu'il était déchiré, qu'il se sentait coupable et qu'il voulait plus qu'on vive ce genre de choses-là. Ç'a pas mal brassé entre nous autres à cause de ça, mais j'ai fini par être contente que ça sorte. J'ai décidé de passer par-dessus. Il voulait qu'on passe l'éponge et je le voulais aussi. Ça s'annonçait bien.

Révérend Shane Adams, psychothérapeute. C'était ça, son nom, au gars qui s'occupait de Keith, il était à la tête de l'association La Deuxième Chance. Supposé qu'il pouvait tirer pas mal de ficelles à la cour, qu'il intervenait auprès des gars du pénitencier puis tout ça. À la quatrième ou cinquième rencontre, il est sorti en même temps que Keith pour venir me rencontrer. Une belle pièce d'homme. La jeune trentaine. En pleine forme. Des yeux bleu pâle, un beau sourire. J'ai tout de suite su qu'il avait quelque chose de spécial, une sorte de feu sacré. Il avait une flamme dans les yeux, une énergie qui se transmet et qui m'a tout suite donné le goût de sauter en bas de l'auto pour me garrocher dans ses bras en hurlant. *Moi aussi! Moi aussi! J'ai besoin d'une deuxième chance moi aussi!*

Je sais pas trop, peut-être que j'étais un peu jalouse.

Comme Keith se préparait à monter dans l'auto, Adams s'est approché pour le prendre dans ses bras et le serrer fort. Keith voulait pas. À la place, ils se sont serré la main. Keith m'avait dit que c'était la seule chose qu'il était pas capable d'endurer. À la fin de chaque rencontre, Adams se tenait là, les bras grands ouverts, c'était comme une sorte de test pour voir si Keith avait vraiment fait du progrès. Ou quelque chose à voir avec la confiance. Moi et Keith, on est ensemble depuis presque trois ans et c'est sûr que ça me fatigue d'être obligée de le forcer à me prendre dans ses bras. Mais là, j'ai trouvé ça un peu étrange qu'Adams le mette en situation, comme ça, devant moi. Ça me semblait pas approprié.

Keith était loin d'avoir l'air aussi enthousiaste à propos de cette rencontre-là en particulier. Il a pratiquement pas ouvert la gueule. J'avais pas l'intention de pousser non plus. On était rendus passé Killbride puis il avait toujours pas dit un mot, la tension était en train de me rendre folle.

— Et puis?

— Et puis quoi?

— Comment ça s'est passé?

— Crois-moi, tu veux pas le savoir, fille.

On a roulé en silence pendant un moment, lui en train de fumer le reste de mon paquet. Une chanson de Bruce Springsteen à la radio, j'ai monté le son. J'ai pensé que ça pouvait peut-être lui remonter le moral un peu. À peu près à la moitié de la chanson, il a fermé la radio.

— Tout ce qui l'intéressait, c'était le sexe.

— Sexe, genre... ta vie sexuelle ? Tu lui as pas parlé de moi toujours, Keith ?

— Non. Il voulait tout savoir sauf ça. C'était freakant en crisse. Et j'arrivais pas à mettre le doigt sur ce qu'il était en train de faire. Comme... la façon dont il posait ses questions...

— Oui, mais c'est ça qu'ils sont supposés faire. Je veux dire... il *est* psychologue...

— Non. C'est pas pareil. C'est comme s'il était en train d'essayer de m'hypnotiser. Comme s'il essayait de me pousser là où je voulais pas aller. Il m'a fait retourner dans le passé, de plus en plus loin en arrière. Des petits détails dont je m'étais pas souvenu depuis des années. J'essayais de pas perdre le fil, mais il arrêtait pas de demander *pourquoi* et *comment* et *comment est-ce que tu t'es senti.* Et ses questions revolaient tellement vite que j'avais quasiment pas le temps de penser à ce que j'étais en train de dire. Avant que j'aie le temps de m'en rendre compte, je me retrouve à l'époque où je suis ti-cul et où je me jouais avec le moineau puis toute la patente.

— Oh.

— Ouin. Puis c'est comme s'il attendait juste ça. C'était vraiment trop fucké. Il voulait rien savoir des filles ou des femmes avec qui je suis sorti ou comment les choses se passent avec toi. Il voulait savoir c'était quoi les affaires que je faisais quand j'étais petit.

— Écoute, Keith, j'imagine qu'il doit savoir ce qu'il fait. Tu peux pas t'attendre à aller dans ce genre de place-là sans avoir à y mettre un peu du tien...

— C'est une autre affaire, ça avec. Il est toujours en train de parler en câlisse de parabole. *On va te plonger dans les égouts de ta vie, mais quand tu vas en ressortir, tu vas être propre.* Ce genre de niaiserie-là. Puis moi, je suis là en train d'embarquer, à me dire « ouin, c'est vrai, ma vie, c'est de la câlisse de marde d'égouts ».

— Voyons donc, Keith. Tu trouves ça trop beau pour être vrai ? Peut-être que tu veux pas continuer parce que t'as peur. Tu peux pas t'attendre...

— Trop beau pour être vrai ? J'ai une couple d'autres urgences dans ma vie en ce moment, Tash. Il était supposé me donner un coup de main avec les flics puis toute la maudite marde. Évident que je parle même plus à ma famille. Que, la moitié du temps, je dors dans un char stationné ou que je me retrouve chez vous quand il y a personne à la maison. Dormi dans une étable l'autre nuit. Qu'est-ce que tout ça a à voir avec ce que j'ai ou non *expérimenté* quand j'étais un hostie de ti-cul ? C'est malade. Et il veut en plus me prendre dans ses bras quand je m'en vas ? Fuck. En train de me faire accroire que tout va bien aller, que c'est super, que mon monde va pas s'écrouler pourvu que je retourne le voir tous les vendredis. C'est comme un lavage de cerveau.

Il a passé le restant de la semaine à ruminer. J'ai bien pensé que c'était trop beau pour durer. Il a commencé à lire sur les sectes, les communes et ce genre d'affaires-là. Jim Jones. Charles Manson. Un livre intitulé *Savage Messiah*[1] à propos d'un malade du Québec. Un autre intitulé *Cults : Is Your Child At Risk?* Il m'en a lu des bouts à voix haute. C'était surtout des faits vécus qui avaient fait les manchettes ou de la propagande, mais faut que j'admette qu'il y avait des similitudes. La plupart d'entre eux étaient des gens bien en vue dans leur

1. Titre original : *L'Alliance de la brebis*, de Gabrielle Lavallée.

communauté. Et, le plus souvent, ils avaient été ordonnés ministres du culte et avaient un background en psychologie ou en travail social. Des hommes qui paraissaient bien, des hommes intelligents, des orateurs qui avaient du charisme. Mais de là à penser que Keith était pris avec un gars de ce genre-là. Ici, à St. John, par-dessus le marché. Alors qu'il se retrouvait là sur ordonnance de la cour.

Fait que je l'ai convaincu de se donner une chance pour voir. C'était seulement une heure par semaine et il allait se retrouver pas mal plus dans le trouble s'il ratait son coup avec le gars. Ouin, je peux pas dire que ç'a été un succès.

~

La semaine d'après, quand je suis repassée pour venir chercher Keith, il était déjà en train de m'attendre sur le trottoir en face de La Deuxième Chance. Il avait les yeux rouges et une de ses mains saignait. Un taupin était posté à côté de la porte d'entrée. Pas de Shane Adams en vue.

Si on doit se fier à la version de Keith, la situation s'est quelque peu envenimée. Apparemment, la rencontre avait l'air bien partie, Keith en train de passer en revue ses défauts et ses problèmes pendant qu'Adams restait assis, absorbé, sauf pour glisser ici et là une métaphore afin d'encourager Keith à pas lâcher. Puis, comme ça, sans raison, il invite Keith à aller à Montréal. Il disait qu'il s'était organisé une place où les gens pouvaient aller réfléchir et remettre de l'ordre dans leur vie. C'est là que Keith a pété les plombs, il a accusé Adams d'être un genre de gourou qui cherchait juste à lui faire un lavage de cerveau puis tout ça. Et la porte du bureau a revolé sur le mur et un gros gars bien bâti s'est fait craquer les doigts avant de reconduire Keith à la porte d'entrée. Comme s'il avait été là à tout écouter. Adams a crié à Keith qu'il serait toujours le bienvenu si un jour il se sentait prêt à vraiment reprendre sa vie en main. Pas de bras grands ouverts, pas de main à serrer, pas même un simple au revoir. Imagine. Pendant qu'il m'attendait, Keith s'est promené tout le tour du bâtiment en frappant les murs. C'est comme ça qu'il s'est magané la main. Il est resté enragé tout le long du chemin jusque chez nous.

La dramatique histoire sans fin de Keith et de Natasha. Que le bon Dieu nous vienne en aide.

On pensait que les flics allaient rappliquer pour ramasser Keith vu qu'il venait de briser une des conditions de sa probation. Mais, aussi étrange que ça puisse paraître, il s'est rien passé. Keith, réglé comme du papier à musique, a continué de se rapporter au poste tous les vendredis. Je me suis assurée de ça. Et, autant que possible, j'ai essayé de garder la bière à distance. C'était pas facile. Je restais autour et j'essayais de faire en sorte qu'il se mette pas trop à monter le ton ou à s'enrager. Ça me faisait de la peine pour lui. Il était tellement malheureux, tout le temps, à se tenir autour du quai pendant la nuit, à dormir la moitié du temps dans la remise.

Ça m'a usée pas mal vite, par exemple. Je me suis écœurée de jouer à la gardienne, écœurée de passer tout mon temps à m'inquiéter pour le *pauvre petit Keith* alors que je savais même pas ce que je voulais faire de ma propre vie. C'est là que j'ai commencé à penser qu'on devrait déménager à St. John.

Mom et Dad étaient pas trop contents de voir que moi et Keith on allait rester ensemble. D'abord, on avait pas une cenne à nous autres. Mais j'ai commencé à faire des économies. Puis j'ai persuadé Keith de donner son nom et de s'embarquer à Cape Broyle pour la pêche aux pétoncles.

— Vas-y, gars. T'as toujours dit que tu voulais te remettre d'aplomb. C'est seulement deux semaines. De l'argent vite fait. Quand tu vas revenir, tu vas pouvoir te louer un appart pour te reposer. *Notre* appart.

Quelques jours plus tard, il était au large. Deux grosses semaines. Puis laissez-moi vous dire que je me suis peut-être ennuyée de lui un peu, je me suis peut-être inquiétée pour lui, mais ces deux semaines-là ont été les meilleures que j'ai jamais eues. J'ai capoté. Le temps se réchauffait, il y avait toujours un party quelque part. Un soir, je me suis tellement saoulée que je me suis ramassée comme une enragée à faire du necking avec Bobby ! Il m'a rappelée le lendemain soir pour qu'on aille faire un tour à Shore. Je suis allée. Juste pour rire. On s'est rendus à Witless Bay pour se procurer du pot. Au retour, on s'est arrêtés dans un chemin, un peu en dehors de Horse Chops, puis on s'est défoncés. On a niaisé un peu autour, mais je l'ai pas baisé ou quoi que ce soit. Je suis pas aussi folle que ça.

Le temps que Keith était au large, j'ai eu deux coups de téléphone bizarres. Le premier, c'était Shane Adams. Il s'inquiétait à propos de Keith. Je lui ai dit ce que je dis à tout le monde : que Keith s'en sortait très bien, qu'il travaillait fort, qu'il se tenait loin de l'alcool et qu'il pensait retourner à l'école à l'automne. Mais c'était pas ce qu'Adams semblait vouloir entendre. Il y avait un petit quelque chose dans sa voix, une urgence étrange, et il a commencé à me demander toutes sortes de choses chiantes qui étaient pas pantoute de ses affaires, comme si j'étais oui ou non fidèle à Keith, pour finir par suggérer que peut-être on était pas faits l'un pour l'autre.

— Pour qui tu me prends, crisse, pour me parler de même ?

Mais il s'est pas arrêté là. Je l'ai laissé aller. Je sais pas ce qui s'est passé, ça aurait été n'importe qui d'autre, j'aurais raccroché. Mais c'était comme Keith l'avait dit, il a trouvé le tour de me forcer à dire des affaires pour étirer la conversation. Et même si ça me faisait pas mal chier, j'ai réalisé que j'étais suspendue à chaque mot qui sortait de sa bouche. J'ai fini par lui parler de l'idée que j'avais de déménager à St. John, de ce que j'avais envie de faire de ma vie, du problème d'alcool de Keith. Quand j'ai fini par raccrocher, j'ai été obligée de me secouer. Comme si j'avais été assommée.

Le deuxième coup de téléphone venait du quartier général du R.N.C. à St. John. C'était pour Keith. Une femme détective du Nouveau-Brunswick. Elle travaillait en collaboration avec le R.N.C. sur une enquête au sujet du révérend-psychologue Shane Adams. Ils contactaient tous ses anciens patients et recueillaient les déclarations susceptibles d'apporter un éclairage sur le personnage. J'ai demandé quelle était la raison de l'enquête, mais elle a pas voulu me le dire. Elle a seulement laissé son nom et son numéro de téléphone et demandé que Keith la rappelle le plus tôt possible. Christ, il devait y avoir un film à faire, certain. Ou un livre, au moins.

Keith a mis le pied à terre à St. John, maigre comme une échalote, avec dans sa tête de cochon de se faire faire un nouveau tatouage. On a trouvé, dans l'ouest de la ville, un vrai trou : La Rose noire. Keith voulait un petit tatouage, une coquille de pétoncle avec les mots *plus jamais* écrits en dessous. Il y avait rien qui pouvait de près ou de loin s'apparenter à ça, fait qu'il a opté pour une petite araignée. Il la voulait sur la main, entre le pouce et l'index, mais j'ai fini par l'amener à changer d'idée et, à la place, il se l'est fait faire sur le poignet. Dieu merci. Ça allait déjà assez mal comme ça. Il m'a dit de m'en choisir un moi avec. Il venait d'avoir une avance de cinq cents piastres en sortant du bateau et il s'attendait à avoir un autre mille cinq cents le lendemain. J'ai pris le temps de regarder les modèles pendant qu'il se faisait faire son tatouage. Surtout des cœurs brisés et des goélettes et des symboles de motards endurcis. Rien là qui faisait mon affaire.

Après ça, on est allés visiter des appartements. Tous les plus beaux étaient trop chers. Keith est tombé en amour avec un appart miteux dans Water Street, juste au-dessus d'un bar du nom de Hatchet. Ceux qui venaient de déménager de là ont sans doute abouti à l'asile. C'était malade, il y avait des murales démoniaques partout sur les murs. Tout était cassé en petits morceaux, le plafond était plein de trous. Il y avait quelque chose qui ressemblait à des spaghettis séchés un peu partout sur les murs. Le gars qui nous a fait visiter s'adonnait à être propriétaire du bar en dessous, il a dit à Keith qu'il ferait un bon barman. Pas exactement ce que j'avais à l'esprit.

J'ai appelé Mom pour voir si je pouvais garder son auto pour la nuit. Je me suis chicanée avec elle puis après, moi et Keith, on a loué une chambre au Captain's Quarters sur Kings Bridge. Quand on a eu fini de s'installer, je me suis organisée pour qu'il appelle au quartier général du R.N.C. J'avais hâte de savoir ce qui se passait. Mais mamzelle Nancy Drew était en dehors de la ville. Après, on a regardé un bout de film à la télévision payante et on s'est offert une chaude et belle nuit. Des fish and chips, un lit queen. J'avais pas réalisé à quel point je m'étais ennuyée de lui. Le lendemain matin, on a trouvé l'appart sur l'avenue Anderson, donné un dépôt et ça y était. On est allés se faire faire des clés et puis je suis retournée à Shore toute seule. Keith est resté en ville. Avant de partir, je l'ai laissé dans Water Street. Je savais qu'il finirait par atterrir dans un bar.

Cette semaine-là, j'ai fait l'aller-retour à St. John au moins une douzaine de fois. À part mes propres affaires, il a fallu que je coure un peu partout à Cove pour mettre la main sur le stock de Keith. Un sac de hockey plein de cassettes chez Gerald Careen, un coffre rempli de livres dans la remise à côté de l'usine. Une bonne partie de ses affaires était chez nous, dans ma chambre. Il m'a demandé de passer chez ses parents pour ramasser le reste de son linge paqueté dans des sacs de vidanges, il disait que les sacs devaient être restés sur le perron. Mais j'ai pas été capable d'aller là. La dernière fois que j'avais mis les pieds là, sa mère m'était tombée dessus.

C'est Mom qui est venue me reconduire pour le dernier voyage à faire. On a arrêté au Village des Valeurs et j'ai acheté une couple d'affaires pour la cuisine. Comme je le disais, Mom était pas folle folle à l'idée que je déménage avec Keith. Il était sur la liste noire de la résidence Healy depuis que les flics avaient rebondi à la porte. Mom s'est mise à parler d'une job d'été à Toronto. Dad avait un ami qui travaillait dans l'immobilier et il se cherchait une secrétaire pour l'été. Deux ou trois mois. Une bonne paye. Dad offrait de payer ce que ça coûterait pour y aller. Disons que ça avait de l'allure. Mais j'étais déterminée à me donner une chance que ça marche avec Keith. Mom m'a laissée puis elle est repartie aussi vite, elle a pas voulu rentrer pour venir voir.

Keith était supposé m'attendre à l'appartement pour qu'on célèbre ça. Bien entendu, il y était pas. J'ai attendu. J'ai téléphoné dans une couple de bars. Quand j'ai appelé au Hatchet, la barmaid a mis sa main sur le téléphone et je l'ai entendue crier :

— Keith ? Téléphone ! Keith, es-tu ici ?

Elle a repris la ligne pour me dire qu'elle l'avait pas vu de la soirée.

Je me suis organisée toute seule, j'ai empilé tout le stock dans les marches du sous-sol. Puis je me suis arrangée et je suis allée au centre-ville chercher Keith. J'avais pas encore mis les pieds au Hatchet et je me suis quasiment étouffée quand j'ai senti l'odeur en rentrant. La boucane, la sueur, la pisse, la merde, le fond de tonne et le vomi. Ça sentait comme si... on avait fait brûler de la chair humaine. Comme la fois où Dad s'était brûlé la main sur le poêle. Méchante gang de perdus. Jamais vu ça de toute ma vie. Dix heures et demie, un jour de semaine, plus un seul qui tenait sur ses jambes. J'ai traversé le bar, j'ai même vérifié dans les toilettes des hommes. L'odeur. Le coat de Keith a déjà eu cette odeur-là. Quand j'ai retraversé le bar, je pouvais sentir tous les yeux fixés sur moi, comme si j'avais été une pièce de viande ou quelque chose du genre. Ou, alors, ils étaient juste surpris de voir quelqu'un qui pouvait marcher en ligne droite.

J'étais sur le point d'ouvrir la porte pour sortir quand j'ai vu du coin de l'œil, de l'autre côté de la petite vitre de plastique vert dans l'entrée, un couple caché, dans le coin près des fenêtres d'en avant. Ils étaient pas partis pour s'arrêter, en train de s'avaler la face l'un l'autre. J'ai eu l'impression que les genoux allaient me lâcher. Je suis rentrée dans le bar, j'ai tourné le coin, derrière la porte. Évident que c'était Keith, les yeux, la langue, sortis de la tête en train de dévorer tout rond une espèce de fille aux cheveux rouge frappant avec à peu près vingt anneaux dans l'oreille. J'ai ramassé Keith par les cheveux et je l'ai décollé de la fille. La salope m'a regardée, tout insultée, mais elle a compris assez vite. J'étais enragée. Elle s'est sauvée en titubant jusqu'au bar, en riant puis en me jetant un coup d'œil par-dessus son épaule. Keith a essayé de se dégager, mais je le tenais toujours bien solide par les cheveux. Je l'ai forcé à se mettre debout et je l'ai traîné dehors et, là, je lui ai donné une bonne claque en pleine face. Il est tombé sur le trottoir, complètement saoul. Il se rendait même pas compte que c'était moi. J'ai fait signe à un taxi et le chauffeur m'a aidé à l'embarquer dans le char. On a été obligés d'arrêter deux fois pour le laisser vomir. Je l'ai rentré dans l'appartement et je l'ai couché. À un moment ou l'autre de la journée, il avait trouvé le tour de s'acheter une paire de culottes de cuir. Pas une paire cheap, à part de ça. Ça ressemblait à des culottes de motard. C'était le fun de voir qu'il savait où mettre ses priorités.

Le lendemain matin, il se souvenait plus de rien. Il était vraiment tout croche. Il tremblait, il braillait. J'ai pas eu la force de lui parler de l'histoire avec la salope du bar.

Cet après-midi, Nancy Drew a téléphoné. J'ai accompagné Keith au poste de police, surtout pour m'assurer qu'il reprendrait le chemin de la maison après. En s'en allant, on est passés devant l'édifice où l'Association de la Deuxième Chance aurait dû encore se trouver. La porte d'entrée avait été placardée et l'enseigne rouge pétant annonçant La Deuxième Chance était plus là. On a jeté un coup d'œil à travers la fenêtre du bureau, en avant. La place avait été vidée, pas un meuble, rien sur les murs, comme si c'était vacant depuis des années.

Keith était encore à moitié croche quand on a passé les portes du poste. Son haleine faisait dur. Ils lui en ont parlé, c'est sûr.

On a fini par apprendre qu'Adams était sous enquête, soupçonné d'être impliqué dans un réseau de pornographie infantile sur l'île. Le bon révérend se retrouvait aussi sur la liste des disparus. Keith a raconté à la femme détective tout ce qu'il savait, tout à propos de sa propre expérience avec Adams, ses soupçons aussi. Là, bien sûr, il est allé lui dire que *j'avais* parlé à Adams. Elle m'a fait venir dans son bureau. M'a pressée comme un citron.

— A-t-il dit quoi que ce soit, *n'importe quoi* qui pourrait nous indiquer où il se trouvait, mademoiselle Healy?

Je pouvais rien lui dire.

Keith était pas mal fier de lui, par exemple. Comment il avait vu juste tout ce temps-là. Il voulait plus s'arrêter. J'avais le goût de l'étrangler.

Après, on a passé un bout à installer l'appartement, on a frotté, on a fait l'épicerie et tout ce qui va avec la joyeuse merde domestique. J'avais pas le cœur à ça. Ensuite, Keith a traversé les premiers stades de la désintox, il a glissé peu à peu dans un silence morne et lugubre. Je me suis mise à faire le clown, à sauter, à faire des grimaces, à essayer de lui changer les idées. Il me regardait et se mettait à grogner. C'était assez pour m'écœurer. Une fois, il m'a dit que, quand il était petit, il n'y avait rien, rien que le silence chez eux dans la maison pendant des mois et des mois. Si c'était ça qui m'attendait...

Finalement, ce soir, on a fini par s'organiser un petit souper de fête pour pendre la crémaillère. J'ai acheté des pâtes de blé et un paquet de bœuf haché chez Stockwoods. J'ai fait sauter des légumes. Keith s'est assis devant la petite télé noir et blanc jusqu'à ce que la table soit mise. J'ai enfilé un beau petit haut, je me suis maquillée puis toute la patente. Depuis qu'il a acheté ses culottes de cuir, il les a toujours sur le dos. Je suppose qu'il se prend pour Jim Morrison. Ça me surprendrait pas. La semaine passée, il se prenait pour Leonard Cohen.

Regarde-le aller, il se bourre la face comme un sauvage. Avec son air enragé étampé dans la face. On jurerait qu'il a jamais vu une graine de bœuf haché de toute sa vie.

10

Personne d'autre que toi

SMASH !

Des éclats de verre sur le plancher de la salle de bain.

Je me lève d'un coup.

Je regarde l'heure.

Deux heures trente-cinq du matin.

Je dors avec un gros morceau de tuyau au pied du lit. Je l'attrape et je me dirige lentement vers le salon. Je sens que je vais vomir. J'aurais dû mettre mes bottes. Tout est toujours plus simple quand je porte mes bottes. Qu'est-ce que c'est ça ? Un va-et-vient dans la salle de bain. Un murmure. La lumière est allumée. J'avais pourtant pas oublié de la fermer.

Je suis arc-bouté, les jambes écartées pour maintenir l'équilibre, les deux mains agrippées au tuyau. Mort de peur. Parmi tous les sons existants au monde, ceux qui vous traversent le plus les tympans, ceux qui mettent à bout de nerfs sont ceux qui sont produits par quelqu'un ou quelque chose qui tente de les étouffer.

Au crissement familier de la poignée de porte de la salle de bain, j'ai le cœur qui me remonte dans la gorge. La lumière de la salle de bain sur mon visage par la porte entrebâillée, je pousse un cri et je charge, le tuyau au-dessus de la tête, prêt à tout pour me défendre. Mais l'intrus crie lui avec et claque la porte juste au moment où j'étais sur le point de voir son visage. Le tuyau pénètre le bois de la porte et quelque chose, le miroir peut-être, se décroche, tombe et éclate en morceaux sur le plancher.

— Qui est là ? Tu peux sortir. Tu t'es trompé de gars...

Venant de la salle de bain, une voix chevrotante, étouffée :

— Keith ? Keith chéri, c'est moi. Qu'est-ce qui va pas ? Es-tu somnambule ?

C'est Natasha. Dans la salle de bain. J'avais oublié qu'elle était revenue. Merde. Je sais pas où j'avais la tête. Elle retrouve ses esprits et elle n'est pas du tout contente de voir le trou dans la porte de la salle de bain.

— Natasha ! Crisse. J'ai entendu du bruit. J'étais à moitié endormi, je pensais que c'était la fenêtre. J'ai fait un rêve horrible...

— Le chat a accroché une bouteille qui est tombée dans le bain, Keith. Le miroir est fini lui avec. Mes règles sont reparties. Tu feras attention en te levant demain matin à cause du verre.

Le chat se pointe en dehors de la salle de bain, comme s'il faisait pas partie de ma vie. Je reste là avec le tuyau, à me sentir niaiseux, à attendre que ça passe. Natasha me regarde en secouant la tête.

— T'as failli me tuer, Keith. Je m'en vais me coucher.

Elle m'a laissé tomber, c'est ça qui est arrivé. Rien qui allait l'empêcher de prendre la job. Pour une raison ou une autre, ça regardait mieux à Toronto. Mieux à Toronto. Pour l'amour du Crisse. Ça faisait pas deux semaines qu'on était à St. John, on avait même pas fini de s'installer. Elle m'a laissé tomber. Juste comme ça.

Son vieux lui avait organisé une bonne petite job de bureau, là-bas, dans une agence immobilière tape-à-l'œil et elle a été partie tout l'été. L'idée derrière tout ça, c'est qu'elle allait peut-être rencontrer un beau jeune homme dans le coin, faire la belle vie, me laisser dans la merde. En lui payant un appartement où rester, en lui achetant son billet pour se rendre et en lui donnant un peu d'argent, ils l'ont plus ou moins achetée en faisant en sorte qu'elle regarde par en avant. Pas dans ma direction en tout cas. Les jours avant qu'elle parte, elle était froide, elle disait que c'était à cause de sa famille.

— La famille avant tout, Keith. La famille avant tout.

La famille ? Deux ans et demi ensemble et je fais toujours pas partie de la famille ? Qu'est-ce que je suis alors ? C'était une chaude journée de juin, je pleurais, je sanglotais assis dans les marches. L'été s'en venait, mais je m'en foutais. Tout ce que je savais, c'est qu'une fois partie, elle serait partie pour de bon. Elle avait sa chance et elle allait pas manquer de la prendre.

Elle a ri de moi aussi. Ri parce que j'étais faible et qu'elle était en train de prendre du pic. Je suppose que c'est toujours comme ça que ça se passe. Celui qui s'en va, il s'en va en pleine possession de ses moyens. Mais elle a juré qu'elle ne me quittait pas, qu'elle serait de retour et que c'était pour le mieux. Le mieux pour nous deux. Du temps, de la distance. Un paquet de menteries destinées à me calmer, ce qui lui évitait d'avoir à s'occuper *des problèmes de Keith.* Tout ce qu'elle voulait, c'était être heureuse et libre à Toronto pour l'été. J'ai pas été capable de voir ça comme une bénédiction.

Quand on s'est rencontrés, on baisait comme des lapins. Quatre, cinq fois par jour. On n'a jamais fait attention, notre seule méthode de contraception était la pratique du coït interrompu. Au moins un millier de fois, je suis certain de ça. Les condoms, c'était trop de trouble, et la pilule... disons que la dernière chose qu'on voulait, c'était un paquet d'hormones de plus. Quand elle m'a téléphoné du grand Toronto pour me dire qu'elle était enceinte, ma première réaction, ç'a été une complète et totale incrédulité. J'étais pas en état de choc ou quoi que ce soit. Je la croyais pas, c'est tout. Il me semblait que ça aurait bien trop fait son affaire d'inventer ça pour continuer à avoir le contrôle sur moi, un contrôle qui, j'étais certain qu'elle s'en était rendu compte, s'était considérablement effrité.

C'est drôle quand on y pense : une fois qu'elle a été partie, j'ai pas eu de misère avec l'idée de la laisser aller. On se serait tous les deux attendus à ce que je sois déstabilisé, désespéré, à ce que je reste là à brailler comme un veau. Je me suis grouillé, je suis reparti en neuf... sans plus aucun lien avec Cove. Natasha. Puis là, elle allait me dire qu'on serait liés *par le sang* à la vie à la mort. De la marde.

Mais dans le fond, je le savais. Je savais que c'était vrai parce que je connaissais Natasha. C'est pas son genre d'être aussi manipulatrice que ça. Elle voulait repartir en neuf autant que moi. Je me doutais bien qu'elle serait pas allée jusque-là juste pour me mettre le grappin dessus.

On a parlé longtemps.

Enceinte.

J'ai raccroché et je suis allé marcher.

Crisse, comment est-ce que ça avait bien pu arriver ? Mais ça aussi je le savais. Dans le fond, j'ai toujours su que j'allais finir par avoir ce genre d'appel-là. Je voyais bien que j'étais en train de la perdre. Ou je le *pensais* et l'idée même de la perdre me faisait peur. La veille de son départ, elle s'était radoucie un peu, elle l'a fait pour moi, je suppose, puis sans réfléchir, on s'est engagés dans une sorte de sexe mécanique, routinier. Mais, à la fin, une partie de moi voulait plus, pouvait plus être hors d'elle. Pas tout de suite, pas avant d'avoir laissé une partie de moi en elle. Pour la garder avec moi.

J'ai marché longtemps. J'ai baissé la tête, juste au cas où peut-être le ciel aurait veillé sur moi et qu'un jour ça me serait remis sur le nez. Le ciel comme un écran géant. *Le film de ma vie.* Mais j'ai pas pleuré. J'ai pas sauté de joie non plus. J'ai pas senti quoi que ce soit. J'ai juste arpenté les rues pendant un bout pour tenter de mettre tous les morceaux ensemble.

Quand elle m'a rappelé, un peu plus tard ce soir-là, pour me dire qu'elle n'aurait pas le bébé, qu'elle prendrait rendez-vous le lendemain matin et qu'elle irait toute seule dans une clinique pour se débarrasser du problème, j'ai pas senti quoi que ce soit. En ce qui me concerne, c'était pas une question de morale. J'ai jamais considéré une autre alternative, pas une seconde. Tout ce à quoi je pouvais penser, c'est que j'allais manquer de cigarettes.

Les deux semaines qui ont précédé son rendez-vous, on a passé des heures au téléphone. Des heures. Elle voulait pas consulter quelqu'un de peur de se sentir coupable et de changer d'idée. Et je suis à peu près certain qu'elle voulait qu'on la fasse se sentir coupable pour qu'elle soit obligée de changer d'idée. Elle était morte de peur; pendant ce temps-là, je restais calme au point de me surprendre moi-même et de m'impressionner. Elle me téléphonait, braillait de panique, puis j'arrivais à la calmer en un rien de temps. On aurait juré que j'avais fait ça toute ma vie. Mais, en même temps, j'avais envie de lui garrocher en pleine face comment elle m'avait fait souffrir, comment elle m'avait laissé avec rien, comment elle s'était adressée à moi avec mépris. *La famille avant tout.* C'est-tu assez cruel à ton goût?

Mais je savais qu'elle en arrachait avec tout ça. Je sais qu'elle voulait que je lui dise : «Ah, pis d'la marde, on va le garder puis on va faire de notre mieux ! » Mais pas une fois j'ai laissé voir qu'on avait le choix.

Certaines nuits quand j'étais couché, je l'admets, je m'amusais avec l'idée d'être père. Mais donner la vie à un enfant dans un monde aussi sombre et aussi croche ? Soumettre un enfant à ces deux-là : *Keith et Natasha*? Je penserais pas. Je pense que les relations qu'on a, comme n'importe quoi d'autre dans la vie, sont prédestinées. Elles sont prévues pour arriver à un moment précis, faites pour fleurir à un moment donné et marquées d'une date limite, une date limite qui survient après qu'on nous a avisé suffisamment longtemps d'avance. Des avertissements signés. Moi-même et Tash, on a eu tous les avertissements nécessaires, on a reçu notre dernier avis par la poste, depuis très longtemps, on l'a juste chiffonné et garroché dans le poêle.

La veille du grand jour, j'ai couché avec une fille prénommée Monica pendant que Natasha se faisait du mauvais sang à Toronto. Monica était la nouvelle barmaid du Hatchet et je venais juste de la rencontrer, un peu plus tôt, le soir même. Ça a tout de suite cliqué entre elle et moi et on s'est organisés pour qu'elle vienne me rejoindre à l'appart quand elle sortirait de l'ouvrage. Je suis retourné chez nous, j'ai dormi une couple d'heures sans trop savoir si elle viendrait. J'étais sobre et j'étais en mesure d'évaluer les conséquences. J'ai passé une demi-heure au téléphone avec Natasha à la rassurer, à lui dire que je l'aimais, que j'avais hâte qu'elle revienne à la maison, que tout serait O.K. *Le* rendez-vous était à dix heures le lendemain matin. Natasha. Recroquevillée dans un lit étranger dans la grande ville. À un million de milles de distance. Je lui ai chuchoté des choses à l'oreille, je l'ai menée en bateau. J'ai mis le récepteur du téléphone sur le ventre du chat pour qu'elle l'entende ronronner jusqu'à ce qu'elle s'endorme. Cinq minutes plus tard, c'est le son de la ligne qui l'a réveillée, elle m'a rappelé pour me dire qu'elle m'aimait et qu'elle voulait que les choses changent à partir de maintenant.

Que les choses changent à partir de maintenant. C'est probablement en partie pour ça que j'ai demandé à Monica de venir faire un tour chez nous. Pour enfoncer le dernier clou, pour avoir une autre raison de plus reprendre avec Natasha. À trois heures trente, j'entends un bref petit coup à la porte et je laisse entrer Monica. Elle m'a donné un joint et je l'ai allumé. Elle a sorti une couverte de son sac et l'a étendue sur le plancher. C'est là qu'on a passé la nuit. J'ai enterré Toronto, l'avortement et toute la patente dans le fin fond de mon cerveau.

~

Le lendemain matin, le téléphone a sonné, c'était Natasha, angoissée et névrosée. Il restait deux heures. Le soleil du petit matin était aveuglant et, l'espace d'un moment, je me suis retrouvé face à moi-même. J'ai vu ce que je lui avais fait. Je l'avais brisée, salie. Rien que je voulais plus au monde que d'être avec elle, de la prendre dans mes bras, de la protéger. Elle allait avoir à vivre avec ça pour le reste de ses jours et, à trente ans, quand elle voudrait qu'un enfant vienne combler sa vie, probablement qu'en se regardant dans le miroir, elle se cracherait au visage. Tout ça parce que j'ai pas voulu la laisser avoir le dessus.

J'entendais Monica qui faisait couleur l'eau de la douche. Il me restait une couple de semaines avant que Tash revienne de Toronto. Je pense que c'est exactement à ce moment-là que j'ai décidé de la quitter. Pour vrai. Je serais là verbalement, je lui dirais tout ce qu'il faut dire pour l'aider après. Elle méritait au moins ça. Mais je ne serais plus jamais *avec* elle. Ce ne serait pas facile, mais ce serait pas mal plus facile que si j'essayais de tout arranger maintenant.

Je lui ai souhaité que tout aille pour le mieux, lui ai dit que je l'aimais, j'ai raccroché et je me suis glissé dans la douche avec Monica.

Plus tard, ce soir-là, Natasha m'a dit que tout s'était passé en douceur, c'est le mieux qu'on puisse dire. Ils ont installé ses pieds dans les étriers, lui ont rentré une sorte d'aspirateur et ont sorti le fœtus pour le jeter dans un sac. C'était douloureux. Elle a rien vu sortir. Les infirmières étaient gentilles et elles lui ont donné une Valium. Ils voulaient pas la laisser repartir toute seule, alors elle a attendu que le couple suivant ait terminé et, là, ils l'ont reconduite jusqu'à un taxi. Elle a demandé au chauffeur de taxi de s'arrêter devant un bar, est descendue et est allée prendre un verre. Elle a dit qu'elle s'était assise au bar, assommée, pas vraiment capable de se rentrer dans la tête ce qui venait d'arriver, elle a pris la Valium et s'est réveillée à la maison, quelques heures plus tard, à bout de nerfs.

Rien de ce que je disais pouvait la calmer cette nuit-là. J'aurais marché jusqu'à Toronto si j'avais cru que je serais là à temps. Puis, dans les jours qui ont suivi, son idée était faite, elle s'est mise à se revirer contre moi, à m'accuser. Elle avait parlé à une amie d'une amie qui lui avait dit que j'avais pas été sage pendant son absence. J'ai tout nié. Elle a raccroché. Les deux jours suivants, j'ai laissé une centaine de messages, je l'ai suppliée de me rappeler, de me dire si tout était correct, de me dire où on en était tous les deux.

Une autre semaine s'est écoulée sans aucune nouvelle d'elle.

Environ deux jours avant la date prévue pour son retour, elle a laissé un message sur le répondeur pour me donner le numéro de son vol et l'heure d'arrivée et pour me dire de pas être en retard. Les seules nouvelles que j'ai eues d'elle jusqu'à ce que je la voie à l'aéroport. Elle est tombée dans mes bras comme si elle avait été exagérément épuisée.

En revenant à la maison, on s'est pas dit grand-chose dans le taxi. Je lui ai même jamais demandé pourquoi elle avait refusé de prendre mes appels. Je m'en foutais. Elle était chez nous. C'est tout ce qui comptait.

Le lendemain, elle a dormi jusqu'à deux heures de l'après-midi.

J'ai quasiment perdu la tête, juste à attendre qu'elle se réveille.

— Ils m'ont dit que ça pouvait prendre jusqu'à six semaines avant que mes règles recommencent. Fait que je pense qu'on devrait pas baiser avant que tout soit revenu à la normale.

Quelque chose s'était endurci en elle, comme si sa colère était plus seulement une façade. J'ai tout essayé pour me rapprocher d'elle, pour ramener l'ancienne Natasha, mais elle s'était emmurée et il n'y avait pas moyen de percer le mur. Elle est retournée à Cove ce soir-là.

— Keith, je vais probablement rester à la maison pendant une semaine. J'ai pas mal de réflexion à faire et, sérieusement, on a pas mal d'affaires à régler.

Pas plus de dix minutes plus tard, elle avait pris la porte, elle était partie. J'ai passé la nuit à faire les cent pas, à m'empêcher de prendre le téléphone. Crisse. Jusqu'où faut-il *aller* avant de pouvoir aspirer à recevoir un peu d'humanité? Comment est-ce que j'étais supposé m'organiser toute une semaine sans elle?

Elle revient le lendemain avec un sac de pot. On passe la journée à fumer, à s'envoyer en l'air enfermés dans la chambre. Comme dans le bon vieux temps. Comme des lapins.

Elle, à côté de moi, en train de fumer une cigarette.

— Je pense partir à Halifax pour un petit bout, l'automne prochain. Mom a une amie là-bas chez qui je pourrais probablement aller rester. J'aurais même pas besoin de payer pension ou quoi que ce soit.

Halifax. C'est juste pour me faire peur. Pourquoi elle s'en irait quand elle vient à peine de revenir? Elle veut juste voir comment je vais réagir. Elle est encore fâchée. Ça va passer.

— Halifax? C'est une bonne idée. Peut-être que je pourrais venir te voir.

— Peut-être.

On reste étendus pendant un moment, sans dire grand-chose. Le chat vient nous rejoindre et se glisse entre nous deux, il ronronne et il pousse avec ses pattes sur le torse de Natasha. Je l'agace un peu. Natasha se tourne vers moi.

— Keith, qu'est-ce que tu ferais si je te disais que j'ai jamais été enceinte?

Elle se retourne sur le dos, les yeux au plafond. J'essaie de voir un signe sur son visage, quelque chose. Fuck. Si je voulais, je pourrais mettre un stop à ça. Mettre un stop à toute cette maudite folie de merde-là. Peut-être. Mais j'ai pas l'énergie qu'il faut pour lui dire. J'ai peur qu'elle soit même pas enragée.

— Dis pas des affaires de même, chérie. C'est fini maintenant. Je suis là, avec toi. Toi, personne d'autre.

Et puis on a dormi tellement longtemps, comme si on avait dormi jour et nuit. J'ai rêvé que je préparais un gros repas du dimanche. Tash lève le couvercle pour voir ce que je suis en train de faire cuire, elle se met à crier et sort de la pièce. Je regarde dedans et quelque chose de petit me regarde aussi.

SMASH!

Des éclats de verre sur le plancher de la salle de bain.

Je me lève d'un coup.

Je regarde l'heure qu'il est.

Deux heures trente-cinq du matin.

11

Le pire peut pas être pire

Ça fait des jours que j'essaye de lui parler. Je veux pas juste dire lui parler dans le sens de *prends-le-maudit-téléphone-et-essaye-de-lui-parler*, genre. Je veux dire *lui parler.* Je l'avais au bout de l'hostie de ligne, c'est sûr, mais elle était pas *vraiment* là. Toujours pressée de partir pour aller voir une crisse de pièce de théâtre ou pour aller dans une place branchée avec sa petite gang racoleuse de privilégiés de téteux de clowns de théâtre. Le temps des champignons. Des crampes menstruelles. Sa tante Gertie qui attendait un appel important. Le taxi qui venait d'arriver. Ce genre de niaiseries-là. Plus ça allait, pire c'était.

Tellement fine en plus. De quoi t'écœurer en crisse.

— Oui, Keith, pour l'amour du ciel. Écoute-toi donc parler? Reviens-en, chéri. J'ai pas le droit, moi, d'en profiter un peu?

Chéri.

J'étais pas en train de lui demander de pas en profiter. Non, c'est pas ça que j'essayais de faire. J'essayais juste de trouver une façon d'en profiter moi aussi, mais elle voulait rien savoir. Aurait fallu que tu l'entendes. Comme si ça rentrait pas. Elle avait pas l'air de comprendre.

— Qu'est-ce que tu veux que je fasse, Keith? Que je ramasse mes affaires, que je saute dans le prochain avion, que je flambe une couple de cents piastres pour que tu puisses dormir sur tes deux oreilles? T'es là avec un couteau à menacer de t'ouvrir les veines juste parce que tu penses que ça cache quelque chose. Écoute, Keith chéri. Y a juste toi, personne d'autre. Je suis encore là. Écoute, mon taxi vient d'arriver. Faut que j'aille... je te rappelle ce soir... Oui! Viargénie, promis. Là, faut que j'aille... Oui, je t'aime... Oui, je sais à quel point tu m'aimes... Regarde, il faut *vraiment* que j'aille... Je peux pas m'occuper de ça maintenant. Je te rappelle plus tard. On va se reparler, plus tard...

Click.

Crisse, c'était quoi, ça? Voir si ça se peut, aussi distante que ça? aussi vide? *Chéri.*

Laissé en plan à faire les cent pas. Faire les cent pas. Imagine, un beau gars dans mon genre en train de faire les cent pas pour une petite jeune. À m'ouvrir les veines pour une petite jeune qui en vaut même pas la peine.

Et elle a jamais fini par rappeler. Elle a jamais rappelé. Sortie pour la nuit. Là-bas, quelque part. Avec quelqu'un. À faire quelque chose. Elle a jamais rappelé. Tu sais, quand ça te brûle, que ça te joue dans les tripes? Il faut que quelque chose finisse par arriver, autrement c'est comme si tes tripes, tes poumons, ton hostie de tête, tout va finir par exploser. Splash. Partout sur les murs. C'est comme ça que je me sentais. Comme si j'allais craquer, éclater, crissement détruire quelque chose et vite à part de ça, avant que la situation me détruise, moi, ou que je m'autodétruise. C'était ça qui me servait d'antennes. Des antennes qui ont jamais fonctionné tout à fait correctement non plus.

Y en a qui disent que trop de colère, c'est dangereux, que ça finit par te paralyser et par te gruger tout rond puis tout ça.

Moi, je dis que c'est la seule affaire qui me donne le sentiment d'être... entier. Bon, assez parlé de moi.

Durant cette longue nuit des cent pas, une des plus longues nuits de ma longue, très longue vie, j'ai eu de la visite. Andrew le diplômé en psychologie. Mon vieux chum. Qui s'est amusé avec moi comme avec un rat de laboratoire.

J'avais pratiquement perdu Andy de vue depuis un bon bout de temps. À peu près au moment où j'ai commencé à sortir avec Natasha, je dirais. Ça arrive à tout le monde. On pose les lèvres sur une autre peau et tout le reste prend le bord.

Je connais Andy depuis la maternelle. On a toujours eu une relation étrange, mais jamais aussi étrange que depuis qu'il a commencé ses études en psychologie. Là, il me comprend *vraiment.* En fait, il comprend à peu près tout ce qui bouge sous le soleil par les temps qui courent. Mais il y a un gros paquet d'affaires dans ce monde de perdus à propos desquelles on peut pas trouver de réponse dans un fantastique et fabuleux livre d'études à cinquante piastres. Pourtant, je l'ai laissé dire ce qu'il avait à dire. Je déteste pas ça me faire analyser.

— J'haïs ça péter ta balloune, Keith, mais t'es pas dans un film. T'es pas le héros d'un des livres de ta bibliothèque. Fait que lâche le téléroman une seconde et ouvre tes deux oreilles. C'est une question de pouvoir et de contrôle et d'absence de pouvoir et de contrôle. Des fois, les choses qui te font du bien, celles auxquelles tu t'es habitué, ces choses qui te motivent, sont celles que tu tiens pour acquises. Quand une de ces choses t'est *retirée*, c'est là que tu découvres assez vite qui tu es sans la chose elle-même. D'après ce que je peux voir, tu as pas du tout l'air d'aimer le nouveau toi. Natasha était en quelque sorte une belle et douce doudou dans laquelle tu pouvais t'envelopper en toute sécurité chaque fois que tu en sentais le besoin. Là, tu retrouves plus ta doudou et tu paniques. C'est très courant. Sans égard pour qui que ce soit, tu deviens un danger pour toi-même et je doute fort que tu lui fasses grand bien à elle aussi. Tu vas pas recommencer à t'ouvrir les veines?

Sans égard. Écœure-moi donc.

Voir si ça se peut, aussi distant? Doux Jésus, on vit dans un monde de glace. Comment on fait pour répondre à ce genre d'affaire-là? Comment? Qu'est-ce qu'on peut répondre à ça ? Je le connais depuis toujours. Mais je suppose qu'un jour ou l'autre tu finis par te faire poignarder dans le dos. Plus tu vieillis, plus tu perds tes chances de te faire des amis. Surtout moi. Je le sais que j'épuise le monde. Ne serait-ce que parce que j'ai besoin de voir les choses à ma façon. Quand je me sens solide et heureux, le monde a tendance à se tenir loin. Mais quand le vent vire de bord, ils sont en masse à débarquer pour me traiter avec condescendance et mépris. Ça intéresse personne de te voir debout sur tes deux pieds. Le monde te veut à genoux parce que le monde est sans cœur.

De toute façon, parler avec Andy, c'est comme parler au sacrement de poêle.

— Je le sais. Je le sais, Andy. Mais, toi, tu sais pas comment je me sens. Essaye de te promener avec un nœud dans l'estomac, un nœud de la grosseur de ton hostie de tête... Regarde, je sais qu'il se passe quelque chose. Je la connais. Y a quelque chose qui marche pas. Je suis supposé faire quoi, moi, là? L'appeler, être fin, rester calme, youpi-la-la-hostie-youpi-yé et lui demander des nouvelles de ses petits amis? sans chicane, sans rien? Ben, ça arrivera pas. Je me suis trop investi là-dedans pour virer de bord, crisser mon camp ou me tasser de là. De toute façon, elle supportera pas de me voir rester calme. Elle a bien trop le tour. Elle va prendre sa petite voix douce pour venir me chercher, puis me pousser jusqu'à ce que j'éclate. Puis là, elle va essayer de me dire que je fais tout pour la repousser. Mais je suis pas en train de la repousser. C'est *elle* qui se retire. Qui *me* repousse. Puis tu sais pourquoi? Parce qu'elle est en train de se taper un frais chié! Et je vais finir par lui faire cracher. Même si ça prend cinq ans, même si elle finit par se marier avec la vedette de l'hostie de show, je vais finir par lui faire dire. Je m'en sacre. Je vais finir par la connaître, la vérité...

J'avais à peine commencé qu'Andy a lâché quelque chose pour dire qu'il fallait qu'il s'en aille et il s'est dépêché de partir. Évident. Du moment qu'il en avait eu pour son argent. Je sais pas pourquoi je continue, crisse, à vouloir m'expliquer. Tout le bouleversement, tout le poids de ma souffrance revus sous l'éclairage de sa vision chirurgicale dans le mot à mot tiré d'un de ses livres. De toute façon, j'ai entendu dire qu'il avait juste une moyenne de C.

~

Encore les cent pas sur les mêmes planchers. Comme le bouffon de service. À attendre que le téléphone sonne. Un beau gars dans mon genre. Imagine.

À la fin de la journée, j'avais pratiquement usé le tapis. Il était rendu huit heures du matin quand le téléphone s'est mis à sonner. Je l'ai laissé sonner en hostie. Dring, dring.

Puis, comme si j'étais en train de regarder par l'autre bout de la lorgnette d'une paire de jumelles, j'ai regardé mon bras s'étendre pour prendre le téléphone. Répondre au téléphone dans un petit appart dans un sous-sol miteux, en plein cœur du centre-ville de St. John, en plein dans le temps de la récolte de champignons, en probation, et dire que je me serais contenté de mourir dans un fossé en train de jouer au G.I. Joe sans avoir *jamais connu autre chose dans la vie.*

Dire « Allô ».

À Natasha.

Essayer de rester calme.

J'ai vraiment essayé, mais comme je l'avais dit, c'est elle qui m'a pas laissé faire.

— Fuck, où c'est que t'étais cette nuit ? Quoi ? Non, attends ! Attends... Je suis désolé, Tash. C'est pas comme ça que je voulais que ça se passe. Je voulais juste te dire que c'est correct. Je suis correct. C'est correct comme ça, moi et toi. Je sais qu'il faut que tu sois là-bas en ce moment et je comprends que je fais rien pour que ce soit facile pour toi. Je pense que j'ai paniqué, je me sentais mal parce que tu voulais pas me parler comme du monde. Des fois, quand t'es pas là, j'ai un peu l'impression de perdre le contrôle. Mais je te ferai plus endurer ce genre de niaiseries-là. Mais ça serait moins pire si tu me disais pas que tu vas m'appeler quand t'as même pas l'intention de le faire. C'est ça que t'as fait, Tash. Oui, tu l'as fait. Crisse, j'aurais aimé ça avoir une enregistreuse, je t'aurais enregistrée. Je me souviens précisément que tu m'as dit que tu allais me rappeler aussitôt que tu rentrerais hier soir. Tu m'as promis que tu le ferais en sachant très bien que je resterais ici à virer fou. Puis tu te demandes pourquoi je pense qu'il se passe quelque chose ? Je sais pas où t'en es ni avec qui tu te tiens. Tu pourrais être en train de te faire violer pour ce que j'en sais. Oui, violée. Je suis plus capable d'en prendre, Natasha. Une journée, tu me dis que tu t'en reviens chez nous dans une semaine, l'autre d'après, t'es plus capable de t'arrêter de dire comment t'aimes ça être là-bas ou de parler de tes hosties d'auditions. Puis après ça, c'est *Keith, je m'ennuie en crisse. J'achète mon billet demain. Évident qu'on est corrects. J'ai pas plus le goût d'être ici que toi t'as le goût de me voir là.* Et puis après tu te retrouves sous pression et ta mère te dit que ton père va venir *me* ramasser sous prétexte que j'essaie de contrôler son crisse de petit ange...

Le bâtard. Il va avoir la frousse de sa vie s'il vient frapper à la porte. Je vais le recevoir à coups de marteau. Un câlisse d'ignorant, un mur, un dur, un épais avec une face à fesser dedans. Le seul homme à Cove à savoir ce que c'est que de *vraiment* se tuer à l'ouvrage. Évident que le bonhomme est sorti de sa chambre une nuit, en hostie de boxeurs pour m'attraper par la gorge parce qu'il pensait qu'il m'avait entendu dire quelque chose de pas fin à sa fille, sa précieuse petite fifille. Mais j'avais pas dit un mot de travers à sa fille et il le savait. En train de m'étouffer, de cracher et de me faire ravaler jusqu'à ce que je perde connaissance.

— Tu vas savoir comment je m'appelle, Kavanagh. Celui qui parle à ma fille de même, il vivra jamais assez vieux pour en parler. Tu vas savoir comment je m'appelle.

Mais, là, c'est exactement pour ça que c'est arrivé. Il savait que je savais quelque chose que j'aurais pas dû savoir. Finalement, Natasha est arrivée et, l'instant de le dire, elle s'est mise à hurler, à s'accrocher à son bras, à le frapper. Il bavait, il crachait et il lui a sacré une claque, à sa précieuse petite fifille, il a viré de bord et il est retourné se coucher. Je me suis retrouvé écrasé dans le coin à chercher mon air. Le lendemain matin, il me voit et me bumme une hostie de cigarette. Comme si de rien n'était. Psychopathe. Amène-le, fille. Comme j'ai dit, je vais lui ouvrir sa tête d'épais à coups de marteau.

— Tash, si tu sors avec quelqu'un là-bas... Regarde, j'ai besoin que tu me dises la vérité. Je suis pas capable d'endurer ça. Dis-moi au moins la sacrement de vérité. Je t'aurais jamais fait ça... Non, j'ai jamais... Je suis plus que certain que j'ai jamais... O.K., mais c'était pas la même chose... On a déjà tout réglé ça. Pourquoi est-ce qu'il faut qu'on recommence à déterrer de la marde ? Qu'est-ce qu'*elle* a câlissement à voir avec ça ? Je t'ai déjà dit ce qui était arrivé. Y EST RIEN ARRIVÉ, CRISSE ! Arrête de changer d'hostie de sujet... C'est rien comparé à la dernière fois que t'es partie. Rien pantoute. La seule raison pour laquelle t'es revenue, c'est à cause de tu-sais-quoi... j'ai le droit de dire ce que je veux. C'était dur pour moi aussi. Au téléphone, tous les soirs, avec toi... C'est quoi là, as-tu l'idée d'en faire un autre? Parce que tu peux aller te faire fourrer, ce coup-ci, avant de me mettre ça sur le dos. En passant, j'ai même des doutes sur l'autre... Allô? Tash?... Je suis désolé... C'était écœurant... Regarde, je suis tellement frustré, fille. C'est comme si je capotais... Non... Non, j'ai pas recommencé à boire. Presque pas... Baises-tu avec quelqu'un d'autre? Tu me le jures... Je te crois pas... Non, je suis pas en train de te traiter de pute, c'est toi qui dis ça, pas moi. C'est même pas à ça que je pensais. Je me souviens d'un temps pas si lointain où t'avais juré à Bobby-l'écœurant-O'Neill que tu *lui* jouais pas dans le dos pendant que j'étais dans le lit juste à côté de toi. Comment je fais pour savoir d'où tu me téléphones? Je suis pas pour faire la crisse d'étoile soixante-neuf pour te checker à Halifax! Laisse-moi parler à Gertie d'abord. Sortie, évident. Ça adonne-tu bien. Dis-moi que tu m'aimes, chante-le sur tous les tons... Hurle que tu m'aimes à pleins poumons d'abord... Fuck le pourquoi. T'as peur de le réveiller? Tu lui as fait passer une *méchante* nuit? Dis-lui de venir au téléphone, câlisse. Laisse-moi lui parler... Je sais parfaitement bien qu'il y a quelqu'un avec toi, Tash, je le jure devant Dieu, je saute dans le crisse d'avion à soir même, je traverse toutes les rues de la crisse de ville jusqu'à ce que je... Allô? ALLÔ?

C'est quoi la sacrement de passe autour de la gestion de la colère, puis toute la patente des A.A. où ils veulent que j'aille? *Pour voir clair?* As-tu déjà entendu un aussi gros ramassis d'insignifiances? Retardée mentale. J'ai-tu dépassé les limites ou quoi? On doit bien avoir le droit, une fois de temps en temps, de se poser des questions?

J'ai décidé d'aller faire un tour au dépanneur. Je m'étais dit que j'irais pas, mais parti de même, pas un moineau sur terre passerait au travers sans boire. J'allais pas endurer ça sans une goutte de *quelque chose* dans le corps. J'ai tout le temps du monde devant moi pour m'autoflageller. Faut voir que quelqu'un doit pouvoir se permettre une petite faiblesse de temps en temps, s'il veut être en mesure de faire face au pire le moment venu. Je me suis dit que j'étais pas pire que la moyenne des ours. J'allais la noyer au fond de mon verre.

Je me suis rendu à la station de gaz dans un état de fébrilité avancée. Bon, je suis du genre à vouloir tout, tout de suite. J'aime pas la chicane non plus. Mais quand je me suis présenté au comptoir, le cave de petit maigre qui louchait... a eu le crisse de front de me demander une carte d'identité. À moi. J'ai vingt ans, sacrement. Mais tu sais ce que c'est. Un petit trip de pouvoir, c'est ça que c'est. Prends les crisses de gars de l'armée qui se font crier par la tête à longueur de journée par les officiers supérieurs. Ils reviennent chez eux puis se mettent à japper après toute la maisonnée.

— Envoye, le chien, tasse-toi de là.

Ils font brailler les petits parce qu'ils arrivent pas à faire leur lit sans un pli.

— Je t'avais dit de sortir les vidanges hier au soir ? Ça presse, à terre, tu me fais vingt push-ups !

Évident que, s'ils se sentent en état d'infériorité au travail, ils vont s'organiser en crisse pour être le boss une fois les portes fermées. C'est exactement ce qui était en train de se passer avec le petit commis. Ça le faisait chier qu'on lui ait gueulé après parce qu'il avait pas placé les affaires sur les tablettes de la bonne façon ou alors il avait poinçonné deux fois la même affaire ou n'importe quelle crisse de patente. Et il se devait d'exercer son petit pouvoir sur quelqu'un, un client, en l'occurrence, moi, afin de se sentir mieux. Pour se sentir fort et en contrôle. Y a-tu assez choisi d'écœurer le mauvais gars ? *Carte d'identité, s'il vous plaît.*

— La veux-tu entre les DENTS mon i-DENT-tité ? Plus personne qui va pouvoir t'i-DENT-tifier si tu me forces à retourner chez nous puis à revenir.

Non. Je suis pas allé jusque-là. Mais je l'aurais fait. Si j'avais pas eu ce que je voulais. Parce que, fuck, quand je veux quelque chose, je le veux tout de suite. Je suis comme ça. Mais j'aime pas non plus me faire remarquer.

Fait qu'on s'est retrouvés, moi, le chat et une douzaine de bons chums décapsulables, des Black Horse, à se faire des rouleuses et à se faire du fun. Sans *elle*.

— Hey Minou... Santé ! À la petite herbe aux chats et à la petite bouteille brune. Non ? Minou veut pas qu'on porte un toast ? Bon, qu'il aille chier le minou d'abord. Va chier, Minou. Je vais le fumer tout seul, d'abord. Oui, je vais le faire. Oui, je vais le faire. Qu'est-ce que t'as à me regarder de même ? Sacre ton camp en dehors de la chambre d'abord. Tu viens de perdre ta bouffe humide, on va revenir aux petits sachets. Puis les marques sans nom à part de ça. Finies les crisses de Miss Meow ou de Whiskas. Espèce d'ingrat. Oui, un ingrat, c'est ça que t'es.

Une couple d'heures pour passer au travers de la caisse. Je me suis endormi à table. Aussitôt que je me suis réveillé, je suis retourné au dépanneur. J'étais pas capable d'être laissé à moi-même. Comme dans la chanson de Springsteen. Ce coup-là, j'ai pris mes cartes, juste pour avoir la chance de lui étamper dans sa face de con, mais il avait déjà fini de travailler. L'histoire de ma vie. J'avais pigé dans la deuxième caisse avant même d'avoir mis le pied dans l'appartement. Une méchante dérape. Bouteilles, mégots, cendre, tabac, tout écrasés sur le plancher. Je suis certain que quelque chose respirait dans le fond de l'évier. Pire que tout, le chat avait recommencé à marquer son territoire. Ça empestait. Comment j'allais faire pour passer au travers de la nuit sans mourir avant, j'en avais aucune idée ; assis au bout de la table, je me suis retrouvé au point de départ.

Quatre ou cinq bières plus tard, ça m'est venu.
Brillant, que je me suis dit.
Câlissement brillant.

— Oui, j'appelle pour m'informer au sujet des tarifs. De St. John à Halifax. Aussitôt que possible. Tout de suite, si vous avez un départ. Huit heures cinquante, ce soir? Et votre tarif étudiant? Crisse. Bon, j'aimerais que vous me réserviez une place, si c'est possible. Je n'ai pas de carte de crédit. Faut que je me présente en personne pour réserver? Bon, à quelle heure est-ce que vous fermez? Et quelle heure est-il en ce moment? Bon, O.K., je peux être là dans environ dix minutes. Pouvez-vous m'attendre? C'est une urgence. Bon, dans cinq d'abord? Merci beaucoup.

Ouin, merci. À croire qu'ils me faisaient une faveur. M'extorquer la dernière couple de cents piastres qui me restait. Pour qui ils se prennent?

Fait que, une fois rendu à l'agence de voyages, fallait me voir dans la foule à me retenir de gueuler à cause de la file de fous qui en finissait plus. Surtout après leur avoir parlé en personne au téléphone, après avoir supplié ces bâtards-là de m'attendre parce qu'ils parlaient comme s'ils étaient sur le point de fermer. Doux Jésus. Maudite chance que j'étais plus de bonne humeur que d'habitude.

Je suis rentré chez nous, le ticket dans mes poches, et j'ai réalisé que j'avais pas de cash pour partir. J'ai flambé jusqu'à ma dernière cenne pour ce ticket-là. Pas question que je débarque à Halifax, cassé comme un clou, obligé de dépendre de Natasha pour manger. Fuck. Et j'avais rien que je pouvais vendre ici-dedans.

Pris pour ravaler mon orgueil et me mettre à genoux encore une fois.

— Oui, est-ce qu'Andy est là, s'il vous plaît?... Qu'est-ce qu'il y a de neuf?... Super. Écoute, j'aurais quelque chose à te demander... As-tu un peu d'argent? Ben, as-tu, genre, cinquante piastres à me passer jusqu'à la semaine prochaine?... Je peux pas te le dire... C'est une urgence. J'ai besoin d'environ cinquante piastres pour me rendre jusqu'à la fin de semaine. C'est pas pour de la boisson... Ouin, bon, j'en ai pris une couple, mais je suis tranquille ici avec le chat. Il est plus saoul que moi... Non... Écoute, tu vas penser que je suis fou... Correct, correct, mais avant j'ai besoin de savoir si tu peux me prêter de l'argent... Peux-tu?... Je viens juste d'acheter un ticket pour Halifax. Ha-li-fax. Cent quatre-vingt-dix-neuf plus les taxes. C'est tout ce que j'avais... Ben, c'est déjà payé, l'avion décolle à soir. Non, elle le sait pas... Je vais lui faire la surprise... Ben, c'est trop tard maintenant de toute façon. J'irais d'une manière ou d'une autre, avec ou sans ticket, j'y vais pareil. Oui, mon gars, pour l'amour du ciel...

Fuck. Notre Andy serait peut-être un bon candidat pour les forces constabulaires. J'ai pas de problème avec ça, un gars qui pose des questions, surtout si le gars a un peu de fric au bout du compte. Mais c'est le ton qu'il avait. Hautain et supérieur. Puis j'ai surtout pas besoin que mes amis m'interrogent. C'est sa job à *elle*. Là, faut que je dise quelque chose à propos d'Andy. Je jouerai pas au petit con de frais chié prêt à dire qu'il est aussi pire que je le suis, mais il est pas mieux. Non, en crisse.

Quelques années passées, moi et Andy, on est allés dans le bout de l'usine attendre que la journée d'ouvrage commence. Je pense qu'il était à peu près cinq heures du matin parce que ça brassait pas mal dans le port : une douzaine au moins de barges et de skiffs. À savoir lesquels rentraient, lesquels sortaient, je m'en souviens pas. C'était quoi le but? L'ouvrage à l'usine commençait jamais avant huit heures, mais plus t'étais de bonne heure sur le piton, meilleures étaient tes chances de t'installer à la bonne place, en haut de la chute à déchets. Faut voir qu'on travaillait pas à l'usine. On tranchait des langues *en dehors* de l'usine, là où les carcasses de poissons descendaient tout le long de la chute d'aluminium. Ça tombait dans une grande barge tirée hors du port tous les soirs pour être vidangée de son contenu. Des abats, des vidanges, des mouettes mortes. Arriver à s'asseoir en haut de la chute, c'était se donner la chance de ramasser les plus gros poissons qui tombaient. Ce qui voulait dire les plus grosses langues. Ce qui voulait dire aussi plus d'argent fait plus rapidement, parce que la vente se faisait au poids. Les langues plus petites sont meilleures au goût, par exemple, moins gélatineuses.

De toute façon, les premiers arrivés se réservaient les places du haut en installant leur chaudière ou leurs couteaux ou leurs vieux gants déchirés puis, en attendant que la journée d'ouvrage commence, ils étaient libres d'aller niaiser autour du quai.

Fait que moi et Andy, on avait la place à nous autres tout seuls. On lançait des roches aux mouettes, on taquinait le poisson, on fumait les mégots qu'on trouvait dans les cendriers des chars des pêcheurs. On a fini par aller se promener du côté de la remise, de l'autre bord de l'usine, pour trouver des bouteilles quand on est tombés sur un vieux camion sur le flat, stationné là tout seul, à moitié caché par les aulnes. Comme s'il essayait de se cacher de nous autres. Il avait vraisemblablement passé l'été là, mais on l'avait jamais vraiment remarqué avant. Je suppose qu'on venait de le voir sous un autre jour. On s'est trouvés pas mal chanceux, mais avant même que l'idée me vienne à l'esprit, Andy a ramassé un vieux rim de pneu, il l'a hissé au-dessus de sa tête et l'a garroché dans le pare-brise. Le rim s'est écrasé dans le coin en bas sans faire trop de dégât. Mais il nous en fallait pas plus, par exemple.

Les portes étaient barrées, fait que j'ai défoncé la vitre du côté du chauffeur avec une roche. J'ai trouvé un marteau dans la boîte du camion, en dessous du siège. La première chose que je sais, la vitre du cadran de vitesse est brisée et on se met à hurler. Puis la jauge d'essence. On est pliés en deux tellement on rit. Le rétroviseur. Le tableau de bord. Andy en train de déchirer les sièges avec son couteau de chasse. Déchirer. Il arrache le volant. On brise le bras de vitesse. La vitre du passager vole en éclats. J'étais en train de frapper dedans à coups de marteau. Je pense qu'on avait perdu les pédales. On riait tellement qu'on en braillait. Puis Andy a lâché un drôle de son. Je l'ai regardé. Il avait la face en larmes sauf qu'il riait plus. Son menton tremblait et il avait les yeux fous furieux. C'étaient des pleurs de rage qui coulaient le long de ses joues à chaque coup de couteau planté dans les sièges, encore et encore. Je pense que c'est là que j'ai arrêté de rire, moi avec. Des années et des années de niaisage de village qui remontaient. Les sœurs, la strap et le mépris des profs. D'un seul coup. Toujours les derniers à être choisis à la balle pour se faire envoyer jouer dans le crisse de champ. C'était plus le tableau de bord, mais la face d'un gros con de la rive nord de Cove, nous autres plaqués au sol, ses genoux collés sur nos épaules, lui en train de nous beurrer la face de marde de cheval, lui en train de nous frapper jusqu'à ce qu'on saigne ou qu'on braille, ça dépendait de ce qui venait en premier. On se crissait de ce qui arriverait après. Fuck le reste. Quand on s'est attaqués à la carrosserie du camion, il restait plus grand-chose à démolir, à part mettre le feu, mais j'étais pas assez fou pour ça.

Puis on s'est remis à rire. À rire de notre propre capacité à agir en sauvages. On est restés là, dans le petit matin, sûrs de nous autres, comme si on avait tous les droits de faire ce qu'on avait fait, on a ouvert le capot et on s'est mis à lancer toutes sortes de grosses roches sur le moteur. On a entendu passer des voitures un peu plus haut sur la route. On s'est pas bâdrés avec ça. On était partis pour massacrer ce camion-là. Les phares, le pare-brise, les pneus à coups de couteau. Le marteau dans les portes, *au travers* de la tôle. On a même essayé d'arracher le pare-chocs avant. N'importe quoi. On serait surpris de voir les dégâts que deux jeunes gars comme nous autres peuvent faire. J'ai passé une heure en prison pour cette histoire-là. Pas Andy. Moi.

Je sais pas si c'est possible de voir où je veux en venir? Il est pas mieux que moi. Où est-ce qu'il est allé cherché ça qu'il avait le droit de décider ce que je pouvais ou non me permettre de faire? Me donner des conseils comme si j'étais une sorte de criminel. Combien de principes sociologiques faut-il avaler avant que nos péchés nous soient pardonnés?

— Andy, je suis plus capable d'en prendre. Je peux pas juste rester assis ici un vendredi soir à me poser des questions. À me morfondre. Faut que je la voie. Faut que je la regarde dans les yeux. Pour pouvoir continuer... Crisse, Andy, t'as vu dans quel état j'étais hier soir. Ça, c'est rien. Je suis plus capable de dormir, plus capable de manger. Je suis plus capable d'en prendre. *Faut* que je la voie... Je penserai à comment je vais faire pour revenir quand ce sera le temps de revenir. Et puis je vais peut-être décider de pas revenir. La place me rend malade la plupart du temps. Le reste du temps, ça me déprime d'être ici... Regarde, j'ai besoin de l'argent pour manger, probablement pour prendre un taxi une fois à l'aéroport, pour fumer et pour ce genre de niaiseries-là. Tu sais que je vais te rembourser. Je t'ai remboursé la dernière fois... Bon, ouin, mais je t'ai remboursé quand même... Je te redonne l'argent la semaine prochaine... Correct... C'est parfait... Eh, si je te laisse ma clé, peux-tu passer nourrir le chat? J'ai peur qu'il se ronge les sangs si personne vient... Super. Bon, à plus d'abord... Écoute, man, c'est apprécié, je veux que tu le saches. Je te rembourse la semaine prochaine. Correct.

Click.

Faut savoir ce qui me fait le plus chier là-dedans. J'aime mieux quand les affaires se passent sans que ça se sache trop. Tout ce que je voulais, c'était disparaître, comme ça, si l'avion était tombé, personne au monde aurait su que j'étais dedans. Disparaître sans laisser de trace. Disparaître. J'aime l'idée d'être n'importe où, de tout recommencer à neuf, petit à petit, l'idée de tout laisser derrière, de faire table rase. Comme dans *Poetry of Departures.* Comment ça peut être difficile de juste faire un hostie de *move.* Mais, en même temps, j'imagine qu'on peut jamais s'attendre à s'en sauver si facilement que ça. Parce que plus personne croit que ça vaut la peine de prendre des risques. De nos jours, si ça sort un peu de l'ordinaire, c'est juste bon à faire jaser. Un petit jus de commérage qui lui permettait d'alimenter la conversations avec ses blondes, c'est ça que j'étais pour Andy. Je vous le dis, moi, j'appartiens à une génération d'endormis dont le cerveau est réduit en bouillie par la toute-puissance du divertissement, et ça fait l'affaire de la société moderne. Qui est encore assez fou pour ouvrir une librairie par les temps qui courent ? Hollywood et la poutine des grandes heures d'écoute télévisées nous tiennent toute la gang par les couilles. Plus personne a le goût du risque parce que plus personne a besoin d'en prendre. Tu peux aller te louer l'aventure du siècle et vivre l'expérience sans prendre aucun risque. Manger tes crisses de Doritos, boire ton hostie de Pepsi et tomber en pleine face dans ton lit king. Te lever, aller à l'école ou aller travailler. Pas d'égratignures, pas de bleus. Pas de cicatrices. Paraître le mieux possible, se sentir correct de rien faire de croche, rien qui sorte de l'ordinaire. Une fois de temps en temps, ça se peut que tu fasses un fou de toi au bar et *ça* c'est ton gros crime.

« Bon Dieu, je peux pas croire que je lui ai dit ça, à elle. »

« Jésus-Christ, je suis parti pour m'en retourner à la table et j'ai tout fait tomber par terre. »

« Je te dis que j'ai bavé le barman. »

Ça, c'est le pire qui puisse arriver.

Faut voir que j'ai la ferme conviction que chaque petite mésaventure devrait laisser une cicatrice particulière. Des cicatrices de combat pour garder une trace des luttes menées dans la vie. La vie est une câlisse de lutte. Theodore Roethke était pas un homme désœuvré. Déprimé peut-être, mais pas désœuvré.

J'ai mis mes affaires dans un sac deux bonnes heures à l'avance, fait que je me suis assis pour prendre une couple de bières. J'ai décidé d'arrêter prendre le cash chez Andy à la dernière minute juste pour pas avoir à parler de tout ça. Il m'a donné l'argent et il a secoué la tête d'un air totalement condescendant, une grimace étampée dans la face du genre : *pauvre-vieux-quand-est-ce-que-tu-vas-finir-par-comprendre.* Il portait son gilet du Canadien et j'ai prié pour que le jour où il serait frappé par la mort, il porte ce gilet-là. Pas que je souhaite le voir mort ou quoi que ce soit.

Je suis arrivé à l'aéroport juste à temps, pas trop d'avance, exactement comme je le voulais. Le taxi m'a coûté dix hosties de piastres.

Les détecteurs de métal. Crisse. On se croirait quelque part en Arabie saoudite. On est à St. John, au cas où vous le sauriez pas. Y a jamais rien qui se passe à St. John. Mag-Light, boucle de ceinture, attaches de métal aux bottes, briquet Zippo. J'ai un faible pour les gugusses en métal. Et j'ai ma façon bien à moi de décider de ce que je mets dans mes poches. C'est là-dessus qu'on va être évalué quand viendra le jugement dernier. Ils pourraient te retrouver en petits morceaux tout éparpillés, un peu partout sur l'autoroute, la tête broyée, passée sous le rouleau compresseur, et la première chose qu'ils feraient, c'est de fouiller dans tes poches. Tu t'adonnais à avoir le dernier Stephen King sur toi, eh bien ça va compter pour le niveau de lecture atteint de ton vivant. Le degré de maturation de ton goût littéraire. Et si tu t'adonnais à avoir le crochet Nike de bord en bord du torse, ils vont tirer la conclusion que tu as consacré tes derniers instants de vie à faire de ton mieux pour promouvoir le travail des esclaves du tiers-monde au profit du gros bâtard qui vient de te frapper. Écoute, de nos jours, faut être prêt à toute éventualité.

Les agents de sécurité ont retenu mon câlisse de Zippo. Je venais juste de le remplir avant de quitter l'appart et il dégouttait encore un peu. Ils ont dit qu'il constituait un danger. Pour l'amour du Crisse. Le même maudit briquet que j'ai volé parmi les pièces à conviction de la salle d'exhibits au poste de police, y a longtemps de ça. Le même briquet avec lequel j'ai quasiment failli raser la moitié de Cove. J'ai reviré des cafétérias puis des arcades à l'envers pour ce briquet-là. Je voulais avoir ce briquet-là sur moi quand j'ai fait mes bagages. Pas parti pour être chanceux. Un danger pour la santé et pour la sécurité. Pas comme si j'avais décidé de mettre le feu dans l'avion en plein vol, crisse. Encore que ça serait l'enfer pour détourner un avion. Minute, j'avais-tu la permission, moi, de penser à ce genre d'affaire-là?

L'agent de sécurité met mon briquet dans un sac de plastique.

— Comme ça, je vais le récupérer à Halifax, c'est ça? C'est définitif? C'est correct d'abord.

Crisse. Pure discrimination. On peut-tu me dire pourquoi tous les psychopathes, les abuseurs d'enfants, les sautés de nazis s'habillent tous comme moi?

Ça m'a encore plus fait chier l'affaire du briquet quand, du coin de l'œil, qui est-ce que je vois pas en train de passer en coup de vent au détecteur de métal, en train de le faire sonner à l'os sans que personne, crisse, cligne de l'œil sauf moi ? Juliet Carey. C'est quoi l'idée d'appeler un enfant Juliet ? N'empêche que, dans ce cas-ci, ça lui va comme un gant.

Tu sais, le genre de petits morveux qui hurlent tellement que tout ce que t'as le goût de faire, c'est de leur arracher la face ? Bon, je suis pas en train de dire que c'est ce que *je* ferais. Évident que n'importe qui qui s'essayerait à ça en mangerait toute une. Je suis juste en train de dire qu'il y a certains enfants qui *sont* tellement pas endurables que t'aurais juste le goût de les ramasser par le chignon du cou pour leur arracher la face. C'est pas tant le fait de les entendre brailler, les enfants ont besoin de faire une bonne crise de temps en temps, mais c'est surtout la façon dont la face leur vire en grimace au point de leur donner l'air hideux, vulgaire et haineux. Peut-être que j'étais un enfant comme ça ? Même si j'en doute énormément.

De toute façon, la jolie Juliet a toujours eu une face de ce genre-là. Toujours. Mais fallait être très proche pour s'en apercevoir. Disons que je me suis retrouvé câlissement proche. Bien avant Natasha. J'ai dépensé une véritable petite fortune pour lui acheter une crisse de chaîne en argent avec un pendentif de licorne. Le con pas de tête. Et la princesse Juliet. C'est de ça qu'elle souffre : le syndrome de la précieuse princesse. Impossible de la blâmer avec un nom de même. Notre petite princesse. Petite fuckée de Mamzelle Précieuse qui pense que la seule raison pour laquelle la terre tourne autour du soleil, c'est parce que le soleil puise son énergie solaire à même son cul.

Ça faisait un bout que je l'avais pas vue et je me serais contenté que ça reste de même encore un peu, et je me serais surtout passé de me retrouver dans le même avion qu'elle. Mais j'ai décidé que ça resterait pas là. J'allais m'organiser pour me planter juste à côté d'elle même s'il fallait que je supplie quelqu'un de me céder sa place. J'étais une bombe ambulante et elle était sur le point de découvrir la phobie de l'air. Ai-je mentionné qu'elle m'avait arraché le cœur ? Ouin, je suis resté recroquevillé, en boule, pendant des semaines après ça.

— Juliet ! Bon Dieu, tu parles d'une coïncidence. Je regardais autour et puis je me suis dit : je sais pas si c'est la fille que je pense que c'est ? Ç'a tout l'air qu'on va être assis ensemble.

Je me suis assis avant même qu'elle ait eu le temps de se rendre compte de qui j'étais. Elle avait l'air fatiguée.

— T'as l'air du crisse, fille... Je veux dire que t'as l'air fatiguée, c'est tout.

Des poches noires en dessous des yeux, elle se rongeait l'ongle du pouce. L'espace d'une seconde, mon cœur a fait un bond, mais j'ai mis un stop à ça, direct là. La dernière chose qu'elle voulait, c'était d'être assise à côté de quelqu'un qui faisait partie de son ancienne vie, de ce monde-*là*. Moi, en particulier. Elle avait l'air de vouloir se canter. Difficile à dire. Pauvre fille.

— Puis à part de ça ? Tu t'en vas où ?... Ot-ta-wa ? Et qu'est-ce qui attire Mamzelle Juliet à Ottawa ? L'amour, c'est ça ? Oh oui, oui. Je me rappelle avoir entendu dire que tu t'étais fiancée ou que t'étais tombée enceinte ou quelque chose... Ah, crisse, fille, j'essaie juste de te jaser.

Elle a levé les yeux en l'air, a soupiré, s'est virée du côté du hublot. Ses cheveux avaient allongé et ils retombaient dans son visage chaque fois qu'elle bougeait la tête. J'ai reconnu son parfum, la même affaire qu'elle a toujours mise. Un profond sentiment de solitude s'est abattu sur moi. Son odeur. J'avais le goût de me rapprocher, de mettre ma main sur sa joue et de lui parler. De savoir quels détours elle avait pris pour en arriver là. Peut-être qu'elle pouvait m'aider à me replacer avant que je prenne un autre tournant, peu importe ce que ça voulait dire. J'avais besoin de me retrouver avec une amie de longue date.

Les moteurs ont rugi et se sont mis à virer de plus en plus. On parcourait la piste et tout ce à quoi je pensais, c'était la vie que j'avais menée, les gens que j'avais blessés au passage et le fait qu'on a réellement aucun contrôle sur la direction que prend notre vie. Un motton dans la gorge. Mes mains se tendent vers ses cheveux. Juste avant que je la touche, elle se retourne et me regarde en face. Pris sur le fait. Elle secoue la tête.

— Toujours le même, Keith.

— C'est supposé vouloir dire quoi? J'essayais juste de...

— Essaye-toi même pas, parce que ça te mènera nulle part. Sois donc raisonnable.

Exactement avec cette expression-là sur le visage, j'aurais voulu lui arracher la face. On est vraiment dans un hostie de monde de fuckés. T'essayes de te rapprocher de quelqu'un puis tu te fais rabrouer. Je suis resté assis sans bouger à songer à faire vœu de silence, j'étais déterminé à reprendre le dessus, par exemple, et j'ai maudit mon instant de faiblesse. De faiblesse.

Elle s'est tournée du côté du hublot et ç'a pas été long qu'on a commencé à se sentir compressés, comme s'il y avait là une dernière possibilité de changer d'idée, au moment même où l'avion nous emportait aux confins de la nuit. C'est très étrange et c'est loin d'aller de soi. Ses jointures étaient blanches tellement elle s'agrippait aux appuis-bras. Ainsi, Mamzelle Précieuse était nerveuse à l'idée de s'envoler.

— Mau-dite marde! Ça vient de me foutre la frousse, fille. D'être complètement à la merci de Dame Nature. Ou de défier la nature elle-même tant qu'à y être, tu trouves pas? Si on s'écrasait quelque part dans les bois, est-ce que tu finirais par me manger? Si j'étais mort, je veux dire?

Elle a éclaté d'un fou rire nerveux. Ça allait se retourner contre moi. Elle a soudainement eu l'air contente de me voir ou contente que je puisse la distraire. Quelque chose pour faire passer son anxiété. J'avais une couple de Valium dans la poche de mon coat, mais il était pas question que je lui en donne une. Elle s'en tirerait pas comme ça. En plus, je me rendais compte que j'avais de la misère à enchaîner deux phrases de suite, encore plus à peser sur le bon piton.

Puis, méchante chance, l'hôtesse de l'air a été assez innocente pour stationner son petit bar à roulettes juste à côté de moi avant de s'en aller. Je me suis bourré les poches de petites bouteilles de Bacardi blanc. J'ai pas l'habitude de boire du Bacardi, mais ça allait faire l'affaire. J'ai réussi à en subtiliser sept avant que l'hôtesse revienne et, là, j'en ai profité pour commander une bière. Il me semble que ça faisait une éternité que j'avais pas bu une bière.

— Oui, je vais prendre une Black Horse, juste au cas où on reverrait jamais la terre ferme. Et Mamzelle Juliet va prendre un... qu'est-ce que Mamzelle Juliet va prendre?... Crisse, faut que tu prennes quelque chose, fille. C'est pas souvent que j'ai la chance de t'offrir un verre! Vodka, Seven Up?... Oui, une Black Horse et une vodka Seven Up, double... Oui, fille, ça prend un double parce qu'un double dans les airs, c'est l'équivalent d'un simple au sol. C'est la vérité. Demande au commandant. Commandant?... Évident que je suis en train de niaiser, fille. Santé! À l'herbe aux chats et à la petite cannette de bière. L'herbe aux chats. T'as jamais fumé de l'herbe aux chats? Tu sais pas ce que tu manques. C'est ça que je fume depuis le début de la soirée.

Elle a commencé à me poser des questions à propos de ci, à propos de ça, à propos de ma vie. Comme si c'était de ses affaires, comme si elle avait tous les hosties de droits d'être assise là avec moi. Mais c'est pas mon genre d'être rancunier et je suppose que c'est toujours mieux d'entamer une conversation sur un ton civilisé pour permettre aux choses de se tasser. C'est sûr qu'un cœur à cœur, ça peut atténuer les traces de merde accumulées au fil des ans. Mais là, juste là, le cœur à cœur, c'était au-dessus de mes forces. Fait que j'ai saisi l'occasion, je me suis donné un deuxième souffle et je l'ai bourrée de menteries. Ma vie est crissement fantastique.

— Je m'en vais rencontrer des gens à Halifax pour mon livre.

— Ton livre ? Wow ! T'écris encore des petits poèmes ?

Mes *petits* poèmes. Fuck.

— J'écris. Je suis en train de finir un livre en ce moment. Ça va s'appeler : *Vieilles cicatrices et plaies ouvertes.* Une idée de même. J'aimerais ça pouvoir te dire que c'est l'amour qui m'amène dans la belle ville culturelle d'Ot-ta-wa, mais on peut pas tous avoir la même chance dans la vie.

Elle est restée là à me fixer comme si j'étais un monstre à dix têtes et là, difficile à croire, elle a eu le crisse de front de sortir un roman et de se mettre à chercher sa page. Rien qui fout plus en rogne. J'étais là, pour la *deuxième* fois, à essayer d'être fin, à essayer de me réconcilier avec elle et de faire ce qu'il fallait faire, et tout ce qui l'intéressait, c'était de m'insulter encore plus. Y a du monde qui l'ont vraiment pas.

— J'ai failli mourir, y a pas très longtemps. Là, je pars pour la fin de semaine. Ouep. Je me suis fait frapper par une déneigeuse sur Queen Road. Je suis sorti de là le dos brisé, fracture du crâne. Tous les os de la face en morceaux. Je m'en suis sorti avec un écœurant paquet de cash. Qu'est-ce que tu dis de ça ?

Elle a pas écouté un mot de ce que j'ai dit. À ses yeux, j'étais encore rien qu'un con, une grande gueule. Pourtant, au fond, je savais que c'était vrai. J'avais traversé l'enfer, j'en étais sorti et le monde avait fait de moi un autre homme. L'avait fait. L'a fait. Pas mal de choses que j'aurais pu lui dire, mais tout ce que je suis parvenu à dire, c'est encore et toujours le même genre de menteries de taverne. J'ai fini par me taper dessus à force d'essayer de justifier mon existence aux yeux du monde comme elle. Maudite vache. Puis, à force de me sentir diminué et de m'écœurer moi-même, je me suis rendu compte que tout ça, c'était de la colère et de la rage que je redirigeais sans succès sur du monde qui avait même plus rien à voir avec moi. Je me mets constamment en état d'échec. Ça me donne quasiment le goût de mettre cartes sur table et de tout raconter exactement comme c'est arrivé. J'aurais aimé ça être sobre, mais j'ai pas été capable d'arrêter de boire. On a passé le reste du vol dans une sorte de silence réprimé, solennel, un silence que je brisais seulement quand le minibar se pointait, un silence qu'elle brisait pour se moquer du fait que je continuais à boire.

— Jésus-Christ, mon gars, t'as vraiment pas changé.

Fuck you, Mamzelle Précieuse.

J'ai ressenti un grand soulagement quand j'ai senti que mes couilles me remontaient dans la gorge, que mes tympans étaient sur le point de crever. L'avion descendait en direction d'Halifax. J'aurais dû rester couché chez nous. J'aurais aimé ça être juste un peu plus saoul.

— Là, Mamzelle Juliet, je lève mon verre à l'amour dans la capitale nationale, aux grossesses non désirées et aux fiançailles ternies. Santé !

Ç'a pas eu l'air de lui faire plaisir.

Moi, ça m'a fait plaisir en masse.

Une fois dans l'aéroport, on s'est séparés pour se retrouver tout de suite après, nez à nez dans l'entrée des toilettes publiques. Drôle de situation, c'est le moins qu'on puisse dire. D'une certaine façon, le contraste entre l'avion où on était tassés et à l'étroit et l'entrée spacieuse et éclairée forçait une mise à nu, favorisait un état de vulnérabilité. Comme si elle se retrouvait en situation privilégiée de poser un jugement sur moi, comme si, de ce temps-là, c'était de ça que j'avais l'air en public. Pour l'amour du Crisse, avec tout le respect qui Lui est dû. Je savais pas si je devais m'excuser ou si je devais pisser sur ses bottes.

Fait que je l'ai envoyée chier. Elle est passée tout droit sans même me saluer.

J'ai viré de bord et je suis allé directement au poste de sécurité, où j'ai attendu dans la belle grosse file, environ vingt minutes, pour me rendre compte que mon briquet avait pas fait le voyage.

— Oui, j'avais un briquet, un Zippo en argent, *con-fisqué* avant l'embarquement. Je me demandais où je devais aller pour le récupérer... Là, j'arrive de St. John... Qu'est-ce que vous voulez dire par *au retour*? C'est un aller simple que j'ai acheté... O.K., t'es en train de me dire que je le reverrai plus? Fantastique. Grandiose. Je l'ai depuis que je suis né, crisse. C'était à mon grand-père, au cas où tu le saurais pas. C'est un hostie de souvenir de famille.

Je suis sorti de là enragé. Belle gang d'insignifiants. J'ai viré de bord, je suis reparti pour retourner au comptoir, mais j'ai bien peur que ça aurait pu virer en chicane. Fallait que je trouve le moyen de leur faire payer ça, par exemple, pas de doute là-dessus. Je venais de dépenser deux cents piastres pour prendre l'avion et ces téteux-là avaient le front de me voler mon briquet en plus.

~

Après avoir acheté mon ticket pour la navette entre l'aéroport et la ville, je suis entré à la succursale de la régie des alcools. Avec les meilleures intentions du monde. Les meilleures. Je faisais de mal à personne. Vraiment? Le conseil d'administration de la régie allait certainement pas sombrer à cause du bon vieux Keith.

Voler *un* flasque, c'est à peu près la même affaire que voler un livre. As-tu déjà volé un livre? Rien de plus crissement facile au monde. Faut juste s'assurer de porter le bon coat. Tu le tiens dans ta main, gauche ou droite, selon la position du commis, tu le glisses en dessous de ton coat, sous ton aisselle, et tu fais semblant de te pencher pour regarder sur l'étagère plus bas. Dans le même mouvement, c'est ça le truc, tu prends un autre livre, préférablement un de la même grosseur et de la même couleur que l'autre, dans ta main libre et tu te relèves. Que quelqu'un ait la possibilité de deviner ce que tu es en train de faire, ça tient à une fraction de seconde. Et il faudrait qu'il soit pas mal vite sur le piton ou que sa job l'ennuie mauditement pour que tu sois pris sur le fait. Là, tu continues de faire le tour un petit bout, le plus naturellement du monde, avant de décider de pas acheter le livre tout en tenant l'autre bien fermement sous ton aisselle. Tu serais surpris de voir qu'on peut sortir des livres pas mal gros de cette façon-là. Puis aussi, c'est une très bonne idée de demander au commis de te montrer où trouver un livre que tu sais qu'ils ont pas sur le plancher ou un autre qui existe juste pas.

— Avez-vous quelque chose écrit par le gars, là... Kavanagh ?... Keith Kavanagh ?

Ça les aide à se sentir mal parce qu'ils ont pas réussi à t'aider. Tout ce qui te reste à faire, c'est de sortir en ayant l'air déçu. Rien de plus facile au monde. Un crime respectable à part de ça. Si Oscar Wilde pouvait voir ma bibliothèque, il serait fier de moi. C'est vrai qu'il est mort depuis un bout. Ceux qui en profitent sont à l'argent, des bâtards de la fesse gauche, troisième génération à faire fortune sur son dos grâce à ses mots, des mots qu'ils ont probablement jamais lus. Et s'ils l'ont fait, ils sont probablement du même genre que la gang de cons qui l'ont enfermé. Moi ? C'est mon libre accès à l'éducation qui est là. De nos jours, avec le coût des études, je vois pas de mal à mettre la main sur une couple de bons livres une fois de temps en temps. Sur les classiques, en particulier.

Un de ces quatre, quand je serai vieux et grisonnant, je vais entrer chez Weston Books à St. John avec un gros sac de livres que je vais vider sur le plancher en disant :

— J'ai volé chacun de ces livres-là, ici même dans ce magasin, pendant les heures d'ouvrage de... ce gars-là.

Peut-être que je le ferai pas non plus. Je peux pas supporter de me faire remarquer.

Fait que je me suis procuré *un* flasque à la régie des alcools à l'aéroport à peu près de la même façon. J'ai demandé au comptoir s'ils avaient du Screech sur les tablettes tout en sachant fort bien que c'est rare en dehors de Terre-Neuve. Pour pas éveiller les soupçons, j'ai mis le paquet sur l'accent en incarnant le stéréotype du parfait Newfie. J'avais l'air bien trop perdu pour voler quoi que ce soit. Le gars au comptoir s'est mis à me parler vraiment fort, comme si j'étais un handicapé, genre.

En passant la porte, j'ai eu une méchante montée d'adrénaline quand je me suis retrouvé nez à nez avec un *beû* et son pisteur de dope, un enragé de berger allemand. Le *beû* me fixait. Me regardait comme si j'étais un pas de classe, pendant que son chien me reniflait les couilles. Moi et les flics, c'est le grand amour. L'ai-je déjà mentionné ?

Là, ça m'a frappé : j'étais l'ambassadeur de Terre-Neuve en fonction en Nouvelle-Écosse, crisse. J'étais en situation de représenter bien piètrement mes concitoyens parce que, c'était clair, personne allait être fier de moi. C'est la dernière partie de la réflexion qui m'a profondément déprimé et j'ai même envisagé de retourner à la succursale et de payer pour *le* flasque. Mais c'était du crisse de Jim Beam. Ça valait pas la peine. Qu'est-ce que ça changerait de toute façon ? C'était quoi le pire qui pouvait arriver ? Personne se souvient jamais de la fois où *c'est pas* arrivé. D'une façon ou d'une autre, il reste juste à voir la suite de l'histoire.

— Quand j'avais ton âge, je me suis fait prendre à voler *un* flasque à l'aéroport d'Halifax. Ç'a pris quatre agents de sécurité pour me coucher à terre. Quand ils ont finalement réussi, je m'étais débarrassé de la bouteille. Ils ont pas pu m'arrêter parce qu'ils avaient pas de maudite preuve. Fait que, fais ce que je dis, pas ce que j'ai déjà fait. Fais pas de folie. Tu m'entends ?

Une fois dehors, avant de prendre la navette au terminus, j'ai entamé *le* flasque. Ça me brûlait, ça me bouillonnait dans le fond de l'estomac et je savais que je pouvais plus reculer. Mais une fois dans la navette, je me suis dis que je ferais tout ce qui était nécessaire pour que tout le monde impliqué dans ce petit voyage puisse en profiter. Ça mis à part, j'avais pas le goût de penser à ce que j'étais en train de faire. L'état dans lequel j'étais avait rien à voir avec la quête qui était la mienne. La quête. J'aimais la façon dont ça résonnait. Une petite escapade. Mieux que de se retrouver un bon jour à *ne pas* se souvenir de la fois où j'avais décidé de *ne pas* sauter dans le prochain avion pour Halifax. C'est comme dire :

— Te souviens-tu de la fois où on avait décidé de *ne pas* crever les pneus du char de Art Cumben, celui qui nous avait vendu de la sarriette à la place du pot ?

Le beau Andy, un beau paquet de troubles.

Je me considérais comme privilégié de pouvoir être assis à côté d'un gars qui de toute évidence possédait une grande expertise dans l'art ancien de la fellation. Je m'en foutais. J'avais décidé d'être fin. J'ai sorti l'hostie de Jim Beam et je me suis mis à *la* jaser instantanément. Ç'a pas été long qu'on était pas mal gais. Oui, et il a tout simplement *adoré* mes culottes de cuir, il se demandait même où il pourrait en trouver une paire pareille. Je lui ai dit que s'il jouait ses cartes comme il faut, il pourrait probablement avoir ma paire. Je pense que j'étais sur le bord d'être sérieux. Je me suis souvent demandé comment c'était, genre.

Natasha s'était emportée en crisse quand je les avais achetées, ces culottes-là. Elle était plus arrêtable, les comptes à payer, le loyer, les responsabilités, parce que, là, on restait ensemble. Moi, je voyais ça comme un investissement à long terme. Elle, elle va magasiner pour s'acheter une bonne douzaine de paires de jeans par année, le fond de culotte puis les genoux s'usent dans le temps de le dire. Des culottes de cuir, ça dure toute la vie. Tu peux te ramasser dans le fossé avec, câlisse, sont faites pour passer au travers de n'importe quoi. Ce que je veux dire, c'est que j'aurais pu mettre l'argent sur le loyer de juin, mais juin à l'heure qu'il est, y est déjà passé. Passé. Il reviendra plus. Mais les culottes de cuir, par exemple? Exactement.

Le Roi de la Fellation s'est senti à l'aise un peu trop vite à mon goût. Toutes les fois qu'il partait à rire, il mettait sa main sur ma cuisse d'une façon un peu trop *coutumière*. Comme si on se connaissait, crisse, comme s'il avait le droit de me bouffer mon air. Je suis passé en mode hostile et je me suis pas retenu pour parler cru. Ça m'a écœuré encore plus et je répugnais à l'idée que l'effronté de serin avait pu provoquer chez moi une *quelconque* forme d'émotion. On a pas idée de voir un beau jeune dans mon genre se sentir mal à l'aise en présence d'une petite pupuce dans son genre. Crisse.

Je me suis levé, à son grand soulagement autant qu'à son grand désappointement, et je suis allé vers le fond de l'autobus pour me planquer direct à côté d'un joli spécimen féminin de la plus discrète et de la plus pure innocence. Elle sentait tellement frais. Je voulais tellement avoir l'air d'un gars décent, tellement faire une bonne impression. Même si ça voulait dire rester assis là, en silence, pendant tout le temps du voyage. J'étais pas équipé pour m'essayer fort fort, pas vraiment aucune chance de jouer le jeu. J'avais pas les bonnes cartes dans mon jeu, de toute façon.

Elle m'a semblé être une de ces filles de bonne famille, sans doute partie pour la fin de semaine pour échapper un peu à tout le niaisage de comptes à rendre à un puis à l'autre, à tous ceux qui sont associés à sa « vraie vie ». *Parce que personne me comprend vraiment. J'ai des rêves. J'ai des désirs.* Crisse. Je me suis presque relevé. Mais je me suis dit d'la marde. D'la marde.

— Veux-tu boire quelque chose? Du whisky, disons. Quelque chose dedans? Fais pas la folle, fille. C'est ce que tu mets dedans qui pardonne pas. Pas question que je boive d'aucune autre façon. C'est sacrilège. Envoye, essaye. Ça peut pas te faire de mal.

J'arrivais pas à parler distinctement et plus j'essayais, pire c'était.

Elle était absolument ravissante et sentait délicieusement bon et ça m'écœurait parce que, moi, je savais que j'avais pas pris de douche et que j'empestais pas mal l'alcool. Par-dessus le marché, elle se pensait probablement trop fine pour moi. Elle arrivait pas à la cheville de Natasha.

Son nom était Melissa. Elle m'a tendu la main. Je lui ai dit que je m'appelais Jacob, que j'allais la rebaptiser Mary-Anne, ne serait-ce que parce que j'avais déjà sorti avec une fille qui s'appelait Melissa, une fois, et surtout parce que l'extension de ses accomplissements résidait dans le fait que le rouge à lèvres noir qu'elle portait faisait paraître ses dents plus blanches. Ç'a marché. Elle a esquissé un semblant de sourire et m'a parlé un peu d'elle. Elle ne voulait absolument pas que je la range dans la même catégorie que l'autre Melissa, que, il me faut l'admettre, je venais d'inventer à l'instant.

M'a semblé que Mamzelle Mary-Anne revenait tout juste de St. John où elle était allée voir son chum qui étudie la fuckée de bio-critique-de-patente-à-gosses ou quelque merde du genre à l'université.

— Il est tellement fin.

Oh, bon Dieu! Tu peux aller te rhabiller, mon Jacob. Pla-te-ment. Toutes les mêmes, elles gardent l'œil ouvert juste au cas où elles s'adonneraient à rencontrer le Gros Méchant Loup.

— Je suis justement en route pour aller rencontrer mon demi-frère, Keith. C'est le genre de gars qui est, tu sais, une sorte de génie, mais la ligne est fragile entre le génie et la folie. Ouep! On va passer la crisse de fin de semaine à en brailler un coup. Que le ciel au complet nous vienne en aide... Moi? Je suis écrivain. Je travaille en ce moment à un recueil de poésie. Ça va s'intituler *Contradictions et confessions à la neuvième personne du singulier.* C'est ça l'idée, Mamzelle Mary-Anne... De quoi ça parle? C'est de la crisse de poétrie, ça parle *pas* de grand-chose. Quelle sorte de question niaiseuse que c'est ça? C'est pas comme si le monde allait se garrocher pour acheter ça. Tiens, prends une autre petite gorgée de ça.

Elle en a pris une petite et elle a fait la grimace comme une bonne petite fille de banlieue. Je me suis collé un peu pour lui donner l'impression que j'allais lui faire une confidence et que je me crissais de son chum de St. John.

— En fait, je viens juste de voler *ce* flasque-là. Je l'ai fait. À la régie des alcools à l'aéroport... J'ai fait trois petits pas à l'intérieur et je l'ai *pris*... Je me crisse doublement de qui a pu me voir faire.

Elle m'a regardé comme si j'étais un malade. Je venais de la perdre.

— Ben non, fille, c'est pas vrai... Je l'avais dans le frigo depuis deux mois, je bois pratiquement pas. Juste quand je voyage, par principe. Évident qu'il y a pas grand-chose à faire dans un avion? Lire? Je ne lis pas. Puis j'étais assis juste à côté d'un sourd-muet, retardé en plus. Peux pas dire qu'il avait une grosse jasette. Hein !

Et c'est là que je l'ai vraiment perdue.

— Oh, excuse-moi, j'aurais dû dire « non-entendant ». Crisse, on est-tu rendus assez pointilleux ? Pointilleux. Câlissement susceptibles.

Elle a eu le front de me dire que son petit frère était malentendant et qu'elle préférait que je la laisse tranquille, que je parlais trop. Bon, câlisse-toi de moi d'abord. Pas comme si je lui avais mis un fusil sur le bord de la tempe et que je l'avais forcée à fermer sa crisse de gueule pour que je puisse être le seul à parler. Crisse, si j'avais seulement su que j'étais rien qu'un trou de cul, je l'aurais jamais laissée s'asseoir à côté de moi. Je lui aurais dit de s'en aller. Imagine comment ça peut être insupportable, d'être obligé d'écouter un gars dans mon genre pendant vingt grosses minutes.

— Ça m'a fait plaisir de te rencontrer, MELISSA...

Je me suis rendu complètement dans le fond de l'autobus en rotant, en vacillant, en espérant pouvoir me trouver un siège. Les gens regardaient dehors, les yeux fixés sur l'autoroute, ou alors ils fixaient le plancher ou avaient les yeux plongés dans un magazine, tous résolus à éviter de me regarder dans les yeux. Y en a même qui faisaient semblant de dormir. J'ai remonté l'allée d'un bout à l'autre sans pouvoir trouver un seul siège. Finalement, en m'en retournant vers l'avant de l'autobus, je me suis stationné au Palais de la Fellation. C'est clair que tu peux pas gagner, crisse. Essaye d'être fin, tout ce que tu vas récolter, c'est d'être ignoré. J'ai passé le reste du voyage, une bonne dizaine d'années, pas de doute, à me faire brasser et à manger l'espèce de pâte humide qui avait été, dans une autre vie, un sandwich de flocons de jambon que j'avais mis dans mon sac avant de partir de St. John.

Un silence morne régnait dans l'autobus et je suppose que c'était de ma faute. J'ai jeté un œil en direction de

Mamzelle Mary-Anne. Un beau grand con à l'allure sportive était en train de s'installer à ma place sauf que, *lui*, il allait probablement réussir à sortir avec le soir même. Il a regardé dans ma direction avec un semblant de mépris étampé dans la face. Comme si je devais me compter chanceux qu'il y ait des femmes et des enfants à bord. Envoye, laisse-toi aller, mon petit baiseur à la ronde, que je me suis dit. Une petite chicane, ça fait jamais de tort à personne. Une, de temps en temps, ça fait pas de mal non plus, je suppose. Mais pas de chance.

J'ai calé ce qui me restait *du* flasque pour noyer le sandwich. Le Roi de la Fellation regardait défiler la nuit par la vitre.

J'ai fini par me sentir pas mal petit en plein cœur d'Halifax, mon sac accroché à l'épaule. J'avais presque rien sauf une vieille musique à bouche, mais j'avais jamais appris à en jouer, une copie de *The Favorite Game*, que je *me* promettais de lire, un carnet de notes, un sachet de nourriture pour chat, un sac de café et sept petites bouteilles de rhum blanc. Ça, ce sont les choses que je considérais comme dignes d'être soumises Aux-Forces-Ultimes-de-l'Univers, comme autant de traces de mon existence, et avec lesquelles je voulais partir le moment venu. Ça mis à part, j'avais le linge que j'avais sur le dos et une couple de cigarettes.

Là, dans la ville d'Halifax où je ne connaissais pas un chat, pour l'amour d'une fille que je croyais connaître. Mais tout ça allait changer. Un de ces quatre, par une journée sombre et morne, cette foutue ville allait peut-être finir par savoir comment je m'appelais. Mais j'avais le temps en masse pour ça.

Faut voir que c'est un cliché de dire que la vie est trop courte. C'est la façon de s'en sauver. C'est le dernier recours de tous les épais qui refusent de voir ce qui se passe autour. Tout le monde a déjà entendu dire ça :

— La vie est courte, mon gars. C'est comme ça que je vois ça en tout cas. On est aussi bien d'en profiter pendant que ça passe.

De la marde. Des épais qui parlent pour rien dire. C'est pas une crisse de vision de la vie, ça, c'est un maudit vieux cliché. Ah, si les clichés sont là, c'est parce que ça doit être vrai ? De la marde, ça avec. Les clichés existent parce que... parce que le monde a trop peur de regarder leur vie bien comme il faut. Peur de voir quelque chose qu'ils aimeront pas, peur de pas savoir quoi faire avec ça. Les clichés existent parce qu'il y a trop de trous de cul qui préfèrent prendre des raccourcis plutôt que de s'engager sur la terrifiante voie de la réflexion. Évident que s'ils étaient aussi mauditement intelligents qu'ils le prétendent, ils se mettraient à pondre leurs propres clichés.

Dans le fond, faut voir que la vie, c'est long. La vie, c'est une longue série d'épreuves écœurantes. Si c'était si court que ça, je boirais pas. Je voudrais m'accrocher solide. Je voudrais me souvenir de quelque chose. La vie, c'est long. Essaye pour voir de te souvenir, année après année, de chaque jour, de chaque heure, vécus jusqu'à maintenant. Un été. Noël passé. Les gens que t'as réussi à toucher, ceux que t'as fait souffrir. Rien que des noms et des visages embrouillés. Des gens, partout dans le monde, que tu reverras jamais de ta vie. Toutes ces nuits-là, à faire le fou, à perdre le contrôle à propos de tout, de n'importe quoi. Tous ces instants qui te transforment. Les innombrables pensées perdues, les idées, les projets ou les opinions qui te traversent pendant que tu fais la vaisselle, que tu prends ta douche, que t'es en train de te crosser. Perdus. Partis. La vie, c'est long.

Correct, j'avais jamais mis les pieds en dehors de Terre-Neuve avant. Mais je me suis dit que le monde pouvait pas être *si* gros que ça si je pouvais fumer les mêmes cigarettes que je venais de me rouler quelques heures plus tôt à St. John. J'avais pas peur. C'est vrai que j'ai failli me rendre à Toronto, une couple d'années passées. Quand je courais après Shannon Kelly. Une fille super. J'avais paqueté toutes mes cassettes et tous mes livres, je m'étais roulé un bon paquet de rouleuses, j'avais piqué cinquante piastres dans la sacoche de ma mère, et j'avais demandé à Andy qu'il me laisse sur la transcanadienne. Fuck. Ça m'a juste pris six heures de pouce pour me rendre jusqu'au traversier. Puis quand je suis arrivé, l'*Argentia* venait de partir. Je pouvais voir les sillons d'écume blanche qui revenaient mourir dans les eaux du port. J'imagine que j'aurais dû téléphoner d'avance. Un vieux schnock qui parlait comme s'il avait eu une patate dans la bouche est venu me dire qu'il y aurait pas d'autre traversier avant trois jours. J'aurais passé la nuit, s'il y avait eu un autre traversier le lendemain matin. Mais trois jours ? Fuck la patente. J'avais pas d'autre choix que de retourner chez nous. Ça me faisait pas mal chier. Mais c'est ce soir-là que ça a cliqué avec Natasha à Devil's Kitchen. Elle a essayé de me masturber sous l'eau pendant que son fucké de chum était planté là au bout du quai. Le crisse de destin qui t'attend.

Je me suis mis à regarder autour, puis j'en ai conclu que je me sentais pas aussi perdu que j'aurais cru l'être. La même maudite patente. La vie en ville. Rien à craindre. Puis à part de ça, j'étais pas mal paré pour faire face à la florissante métropole d'Halifax, parce que tout le monde savait que le monde de la place avait pas de culture. C'est sûr qu'ils ont leur petite pêche au homard et qu'ils jouent de la cornemuse, mais ils ont pas de *vraie* culture. Évident que la cornemuse, les Écossais l'ont volée aux Irlandais de toute façon. Tout le monde sait ça. Ce qui implique que la Nouvelle-Écosse est en possession d'un bien de recel lui-même arraché au plus beau coin de

Terre-Neuve qui soit. C'est-à-dire la rive sud. C'est là qu'est la fuckée de filière irlandaise en question, au cas où vous le sauriez pas.

J'ai fouillé dans mes poches pour trouver l'adresse de Natasha. Agricola Street. Puis j'ai pensé que je serais peut-être mieux de téléphoner avant. Il fallait que je me remette d'aplomb. J'étais énervé et je voulais rien gâcher. La dernière chose que je voulais, en voyant Natasha après si longtemps, c'était qu'elle me dise que je m'étais paqueté et que j'avais sauté comme un enragé dans le premier avion du bord. Fallait que je trouve un téléphone. Ou, mieux encore, un club. Il me semble que ça faisait une éternité que j'avais pas pris une bière.

Malgré mon manque de liquidités, j'ai quand même hélé un taxi, vert.

Le chauffeur portait des lunettes pour la vue, teintées foncé, fait que j'arrivais pas à voir ses yeux, j'haïssais ça parce que je sentais bien qu'il essayait de me jauger en regardant dans le rétroviseur. On a-tu idée de porter des lunettes teintées pour conduire en pleine nuit? Il avait pas de dents en avant et tout probable que celles qui lui restaient étaient noires et pourries. On aurait dit qu'il parlait du nez, un nez long et crochu. Il m'a dit qu'il s'appelait Gerard. Je lui ai pas répondu sauf pour lui dire de me déposer au bar le plus proche.

J'ai pas de problème avec ça, qu'un gars se fasse un petit peu de cash, mais quand ça se fait sur mon crisse de dos, j'ai tendance à le prendre personnel. Ça indiquait dix piastres au compteur quand j'ai remarqué la pharmacie que j'avais vue en mettant le pied dans le taxi, sauf que là, elle était sur ma gauche. Il était en train de me faire tourner en rond. Je me suis dit qu'il devait y avoir des centaines de tavernes ou de clubs à Halifax pas plus de cinq minutes à pied les uns des autres. Évident que tout ce qu'ils font ici, c'est boire, tout le monde sait ça. Je dis à Gerard d'arrêter le taxi juste devant une place qui s'appelle le Lion's Den, exactement comme dans la chanson de Wilbury. Je lui ai donné un cinq en insistant pour qu'il garde le change. Il a menacé d'appeler les flics. Je lui ai dit de pas se gêner, que je serais tranquillement en dedans en train de prendre une bière, que j'aimais mieux dormir en prison que dormir dans la rue de toute façon.

Crisse. Le monde peut vraiment être mesquin. J'étais là, moi, un jeune gars qui savait pas comment s'orienter, qui cherchait juste une place pour prendre une bière, et la première chose qui passe par la tête à ce chauffeur de taxi-là, c'est de me fourrer. En même temps, comment pouvait-il savoir qu'il avait fait monter à son bord l'ambassadeur de Terre-Neuve en fonction en Nouvelle-Écosse et que ce dernier serait ravi de rapporter tout traitement inapproprié de sa personne ? Un con d'arnaqueur.

Dépendamment du point de vue où tu te places, le Lion's Den était le genre d'endroit qui aurait tout aussi bien pu être un bar gay, pendant une couple d'heures, ou alors un bar où se ramassent les étudiants le reste du temps. Les marins, les avocats, les putes, du rock classique à la musique classique en passant par la musique contemporaine jusqu'au country. Sombre et enfumé. De temps à autre, une petite montée de voix, une petite volée, des chicanes de famille en public, des petites faveurs en passant parce qu'ils connaissent le propriétaire et qu'ils se montent un bill, des barmans furieux qui crachent dans les verres des clients qui sont juste de passage en attendant que la chance leur sourie. Un petit trou sympathique où se paqueter. Mon genre de place. Bien entendu, ce ne sont là que des observations prises sur le vif parce que, pour une raison ou une autre, ils voulaient pas me servir. J'ai garroché une chaise à terre en sortant. Fuck le Lion's Den d'abord. Trous de cul d'alcooliques. Gang de sauvages.

Quand je suis sorti dans le stationnement, Gerard était encore là, en train d'attendre dans son taxi, à te jaser ça au cellulaire, toi. Il a fait un signe dans ma direction et, en me voyant, il a parti son char. J'imagine que c'était lui, la câlisse de raison pour laquelle le Lion's Den voulait pas me servir. Il devait les avoir appelés. Et il avait probablement appelé les flics avec.

Je me suis précipité vers la rampe d'accès en bois pour handicapés, une rampe brinquebalante installée après le bâtiment qui jouxtait le club. Au bout, un garde-fou qui donnait sur une cour : un saut de dix pieds de haut. J'ai jeté un œil en direction de Gerard. Un autre taxi vert venait de se ranger juste à côté. Fuck. J'ai pris une bonne respiration, j'ai lancé mon sac, je me suis donné un élan et j'ai sauté par-dessus la rampe. J'ai atterri dans la cour voisine et je me suis mis à courir. Pendant que je me faufilais dans la petite ruelle qui bordait la maison, j'ai jeté un œil du côté de la fenêtre du sous-sol, juste assez pour voir un jeune couple en train de se mettre sur un vieux divan. Je me suis arrêté pour me rincer l'œil. Le chum était par-dessus et il était en train de lui en donner toute une. Il avait une tête à écouter du métal des années quatre-vingt, les cheveux qui revolaient partout. Il avait encore ses bottes aux pieds, ses jeans sur le dos, fait que j'en ai déduit qu'ils avaient décidé de s'en taper une petite vite. Mamzelle était étendue là comme si de rien n'était. Là, j'ai commencé à me sentir pervers, je me suis relevé pour partir. Juste comme je venais de faire une couple de pas pour sortir de la ruelle, j'aperçois un taxi vert qui remonte la rue. Impossible de dire si c'était Gerard ou non, mais méchante coïncidence à mon goût.

Ça faisait moins d'une demi-heure que j'étais à Halifax que déjà ma tête était mise à prix. Crisse.

Je me suis accroupi le long de la maison jusqu'à ce que j'entende plus le moteur. Pour passer le temps, je suis retourné jeter un œil par la fenêtre du sous-sol. Mais ils s'étaient dépêchés de fermer les rideaux. J'ai entendu la porte de côté s'ouvrir. Je me suis dit que ça devait être le Métal, fait que j'ai traversé la cour et j'ai sauté par-dessus la clôture qui donnait chez l'autre voisin. Cinq ou six clôtures sautées, l'une après l'autre, direct à travers les chaises longues, les tables de pique-nique, les balançoires de petits. Je me suis barré les pieds dans une tondeuse et je me suis retrouvé en pleine face dans une entrée de béton. Je me suis cogné le genou d'aplomb, mais j'ai même pas eu la chance de sentir la douleur monter parce qu'un chien jappait comme un enragé et, là, derrière moi, les lumières se sont allumées dans toutes les cours. J'ai continué à courir sans savoir où je m'en allais, je courais, c'est tout.

Je me suis calmé et j'ai repris mon souffle seulement quand j'ai eu l'impression que c'était safe. Je me suis mis à marcher, l'œil aux aguets pour les flics et les taxis. S'il y a une chose que j'ai apprise quand j'étais jeune, c'est bien de repérer un char de flic juste par les phares. Dans le doute, je tenais pour acquis que c'était un flic et je me garrochais dans le fossé de toute façon.

C'était fou furieux. Je titubais en remontant les ruelles, en traversant les parterres. Remonte North Street, tourne à droite dans Gottagen ou Gattigan, peu importe crisse comment ça s'appelle. Rendu dans Young, toutes les villes anglophones ont une hostie de rue qui s'appelle Young Street. Puis dans Charles Street, dans West, de retour dans North Street, encore une fois à gauche dans Robie et remonte Quinpool Road. Fuck. Belle gang d'inspirés qui ont dû se casser la tête en masse pour baptiser les rues. En fin de compte, après tout ce niaisage-là, toujours pas d'Agricola Street en vue.

C'est là que j'ai réalisé que j'étais un plein de marde de penser qu'il suffisait de vouloir pour me retrouver chez Natasha. Dans une ville étrangère, crisse, avec le peu que j'avais dans les poches. Pas de place pour dormir et je doutais de pouvoir, avec l'allure que j'avais, être le bienvenu *où que ce soit*. C'était beau à voir.

Natasha me fermerait pas la porte au nez, par exemple. Non. Elle savait peut-être déjà que j'étais en ville ou, tout du moins, sur le point d'arriver. Andy l'avait probablement avertie. C'est son genre. Mais, à bien y penser, Agricola pouvait être n'importe où dans le crisse de bled. Tash pouvait aussi bien être dans le lit de quelque étalon, les poignets attachés à la tête du lit. En train de se payer du bon temps. Évidemment, cette possibilité-là m'a enragé et je me suis mis à hurler en me crissant des flics, des taxis ou de qui que ce soit d'autre.

— Natasha! Natasha! Naataashaa! Écoutez-moi ben, le monde d'Halifax! Vous êtes juste une gang de voleurs, des hosties de picouilles d'Écossais dont personne veut! C'est ça, allez-y, continuez de vous reproduire entre vous autres!

Une couple d'autres minutes à délirer et à me traîner à gauche à droite avant de me retrouver, découragé, sur un banc de parc de misère.

La ville d'Halifax, un vendredi soir.

Saoul mort.

Ma dernière allumette.

Je sors une petite bouteille de rhum et attends, c'est pas tout... je me sens submergé par une tragique sensation d'impuissance parce que la petite bouteille me glisse des mains et éclate sur l'asphalte à mes pieds. Beau à voir, assis là, en dessous d'un vieux lampadaire, sous l'éclairage orangé, avec mon sac et mon attitude pourrie. Je me suis étendu sur le banc et j'ai fermé les yeux une seconde.

Est-ce que c'était trop demandé, un peu d'honnêteté? C'est tout ce que je demandais. Elle aurait pu l'être au téléphone. C'était pas nécessaire d'aller jusque-là. Je pourrais être chez nous, dans mon lit ou au centre-ville, en train de boire et de jouer une game de pool au Hatchet. Un vendredi soir à St. John, dans mes affaires et tout ça.

Je me suis mis à penser.

J'ai décidé une couple d'affaires.

Quand je finirais par passer au travers de ce niaisage-là, j'allais m'organiser pour que ça change. J'allais me trouver une place où ceux qui allaient venir faire leur tour se sentiraient obligés d'essuyer leurs bottes avant d'entrer plutôt que de les garder aux pieds par peur de se les faire voler. J'allais m'organiser pour avoir une vie sexuelle rangée, pas compliquée, presque satisfaisante, en faisant attention pour choisir les bons films de cul et en changeant les draps régulièrement. Je m'achèterais une nouvelle brosse à dents, une belle électrique là.

— La serviette mouillée, là, ben elle va pas sur le plancher de la chambre !

— C'est-tu à mon tour de faire la vaisselle ?

J'irais promener le chien, un vrai chien à quatre pattes, et je m'écraserais dans le salon pour écouter le marathon d'émissions comiques du mercredi. Je serais toujours en train d'essayer d'arrêter de fumer. Et si jamais quelqu'un ouvrait mon frigo, il trouverait de la mayonnaise légère, du pain de grains entiers, quelques sortes d'hosties de fromages boucanés et de l'eau minérale, l'eau française qui fait des bulles dans la bouteille verte. Évident que quelqu'un me complimenterait pour les rideaux qui iraient avec le tapis qui, lui, irait tellement bien avec les napperons assortis.

Je boirais pas non plus.

— Est-ce que je peux t'offrir un café ? Désolé, tout ce que j'ai, c'est du décaf.

Écoute ça, je vais prendre la chance de plonger dans le vide, de faire face à l'inconnu. Ça peut pas être pire que le vide et que tout ce que j'ai vécu.

Quelqu'un était en train de me donner des coups de coude, de me pousser d'une manière pas mal agressive. Du fin fond poreux de mon cerveau, je pouvais entendre :

— Hey! Bonhomme? Réveille! Envoye, tu peux pas dormir ici.

J'ai dû m'assoupir. Sur l'hostie de banc de parc de cul. Dans la ville d'Halifax. Un vendredi soir. Le cou tellement raide que j'avais l'impression qu'il allait casser. La tête qui voulait me fendre. Dans les limbes. Flottant entre les deux, la houle de l'alcool et l'ossification légère. J'ai voulu prendre une allumette pour m'allumer une cigarette et, là, ça m'est revenu d'un coup. Fuck. J'ai ouvert les yeux pour apercevoir une espèce de déguenillée, genre qui traîne la nuit pour téter le monde. Jupe usée en denim, collant noir, bottes de cowboy rouges avec des coutures blanches, blouse bedaine noire et un coat en cuir blanc avec des franges. Je me suis dit qu'il devait y avoir une Sally Ann cachée quelque part en dessous de ça. Elle était là, debout dans ma face, frisant la cinquantaine à deux jours près. Elle avait une bière dans les mains. Ça regardait pas si mal.

— Pourquoi, fuck, tu dis que je peux pas dormir ici? C'est-tu *ton* câlisse de banc ou quoi?

La Miss Sally Ann m'a informé avec fierté que c'était son spot pour travailler, ce qui confirmait mon intuition. Comme si la façon dont elle était atriquée parlait pas tout seul. Je l'ai reluquée bien comme il faut, je lui ai demandé du feu et je me suis informé de ses prix.

— Vingt pour une pipe, cinquante pour une passe. Je perds pas de temps avec le crossage, si tu veux le savoir.

J'ai sorti une petite bouteille de Bacardi et je lui ai refilé un vingt, j'aurais aimé mieux que ce soit un cinquante, mais bon. Avec ce que j'avais dû payer pour la navette à partir de l'aéroport, il me restait à peu près sept piastres en change.

Bâtards de voleurs. Sans compter le magouilleux de chauffeur de taxi. Maudite chance que je sois un gars plutôt flexible.

La Miss Sally Ann m'a traîné jusque derrière un cabanon de l'autre côté du parc. Il y avait des balançoires et un carrousel tout déconcrissé sur notre gauche. Quand elle s'est baissée, devant moi, ses genoux ont craqué. Elle a déposé sa bière par terre et elle a glissé sa main, froide, sous mon coat. Elle s'est mise à me fouiller. Ça m'a quasiment insulté, puis je me suis dit que même si sa job l'amenait à vivre des instants de glamour et de gaieté, elle comportait sa part de risques. J'ai levé les bras vers le ciel.

— Je suis clean, fille. Tu peux me fouiller tant que tu veux. Ils ont *con*-fisqué mon briquet à l'aéroport, fait que je peux même pas te flamber les cheveux. Non, sérieux. Je dis ça pour rire. Je ferais même pas de mal à une mouche.

Elle s'est mise à l'ouvrage. Je pouvais pas m'empêcher de me demander ce qui était passé dans cette bouche-là juste avant. Fuck. Je me suis accoté la tête sur le mur du cabanon et j'ai attendu que quelque chose se passe. Attendu. Mais rien. Quelque chose marchait pas. Comme si j'avais la queue tout engourdie ou comme si elle voulait pas se réveiller. Sally Ann a pas lâché, par exemple, parce que c'était sa job et que j'étais un client et qu'elle savait que j'en voulais pour mon argent. Ce que je voulais d'ailleurs, compte tenu que j'étais déjà pas mal cassé. Mais quelque chose ne fonctionnait vraiment pas. Elle se faisait aller, envoye par là, aller-retour, à serrer et à sucer, mais ça réagissait pas.

À peu près dix minutes plus tard, j'ai commencé à me sentir coupable et je lui ai dit d'arrêter. Je sais pas pourquoi je me sentais coupable de ça, par exemple, vu qu'elle venait juste de me prendre mon dernier vingt piastres pour même pas vingt minutes d'ouvrage. Ça, ça fait un peu plus de soixante piastres de l'heure, pour l'amour du Crisse. Y a des gars qui font pas ça sur les câlisses de bateaux de pêche.

— Laisse faire ça, fille. Laisse faire. Ça donne rien. Je suis sur la brosse depuis mercredi dernier. Je sais pas ce qui se passe, ça m'est jamais arrivé avant... Ouin, une fois ou deux, je suppose. Mais juste quand j'avais bu.

J'ai remonté mes culottes. Elle m'a tendu la main comme pour me demander plus d'argent. J'étais sur le point de l'envoyer chier quand je me suis rendu compte qu'elle voulait juste que je l'aide à se mettre debout. En se relevant, elle a marmonné quelque chose, elle voulait savoir d'où je venais. Quand je lui ai dit que je venais de Terre-Neuve, elle était aux anges et elle voulait absolument que j'aille chez elle pour rencontrer son homme. J'ai trouvé ça cinglé comme invitation, compte tenu qu'elle venait juste de me sucer la queue. Mais elle m'a dit que c'était correct, que son homme l'encourageait même à gagner sa vie de cette façon-là. Elle avait seulement à lui donner soixante pour cent de ce qu'elle se faisait pour payer son loyer et ses petites folies. En fait, il était le seul gars à qui elle permettait de *la* pénétrer sans condom. Bon, ça, c'était supposé le sécuriser et lui offrir une garantie quant à la situation actuelle avant même que je passe la porte. Mais moi, c'était quoi, ma garantie?

Elle m'a offert le restant de sa bière. Je l'ai calé et j'ai fait éclater la bouteille vide sur le carrousel. Elle a ri et elle a passé son bras autour de ma taille. Quand on a traversé le parc, en chancelant, je savais plus trop si c'était elle qui m'aidait à marcher ou si elle se tenait après moi pour pas tomber. On a entendu pétarader un char quelque part dans la ville, le moteur en arrachait, il demandait juste à étouffer.

On a marché un petit bout. Elle a juré sur la tête de sa défunte mère que ça allait bien, que tout était super avec son homme. Pas d'inquiétude à avoir. Je me sentais encore pas mal nul et je me confondais en excuses pour mon... absence de performance. J'ai essayé de trouver des raisons pour expliquer ça, mais ça avait pas l'air de l'intéresser. J'imagine qu'elle avait déjà entendu tout ça. Puis, comme ça, sans raison, elle s'est arrêtée, elle a mis ses mains sur mes deux joues et m'a regardé droit dans les yeux.

— T'es jeune puis tu penses que tu sais tout ce qu'il y a à savoir, mais t'as encore rien vu. Tout ce qui va t'arriver est déjà prévu d'avance, inscrit au cœur des étoiles. Tu peux juste t'organiser pour suivre le chemin qui est le tien. Mais il faut que tu prennes le temps d'en profiter parce que la vie est trop courte et on a juste une vie à vivre.

— De la marde. La vie, c'est...

— La vie, ça passe comme un pet, mon homme! Je sais de quoi je parle. Tu lèves les yeux de la route une fraction de seconde, tu jettes un œil dans le rétroviseur pour te rendre compte que tu viens de laisser quarante-cinq ans en arrière de toi. Passées. Je le sais ben trop.

Sally Ann s'est allumé une cigarette et elle a secoué la tête. Elle a plongé son regard dans le noir de la nuit, s'est abandonnée à la tristesse, les larmes aux yeux. Pour la première fois depuis longtemps, j'ai pensé à Glenda Devereux. Je me suis dit que Glenda devait bien être rendue à trente-trois, trente-quatre ans maintenant. Je l'avais plus revue depuis qu'elle avait quitté Cove. Debout sur les marches du perron avec sa vie paquetée dans des boîtes. J'ai entendu dire par quelqu'un qu'elle était gérante d'un club quelque part à Torbay. Je suppose que tu sais jamais d'une minute à l'autre où tu vas te ramasser dans le monde. La vie, c'est câlissement long.

~

Moi et Sally Ann, on a remonté l'allée en trébuchant jusqu'à la porte d'en avant d'une petite maison de banlieue qui avait pas mal besoin d'une cure de rajeunissement et d'un bon coup de pinceau. C'est là que j'ai rencontré Renny.

Renny avec ses petits sneak-bottines à langue pendante. Ses grosses chaînes en or aux poignets et au cou. La coupe Longueuil : cheveux coupés court sur le dessus, longs et couettés en arrière. Des barreaux de prison un peu flous, tatoués en vert. Une moustache à la Pat Garret, des yeux comme des billes renfoncées, des yeux de requin. Le monde entier en devait une à Renny. Sans doute jamais assez longtemps sorti de prison pour s'installer nulle part. Aller-retour entre les maisons de transition, les maisons de chambres, les asiles de fous et la prison. Il s'allume une cigarette dans une section non-fumeur et il se fait coller six mois pour bris de conditions. Il sera jamais capable de sortir du système et c'est juste une question de temps avant qu'il assassine quelqu'un. Un candidat pour la prison à vie.

C'est l'odeur humide et épicée de la base dont on se sert pour la coke qui m'a frappé en pleine face. J'avais rien perdu du fait que je venais de me faire sucer par la madame du monsieur. Je me suis stationné au bout de la table, mais il m'a à peine remarqué. Sally Ann lui a dit d'où je venais et que je cherchais Agricola Street pour aller retrouver ma blonde. Il a marmonné quelque chose à propos de Terre-Neuve, mais il a pas réussi à ramasser ses idées assez pour faire une phrase complète. Notre beau Renny m'avait tout l'air d'être une sorte de bombe à retardement. Sur le compte à rebours. J'ai sorti une couple de petites Bacardi et, l'espace d'un instant, ses yeux se sont allumés pour s'éteindre aussi vite, aspirés dans les tréfonds de ses limbes illicites. Tic tac tic tac. Il a ramassé une des petites bouteilles et il a essayé de lire l'étiquette. Incapable de déchiffrer les inscriptions sur la bouteille, il l'a ouverte et l'a calée comme si c'était de l'eau. Il l'a fait claquer sur la table, devant moi, en m'invitant à suivre son exemple. Psycho-mental ou non, il était pas question qu'il me fasse rouler en dessous de la table, par exemple, et certainement pas avec ma propre boisson. J'ai calé la mienne moi aussi sauf que, pour pas avoir l'air de le relancer, j'ai déposé ma bouteille un peu plus délicatement. J'ai fait mon possible pour que ça paraisse pas que j'avais l'estomac en feu. Solide comme le roc, notre Keith national. Renny m'a fixé pendant un bon bout de temps, mais je pense pas qu'il me *voyait* réellement. J'ai jeté un coup d'œil autour pour voir où se trouvait Sally Ann. Elle était partie. Renny s'est mis à se balancer, les yeux dans le fond de leur trou, fixés sur moi, sans vie. Le fixe. La haine. Le teint pâteux, blanc os. Une coulée de bave dans la barbe et, soudain, c'est devenu extrêmement difficile pour lui de garder la tête droite. Renny s'apprêtait à me quitter. Je l'ai regardé fixement à mon tour, je me sentais plus solide dû au fait qu'il était pas mal perdu et j'ai calé une autre Bacardi. Avant même que la boisson n'atteigne mon estomac, Renny a vacillé, il a glissé de sa chaise et s'est effondré sur le plancher de la cuisine. Sans vie. Pas mort, je veux dire, mais presque.

Je lui ai piqué une de ses cigarettes.

Le frigo qui s'arrêtait, qui repartait.

Renny qui ronflait.

La chance collée au cul.

La première chose que je sais, Sally Ann s'est pointée dans un beau petit ensemble moulant, les mamelons sortis par des trous faits exprès dans le tissu. Je me suis levé sans que ça me dérange le moins du monde, probablement parce que, rendu là, plus grand-chose me dérangeait, et je lui ai suggéré de s'occuper de son mari ou de son pimp ou de peu importe comment elle appelait le sac à merde étendu sur le plancher.

Je suis allé faire un tour aux toilettes.

Il y avait pas de lumière dans le passage pour se rendre à l'autre bout où je pensais trouver les toilettes. J'étais étourdi à mort et j'avais juste envie de vomir. La porte au fond du couloir donnait sur une chambre à débarras. Sans meuble, mais parfaitement ordonnée, mur à mur, des boîtes, des paquets, sans doute des cartons de cigarettes, des caisses de boisson et de bières. Un moment de sobriété pour notre Keith national. Ça m'est tombé dessus comme une révélation que la maison de Renny avait des bonnes chances d'être sous surveillance et que, par le fait même, je l'étais sans doute aussi. La place était probablement sur écoute. Autant d'alcool et de cigarettes, ça allait sans doute chercher dans les deux ans de prison. Le corps du Christ, amen. J'ai fermé la lumière puis je suis sorti.

En train de pisser dans la salle de bain, j'avais le sentiment que quelque chose allait pas. Quelque chose qui allait de travers. Perdu comme j'étais, ça m'a pris un moment avant de réaliser que ma pisse tombait pas pantoute dans les toilettes. En fait, j'étais en train de pisser dans le condom que Sally Ann, la Reine du Moulant, m'avait, à mon insu, enfilé avant qu'on fasse ce qu'on avait à faire dans le parc. Fuck. Je l'ai serré du haut pour pas que ça déborde, je l'ai retiré et je l'ai envoyé promener dans le bain au travers d'un millier de vieux mégots et de coquerelles. De la pisse chaude qui me coulait entre les cuisses. J'étais câlissement choqué. On se demande plus pourquoi j'étais pas capable de bander. Évident, enveloppé de même dans le caoutchouc. As-tu déjà entendu parler de quelqu'un qui enfilerait un condom avant de se faire sucer? En particulier quelqu'un qui paye pour se faire sucer? Une première dans mon cas.

J'entendais Sally Ann, dans la cuisine, en train de massacrer le refrain de l'*Ode à Terre-Neuve*. Méchant asile de fous. Il fallait que je sorte de là en crisse. Vite à part de ça. Avant de me faire descendre. Mais pas avant d'en avoir eu pour mon argent.

J'ai jeté un coup d'œil en direction de l'entrée. Personne en vue. Je me suis glissé hors de la salle de bain et j'ai traversé le corridor jusqu'à la chambre à contrebande. J'ai laissé la porte entrouverte un peu pour pouvoir voir quelque chose. Je voulais pas allumer la lumière au cas où Sally Ann viendrait vérifier dans le corridor. Et qu'est-ce que je me suis adonné à trouver en ouvrant la caisse ? De l'hostie de Jim Beam. Je sais même pas si j'ai déjà bu plus qu'une gorgée de cette écœuranterie-là dans ma vie et, là, j'en étais à ma deuxième bouteille dans la même nuit. Je me suis dirigé vers une autre boîte marqué Players sur le côté. Elle était pas scellée. C'était plein de flocons de styromousse. J'ai fouillé ici et là, mais j'ai pas trouvé de cigarettes. Là, ma main a touché quelque chose de lourd et de froid, dans le fond, dans un coin. En l'empoignant, j'ai tout de suite su ce que c'était. J'avais jamais vu un revolver avant, j'en avais encore moins tenu un entre mes doigts. Pas dans la vraie vie. J'avais aucune idée de la marque ou du calibre ou de rien de ce que les gros machos connaissent par cœur. Tout ce que je savais, c'est que je voulais l'avoir dans mes poches. Et c'est là qu'il a atterri. Cinquante piastres dans mes poches quand je retournerais chez nous. Mais là, je me suis mis à paniquer parce que si le revolver traînait là, c'est que quelqu'un l'avait de toute évidence oublié là ou, pire, se rappelait plus qu'il l'avait mis là. D'une façon comme d'une autre, c'était mieux de supposer qu'il devait y avoir d'autres revolvers dans la place. Et Renny était justement le genre qui pouvait décider de me tirer dessus. Il fallait que je bouge vite. Très vite. J'ai ouvert une autre boîte et j'ai pris une pleine poignée de gratteux. Je les ai fourrés dans ma poche d'en arrière. J'ai fini par trouver les cigarettes. Un carton de Players légères. Pas ma sorte, mais ça allait faire l'affaire pareil.

Dans d'autres circonstances, si par exemple j'avais mis la main sur ça dans une cabane dans le fond du bois quelque part, je me compterais comme le plus chanceux des hommes. Mais les genoux me claquaient et j'avais de la sueur qui me coulait à flots dans le dos. J'ai mis la bouteille et les cigarettes dans mon sac à dos. Comme j'étais en train de tirer sur les cordons pour le refermer, je me suis retourné pour voir Sally Ann qui se tenait dans le cadre de porte. Qui me regardait. D'un petit air pincé. Pris. J'ai bredouillé n'importe quoi, ce qui me venait, mais elle m'a juste fait signe de disparaître en me disant de pas me gêner pour me servir. Je doute fort que ça incluait le revolver, par exemple, elle savait peut-être même pas qu'il était là. J'ai fait mine de passer. Fallait que je me retrouve le plus loin possible de cette maison-là, que je prenne mes jambes à mon cou, dans la mesure où mes jambes pouvaient tenir le coup. Mais elle voulait pas me laisser passer. Elle m'a mis la main sur la poche en me disant que Renny était parti pour la nuit et que, peut-être, ça lui tenterait de me faire une passe gratis. La totale. Elle a collé ses mamelons sur mon torse. Pour la première fois, j'ai remarqué l'odeur festive de transpiration qui émanait de son corps. J'ai frissonné juste en pensant à l'état dans lequel son lit devait être. Leur lit à tous les deux, elle et Renny. Fuck. Je pouvais pas me vanter d'être le monsieur Net de Terre-Neuve, surtout avec la pisse qui était en train de sécher dans mes jambes de pantalon, mais j'avais mes limites ou, à tout le moins, mes préférences. Pas question d'aller me rouler dans ses draps maintenant ou plus tard. Je l'ai tassée et je me suis enligné direct sur la porte d'en avant. Elle a commencé à chialer et à me supplier de rester. Apparemment, j'avais aucune idée de ce que j'allais manquer. Elle m'a dit que jamais de ma vie je revivrais une nuit comme celle qu'elle me réservait. Je pouvais pas être plus d'accord. Elle m'a traité d'ingrat, de stupide, de fou ; finalement, une fois rendu dehors, dans l'allée de devant, je l'entends qui crie :

— Renny ! Renny ! Grouille-toi le cul. Il vient de voler une caisse de boisson. RENNY.

Mais Renny s'est pas traîné jusqu'à la porte vêtu d'une camisole crottée en agitant un fusil. J'étais quasiment certain que Renny était parti pour la nuit. Mais, histoire de pas prendre de chance, je me suis mis à courir jusqu'à ce que je tombe mort de fatigue.

Parti pour me promener sans but une fois de plus. À tourner en rond comme une toupie qui en peut plus de tourner. Remonter et descendre les mêmes rues jusqu'à ce que tout ça ne soit plus qu'un désastreux mélange de clôtures, de panneaux indicateurs, de feux de circulation, de stationnements. Sur le bord de m'effondrer, je hèle un taxi. Un taxi vert. Je venais d'ouvrir la portière et de mettre un pied dans l'auto quand je réalise que c'était le taxi de Gerard le magouilleur. Il m'a grimacé ça, Gerard, une belle grosse grimace pas de dents.

J'ai claqué la portière et je suis parti dans le sens contraire de la route, dans la direction opposée à la sienne. La route était pas mal étroite, fait que j'ai pensé que ça serait difficile pour lui de virer son gros char de bord. Il faudrait au moins qu'il trouve le moyen de se reculer dans une entrée, j'avais juste à courir tant que je l'entendrais pas manœuvrer puis là, j'essayerais de me planquer pour lui échapper. Peut-être qu'il faudrait que je lui mette une balle dans la tête si ça allait trop loin. Mais j'ai rien entendu. Il était pas après moi. Je me suis arrêté pour regarder. Il s'était stationné dans le tournant et une couple de vieux étaient en train de monter dans le char. J'imagine que sa soirée était faite et qu'il avait décidé que ça valait pas la peine.

Une affaire par exemple : Gerard, le Metal et Sally Ann venaient de me faire faire plus d'exercice en une soirée que j'en avais fait pendant toutes les dernières années.

Je me suis écrasé dans une boîte téléphonique. Quand j'ai ramassé le maudit récepteur, y avait pas de tonalité. Il manquait une couple de pitons aussi. Pour l'amour du câlisse. J'ai passé au travers du bottin pour trouver une carte de la ville. Évident qu'elle était juste là au dos du couvert. J'ai arraché la carte et j'ai remonté la rue pour tenter de voir où j'étais. Je me suis rendu jusqu'au coin, les deux pancartes indiquaient que les rues Robie et Young se croisaient, à partir de là, j'avais juste à virer de bord pour remonter jusqu'à Agricola. Pas surpris de constater que j'étais à deux coins de rue tout ce crisse de temps-là. Quand j'ai tourné pour la prendre, je me suis rendu compte que j'étais déjà passé ici une ou deux fois déjà. J'ai regardé les numéros de porte des maisons et j'ai finalement trouvé la place où reste Natasha.

C'est drôle, mais j'avais pas imaginé que la maison devant moi était pour être jaune défraîchi. Une de ces nombreuses maisons en rangée. Les maisons sont comme ça aussi au centre-ville de St. John. Tout le monde tassé les uns sur les autres. Du monde de chaque bord. Pas de cour. Le gars d'à côté fume une cigarette au lit puis c'est toute la rue jusqu'au coin qui passe au feu. Des trous à rats. Des trous où s'enterrer. L'affaire, c'est que chaque fois que je parlais avec Natasha, j'imaginais qu'elle vivait dans un endroit spacieux, lumineux, style maison victorienne avec un immense parterre et un jardin, totalement intime, des arbres et des fontaines de bronze qui pissent l'eau tout le tour. La belle vie.

J'ai fait un saut jusqu'à la porte d'en avant. Vraiment plein de bonnes intentions. Vraiment. Je me suis donné le plus possible un air de sobriété et j'ai frappé un bon coup sur le bord de la porte moustiquaire. J'ai attendu un petit moment. Pas un bruit dans la maison. Il était déjà tard et Natasha dormait probablement, fait que j'ai frappé un peu plus fort. Des bruits de pas. La lumière s'est allumée dans l'entrée, la porte ouverte de quelques pouces jusqu'à ce qu'elle soit arrêtée par une chaîne. Comme dans les films. C'était Gertie. Merde. Je l'avais oubliée, celle-là. C'est une vieille amie de la mère de

Natasha. Pas parentes, mais Natasha l'a toujours appelée *ma tante Gertie*. Je pense qu'elle a déjà resté à St. John, mais qu'elle a déménagé à Halifax, plusieurs années passées, pour travailler avec les enfants défavorisés ou quelque patente du genre. Elle a reçu un trophée pour une cause humanitaire de quelque sorte, ça fait un bout de temps de ça, et ils en avaient parlé aux nouvelles par chez nous. Alors, elle s'est offerte à prendre Natasha chez elle pour rendre service à la famille, ce qui veut dire que Natasha n'a pas à payer quoi que ce soit, pas de compte, pas de dépenses vraiment, sauf ses interurbains. Bien que je doute que ce *compte-là* en particulier soit très élevé, puisque la raison pour laquelle je me retrouve sur les marches de l'entrée, c'est précisément parce qu'elle se donnait pas la peine de prendre le câlisse de téléphone une fois de temps en temps pour m'appeler.

Gertie est en jaquette. À moitié endormie.

— Salut. Mon nom est Keith. Est-ce que Natasha est là ?

Gertie et son tic nerveux.

— Keith ? Le Keith de Natasha ? Comment t'as fait pour t'en venir ici ? Il est deux heures du matin.

— Regardez, je suis désolé de vous déranger, mais j'ai vraiment besoin de la voir. Je suis pas débile ou quoi que ce soit. Ç'a vraiment été une très longue journée.

— Ouais, elle n'est pas ici en ce moment. Elle ne sera pas de retour avant demain matin. Elle a décidé de passer la nuit chez des amis. Tu peux pas rester ici...

Chez des amis ? Chez *un* câlisse d'ami ? Je le savais. J'avais le cœur qui me débattait juste à penser que Natasha était avec un hostie d'artisse de ti-gars à môman de la Nouvelle-Écosse. En train de fumer au lit, de regarder la télé en pleine nuit, toute nue. Fraîchement sautée. Pendant que moi, j'étais là, à moitié mort sur les marches de son perron. Après avoir passé au travers d'un paquet de merde. Toute la route depuis St. John juste pour pouvoir l'avoir devant moi. Et où est-elle ?

Partie s'envoyer en l'air avec un con de théâtreux à marde qui se pogne le cul.

— Ah bon... qu'est-ce que vous entendez exactement par *ami* ? Ami de cœur ou quoi? Connaissez-vous l'adresse? J'ai vraiment besoin de la voir.

Elle le savait, mais elle le dirait pas. Vieille ourse mal léchée.

— Non, et je sais pas comment la joindre non plus. Reviens demain, dans la journée.

C'est au moins ça, je suis invité à repasser. Elle est venue pour fermer la porte, mais elle a attendu juste assez longtemps pour me voir tomber par en arrière, en bas des marches, et me frapper la tête un bon coup sur le trottoir. Elle s'est étiré le nez. Je pouvais voir l'empathie maternelle lui monter aux yeux. Je suppose qu'elle me voyait comme un de ses hosties de jeunes défavorisés avec lesquels elle travaillait. Assez pour te faire vomir le corps. Évident que j'attendais rien d'elle. J'aurais aimé mieux coucher dans une soue à cochons plutôt que de me canter dans maison chez eux.

— Si Natasha appelle, je vais lui dire que t'es en ville.

Elle a refermé la porte et l'a barrée.

Bon, regarde ça comme tu veux, écartillé sur un trottoir d'Halifax, pas une cenne dans tes poches, pas de place pour dormir. Un misérable sans abri. Je suis quoi, moi, une sorte de lépreux? en train de se quêter une place pour rester? Imagine.

J'ai fait la rue d'un bout à l'autre pour essayer de trouver une place pas trop pire où je pourrais m'étendre. Une place discrète. Je me suis finalement écrasé dans une ruelle pas loin de chez Gertie. J'ai regardé deux chats en train de se mettre. Le vieux matou qui se faisait aller était tout noir sauf pour ses deux pattes d'en arrière, qui étaient blanches. Ça m'a fait repenser à Métal en train de baiser sa Miss avec ses bottes dans les pieds. Je me suis senti tout seul. Partout sur la Terre, du monde collé, des amants, des maîtresses dans le lit, sur le divan, et le pauvre petit Keith avait pas personne parce qu'il était trop fucké pour s'accrocher à quelqu'un. Fuck. Les chats ont fini ça par un hurlement et ils se sont secoués avant de prendre chacun leur bord. C'est comme ça que ça devrait être, l'amour. Pas de niaisage. Une fois les chats partis, je me suis senti *vraiment* tout seul.

Recroquevillé dans une ruelle de merde.

À Halifax.

Christ agonisant.

Ça devait être ça, l'amour. Il y a certainement pas de logique là-dedans. L'amour est la plus illogique de toutes les forces qui ont cours sur la surface de la Terre. L'amour est une belle menterie inventée par quelqu'un, il y a de cela très très longtemps, et tout le monde continue de tomber dans le panneau. Je suis tombé dedans. Mais, pour moi, Natasha en valait vraiment la peine. Ouin. J'ai essayé de me convaincre que je tirais mes conclusions un peu trop vite. Peut-être qu'elle était vraiment chez des amis. Ou une amie. Natasha. Amour. On pourrait me retrouver sans vie dans cette ruelle de merde et Gertie s'en voudrait à mort pour ses idées toutes faites. Et Natasha aurait à vivre avec un sentiment de culpabilité jusqu'à la fin de ses jours. Ça ferait peut-être même les journaux. *Un Terre-Neuvien en quête d'amour trouve la mort.*

Je les entends d'ici, les vieux radoteux de Cove, chez nous.

— Jésus-Christ, elle aurait au moins pu laisser le jeune dormir sur son divan. Elle aurait au moins pu lui donner une vieille couverte ou quelque chose. Mort de froid, même pas à vingt pieds de chez elle. Imagine, les genoux repliés sur le thorax, ça leur a quasiment pris les pinces de désincarcération pour le déplier avant de le renvoyer chez eux. Imagine sa pauvre mère. Dieu ait son âme. Je me souviens du beau petit texte qu'il avait écrit quand il était en huitième année. Je sais pas pourquoi il a viré de même. Ça doit être la drogue et la boisson, ça peut pas être juste de sa faute. Évident qu'aussitôt que ces cochonneries-là prennent le dessus, t'es pas mieux que mort, peu importe où tu mets les pieds. Une pauvre âme égarée. Je sais pas où le monde s'en va.

Ça, c'est la cassette d'apitoiement sur moi-même qui jouait dans ma tête, pendant que je tétais la bouteille de Jim Beam que je commençais à apprécier, vu les circonstances. Keith, que je me suis dit, y a-tu quelqu'un qui t'a cassé un bras à soir ? La sécurité à l'aéroport ? Et je l'avoue, comment est-ce que je peux blâmer Gertie ? J'aurais été le premier à pas vouloir laisser rentrer quelqu'un dans mon genre, crisse, à deux heures du matin. Je dois être beau à voir, une semaine complète sur la boisson sans me laver et sans me raser. Je pourrais être dans mon lit à l'heure qu'il est, collé contre le chat, à lire un livre et à fumer une cigarette. De la bière pour déjeuner.

Une tête à claques qui s'arrête à l'entrée de la ruelle et qui reste là sans rien dire à me regarder, il porte des gros sneak-bottines blancs, c'est la seule chose que je suis capable de voir comme il faut. Des sneak-bottines blancs ? Pour l'amour du câlisse, c'est la folie ici à Halifax. Et il y en a qui disent que les Terre-Neuviens sont toujours en retard sur la mode. Une voiture passe au bout de la rue, et ça me donne la chance de voir que la tête à claques porte une barbe de crotté. J'ai le cœur qui me remonte dans la gorge. C'est-tu Renny ? Crisse. Ça se pourrait. Il m'a suivi pour assouvir sa soif de violence. Parfaitement conscient que ma queue s'est retrouvée dans la gueule de sa femme. Mais j'étais son client ! Ma main se pose sur la crosse du revolver. Le revolver de Renny. Mon revolver. J'ai un revolver dans la main. Je suis sur le point de le sortir de ma poche de coat et de le viser avec, quand la tête à claques fait un pas sous l'éclairage. C'est pas Renny, c'est juste un de ces pauvres saoulons maganés qui se cherche une place où s'écraser. Je laisse faire le revolver et je me lève pour lui faire face. C'est ma ruelle.

— J'ai-tu pris quelque chose qui t'appartenait, bonhomme ? Ben, qu'est-ce que tu regardes de même d'abord ?

Tête à claques marmonne, vire de bord et s'en retourne dans la rue en titubant. Une crisse de bonne décision. Je me laisse tomber contre le mur et je glisse tout du long jusqu'à terre.

Je suppose qu'on s'attendrait à ce que ce soit ici que je lève les pieds ? Défait, le cœur brisé. Fuck l'affaire. Ça va prendre plus que du temps froid pour venir à bout de Keith Kavanagh. La façon dont je vois ça, c'est que, tant qu'à lever les pieds, tu es aussi bien de ruer dans les brancards, de ruer d'aplomb, de ruer câlissement fort. De tout faire revoler en morceaux avec tes grosses bottes à cap d'acier et d'envoyer chier le reste du monde. Faut pas penser que je vais cuver mon vin et me laisser enfler de partout comme un vieux saoulon de sans-abri. J'ai déjà été parti à deux cents milles au large pendant deux semaines. À pêcher des pétoncles, mordu par les grands froids au-dessous de zéro, ballotté par des vents fous furieux, gracieuseté du diable en personne. Attaché par la cheville, perdu dans un vieil accoutrement de flottaison, paré pour tirer des vieilles trappes en pleine noirceur. Fouetté par des vagues monstrueuses qui balaient le pont de bord en bord, à rien faire d'autre que d'attendre. Attendre de voir si le bateau va couler au fond. Complètement et ultimement à la merci de l'Atlantique Nord qui, lui, est sans merci. Attachés les uns aux autres, par groupes de trois ou quatre, au cas où on passerait par-dessus bord, ce qui ferait en sorte que personne aurait besoin de venir nous chercher. On aurait juste à attraper la corde pour se hisser à bord. Si le bateau avait coulé, j'aurais coulé avec sans avoir laissé une crisse de trace qui aurait valu la peine qu'on se souvienne de moi. Et en supposant que mon corps aurait refait surface, on l'aurait retrouvé couvert d'un ciré jaune visqueux et huileux et, là, on aurait dit :

— Ouin. Il devait travailler pour *Black Diamond.*

Transi jusqu'aux os et gelé, épuisé et résolu à mourir. Ma vie entière aurait eu aucun sens, une vie vécue pour finir là. Une demi-douzaine de vieux pêcheurs, des hommes solides qui ont passé leur vie sur l'eau, en train de marmotter un rosaire. Et je doute que le rosaire ait fait une crisse de différence, mais on s'en est sortis. On s'en est sortis. Je suis revenu chez nous, je me suis saoulé et je me suis fait tatouer, j'ai flaubé jusqu'à ma dernière cenne. Fait que, la façon dont je vois ça, c'est que si j'y suis pas resté cette fois-là, je devrais être capable de passer au travers d'une nuit froide à Halifax.

Ça brasse pas mal dans la rue. Une gang de pas-de-tête complètement saouls en train de se tirailler en passant devant la ruelle. Ça annonce le trouble. Mais je suis bien trop dans le noir pour qu'ils puissent m'apercevoir. Je les entends qui hurlent en montant sur le trottoir. Bonne idée, espèce d'enfants de chienne.

Je me blottis dans un coin qui sent le sur, je bois encore un peu de whisky et puis je m'endors en frissonnant.

Je me réveille plusieurs fois pendant la nuit, perdu et amer, Natasha qui me traverse l'esprit. Je glisse et reglisse dans le rêve que j'ai fait à propos de la grotte. Je donnerais tout ce que j'ai pour pouvoir me retrouver accroupi, là, dans la grotte. Pour faire face à ce qu'il y a là, dans la grotte.

Aux petites heures, je me vomis le corps. Mes culottes sont trempées en dedans, j'ai le cul et les pieds tout engourdis. Ça me prend quelques minutes pour réaliser où je suis. Doux Jésus aux mains nues. Qu'est-ce que j'ai fait là ? L'horreur et la paranoïa s'emparent de moi, ça finit par me donner mal au cœur de moi-même et, inévitablement, à me faire haïr le monde entier. Lécheux de culs. Juliet Carey. Pour l'amour du ciel. Renny. Hostie de crosseur. Gertie.

Je me lève pour pisser, je m'étire et je me tape une bonne grosse gorgée de monsieur Jim. Ça me claire les idées. Du fond de la ruelle, je peux voir la maison de Gertie. C'est juste une question de temps avant que je voie Natasha. Je m'installe confortablement avec ma bouteille. J'ai plus d'allumettes, fait que je demande du feu à toutes les deux personnes qui passent dans la rue. Je dois être beau à voir. Un groupe de jeunes se mettent à rire de moi comme si j'étais un vieux bum de quelque sorte. Ce que je suis probablement aussi. Après une heure de ce jeu-là, je m'organise pour échanger un paquet de Players contre un beau briquet Bic noir. Ma couleur préférée. Super. Fuck le monde au grand complet. Ça bouge pas encore chez Natasha, fait que je saute sur place et je bois.

Là, je me rappelle que j'ai des gratteux et je les sors, tout excité. Non. Non. Non. Des cerises ! Des citrons ! Non. Non. Non. Je passe au travers du paquet au grand complet et tout ce que je réussis à gagner, c'est un billet gratuit et un cinq piastres. C'est justement pour ça que je joue jamais, je gagne jamais rien. Même si je sais que c'est stupide et que ça sert à rien d'essayer d'échanger mes billets quelque part, j'arrive pas à me décider à les jeter. Au moins, ça m'a aidé à passer le temps. Comme le whisky. Assez rapidement, je me retrouve saoul, encore.

Ça commence à être froid, fait que je m'en retourne dans le fin fond de la ruelle et je m'assois à l'abri du vent. Je sors une vieille boîte de carton du conteneur et je l'installe par terre pour m'asseoir dessus pour empêcher que le cul m'engourdisse. Je continue à boire jusqu'à ce que j'aie la tête trop lourde et, là, je décide de me canter un peu pour passer le temps. Mais avant, je refais un tour du côté du conteneur pour trouver une autre boîte dans laquelle je m'enveloppe pour bloquer le froid. Avec mon sac à dos paqueté dur qui me sert d'oreiller, puis je m'endors. D'aplomb, ce coup-là.

Je rêve que Natasha est penchée sur moi. Ses cheveux me chatouillent la face et ça faisait longtemps que j'avais pas senti quelque chose qui sent bon de même. C'est la même Natasha. Celle avec qui je suis tombé en amour. La blonde aux cheveux pas peignés et qui porte des bottes d'armée. Pas la Natasha qui porte des jeans de designer et des souliers nouvel-âge en faux cuir achetés dans une câlisse de boutique dans George Street. Elle caresse mon visage, elle sourit et répète mon nom.

— Keith. KEITH. Lève-toi, viargénie !

Je me réveille en sursaut pour me rendre compte qu'elle est vraiment là, devant moi. J'essaie de me lever et je m'enfarge dans les boîtes de carton dans lesquelles je m'étais enroulé. Quand je m'écrase à terre, l'odeur doucereuse du vomi de boisson tout le tour me remonte au nez et je me retrouve à me vider, à me vider encore, à m'étouffer, jusqu'à ce que je sois plus capable. Plus capable de vomir autre chose que du liquide. Ça me brûle la gorge, ça me remonte dans le nez et j'ai les yeux qui piquent et qui se mettent à pleurer. J'arrive plus à respirer comme du monde.

Je sens ses mains dans mes cheveux et j'ai juste le goût de lui crier après. Je voudrais lui murmurer ça dans l'oreille et je voudrais tout lui dire, ou pas avoir à lui dire quoi que ce soit, ou dire exactement ce qu'il faudrait que je lui dise parce que je voulais pas me saouler et je suis pas saoul, je suis juste malade parce que je m'ennuie d'elle et je l'aime encore, tellement, en hostie, elle est ma tout-petite et je suis passé au travers de tout ça juste pour avoir la chance de la voir et s'il vous plaît, s'il vous plaît, force-moi pas à tout redire ça encore une fois. *S'il vous plaît, reviens-t'en chez nous.*

Mais, en cette jolie petite matinée, monsieur Jim Beam avait autre chose derrière la tête en ce qui a trait à ce qui devait me sortir de la gueule.

— Maudite face de conne. Je suis quasiment mort de froid la nuit passée pendant que toi, t'étais...

Quelqu'un d'autre avec elle.

Qui lui tient la main.

Et il a une langue.

— Écoute, Keith. Je te laisserai pas parler de même à Natasha. Surveille ton langage.

Surveille ton langage. Bon, c'est quoi l'hostie de patente? J'essuie le vomi que j'ai sur le bord de la bouche et j'essaie de me lever. Des mains tendues pour m'aider, mais je recule. J'appuie ma main sur le mur pour retrouver mon équilibre et, grâce à ça, je réussis à me maintenir à moitié droit. Ils se tiennent pas la main. Ils le faisaient pourtant. Je les ai vus.

— Allô, mon beau Petit Chaperon rouge. T'as pas l'air contente de me voir. C'est qui ton ami?

Je fais comme si j'allais foncer sur le gars, mais j'ai tellement pas d'équilibre qu'il se rend même pas compte que c'est ce que j'étais en train de faire. Je trébuche, je tombe et je me cogne la tête sur l'autre mur, mais ça m'empêche pas de me relever. Je suis debout. Et je suis sobre.

— T'es dans mon hostie de chambre à coucher, au cas où tu le saurais pas. Le sais-tu, ma câlisse de queue de rocker?

Je vais lui trancher son hostie de gorge. Je vais lui fourrer mes doigts dans le nez jusque dans le fond de la tête et lui cogner la tête après le mur de béton jusqu'à ce qu'il se chie dessus.

Un pas de plus dans sa direction et je m'enfarge dans mes propres bottes. Fuck. Natasha me rattrape pour pas que je tombe et je la laisse faire. Sa main, pour vrai, sur mon bras.

— Veux-tu me dire ce qui se passe, Keith? T'as foutu une moyenne frousse à ma tante Gert. Elle veut pas que tu reviennes à la maison parce qu'elle a peur de toi. Elle a vu que tu t'installais ici la nuit passée. J'ai quasiment pensé que je te retrouverais mort. J'avais peur de venir toute seule ici. Ça, c'est Mitch. Un ami. Là, t'es dans marde. T'es-tu regardé, viargénie?

Viargénie. Et elle, c'est à croire qu'elle est au-dessus de tout ça?

— Tu le tenais par la main, Tash. Un ami câlissement intime, non? Me prends-tu pour un épais?

— Je le tenais pas par la main. Tu vois ce qui fait ton affaire. Tellement centré sur toi-même que tu te dépêches de me voir comme une salope ou n'importe quoi d'autre juste parce que ça se passe pas comme tu voudrais que ça se passe. Je suis pas sorti avec personne ici. J'ai pas arrêté de me chercher de l'ouvrage.

Elle baise avec. Je sens ça jusque dans le fond de mes os.

— Gertie m'a dit que t'avais passé la nuit chez eux, hier.

— Elle a rien dit de ce genre-là, mens pas. Je suis restée à coucher chez Jenny. Tu te souviens de Jenny? Si tu prenais une minute de ton temps pour écouter ce que les autres ont à dire, tu serais peut-être pas dans l'état dans lequel tu te trouves en ce moment. Tu penses pas?

Ça avait quasiment du sens, une partie de moi voulait y croire juste pour pas que ça vire en chicane, mais j'arrivais pas à avaler ça. En tout cas, pas tout de suite. Si ça sent mauvais, pourquoi tu la laisserais te passer ça entre les dents? Une fois entre les dents, si ça goûte de travers, pourquoi, crisse, t'avalerais ça? Je connais la fille. Est capable de faire sa câlisse de cute quand elle veut pas que rien paraisse.

— Là, Natasha, c'est ça qui est ça. Je suis peut-être sur un lendemain de brosse, mais je suis pas encore mort. Peut-être que ça ferait ton affaire que je sois mort, mais ça, c'est une autre affaire. Rien d'apeurant là-dedans. C'est juste moi. Je veux pas faire de mal à personne. Je veux juste qu'on parle, c'est tout.

Je fixe monsieur Michou, mais il détourne les yeux. Il est pas tellement bâti, crisse. Il a l'air un peu nerveux, mais, en même temps, je peux pas le blâmer. Lui aussi, il a mis ses jeans neufs. Et il pourrait se retrouver le crâne fendu en deux. Là, je viens de me rappeler que j'ai un revolver. Je glisse la main dans ma poche juste pour sentir la crosse. Si je le sortais et si je lui mettais en pleine face, il chierait dans ses culottes, Natasha aussi chierait dans ses culottes et là, ni l'un ni l'autre, on serait capable d'oublier ça jusqu'à la fin de nos jours. Là, je regarde Natasha, ses cheveux qui lèvent au vent et je sais que, d'une façon, elle est encore et toujours la même fille que j'ai connue. Depuis le début. Évident que je serais pas capable de la blesser, pas comme ça en tout cas. Ça, c'est sans penser à la tonne de papiers qu'il faudrait remplir si je tirais un hostie coup de revolver.

— Mitch, qu'est-ce que tu dirais de te mêler de tes affaires et de crisser ton camp d'ici ?

Il fait un pas dans ma direction et je le vois qui serre le poing. Son poing droit. Celui qui va me revoler dans face. Je me tiens prêt à me battre. Natasha se met entre nous deux et elle le force à reculer.

— Faites des hommes de vous autres, les gars. Bon Dieu. Écoute, Mitch, laisse-nous donc tout seuls une minute.

Il regarde Natasha avec l'air de vouloir dire *je-m'inquiète-pour-ta-sécurité*. Elle le reconduit jusqu'au bout de la ruelle et lui dit qu'elle va aller le rejoindre plus tard. En hostie qu'elle va y aller, oui. Je hausse les épaules et je lui fais un petit sourire. Il arrête pas de nous regarder, l'un après l'autre, puis, en boudant, il remonte la rue et disparaît. Évident que j'avais pas besoin d'un revolver pour mettre sa bâtard de jolie petite face de tapette au sol.

Bon. On en est là. En fin de compte. Face à face dans une ruelle crasseuse de la ville d'Halifax. C'est là qu'on est rendus. J'avais cette idée un peu folle qui me flottait entre les deux oreilles, l'idée que ce serait fantastique, quelque chose que jamais personne aurait osé faire par amour pour elle. Franchir un millier de milles juste pour lui voir la face, il me semble que ça, c'est de l'amour. Mais non. Rien à voir. C'est le Grand Méchant Loup qui est sur ses traces. Je suppose qu'Andy avait raison quand il disait qu'il y avait rien de romantique là-dedans. Tout ce qu'il pense a beau être de la marde, il a quand même une tête sur les épaules.

— Keith, juste avant que tu te lances, je veux pas en entendre parler. J'ai assez d'argent pour que tu puisses prendre l'autobus de midi pour North Sydney, puis le traversier qui va te ramener. Même si c'est pas énorme, je t'en donne un peu plus pour la bouffe et j'espère qu'il te reste des cigarettes. J'imagine que je me trompe pas en pensant que t'es cassé comme un clou.

— T'as pas besoin de partir en grande, c'est seulement moi.

— Keith...

— Tash, est-ce que tu couches avec? Dis-moi la vérité.

— Je viens de te dire, Keith, que je veux pas en entendre parler. Je veux pas entendre parler de tes histoires de névrosé, pas plus que je veux que tu me racontes comment t'as pratiquement crevé de froid. Là, t'es là. T'as eu ce que tu voulais. Correct? Tu voulais te faire remarquer, c'est fait. Là, même s'il faut que je t'assomme pour te faire embarquer de force, t'embarques dans cet autobus-là!

Je pars à rire et je prends une grosse gorgée de Jim Beam. Elle m'arrache la bouteille des mains, m'arrache quasiment les dents de la gueule avec. La bouteille revole sur le mur, mais elle casse pas. Le peu qui reste dans le fond coule entre les craques de béton. Tragique. Je la ramasse et je finis ce qui reste, je le fais surtout parce que je suis enragé et que je la trouve barbare. Une fois la bouteille finie, je la fais éclater. J'aime ça quand ça vire au drame.

— T'es là à lui tenir la main, à te promener avec dans la rue comme si tu le connaissais depuis toujours. C'est ça que j'ai vu. Et c'est avec lui que t'étais, la dernière fois que tu m'as téléphoné.

Elle essaie de répondre, mais je la laisse pas faire. Je me suis pas rendu jusqu'ici pour pas dire ce que j'ai à dire.

— Je suis à moitié assommé, Tash. J'aimerais ça penser que je suis juste en train de paranoïer, que tout ça est seulement entre mes deux oreilles, que je suis juste pas capable d'être rationnel. Pour ce qui est de l'autre moitié, c'est l'instinct. Et mon instinct m'a jamais trompé. Faut que je suive mon instinct. Ah, j'oubliais, ça c'est de la merde, puis ça t'intéresse pas. Je suis juste un trouble de plus. J'imagine que tout ce que j'ai réussi à faire, c'est de te gâcher ta journée.

Elle me fout l'argent dans les mains et elle me bâille ça en pleine face.

— Keith, écoute-moi une minute...

— Non, je t'écouterai pas! Je viens de coucher dans de l'hostie de merde et je vais finir par dire ce que j'ai à dire. Tu mens comme tu respires, de toute façon... Je me suis fait sucer par une pute la nuit passée.

Elle sourit et hoche la tête comme si elle se disait que j'invente ça pour lui faire de la peine. Comme si elle me connaissait. Elle me connaît crissement pas.

— Je l'ai fait, Natasha. La meilleure pipe que j'ai jamais eue. Sauf si on compte ta jolie cousine Margaret.

Elle baisse la tête et quand elle la relève, elle a cette expression impassible sur le visage. Je suppose que j'aurais pas dû ajouter la dernière partie.

— Je suis désolé, Tash. C'est juste que ça me fait chier...

Elle sort une enveloppe de la poche intérieure de son coat.

— Ça, Keith, c'est mon ticket de retour. Je l'ai acheté la semaine passée. J'étais pour revenir mardi soir prochain. As-tu seulement idée à quel point c'était difficile pour moi de pas te le dire ? Toi à me brailler ça dans les oreilles comme un enfant. À m'accuser de te jouer dans le dos. À menacer de t'ouvrir les veines. Je sais pas à quoi je pensais pour vouloir retourner chez nous. J'haïs ça ici et je m'ennuie de toi. Je te répète ça depuis le premier jour ici. Le théâtre, c'est plate, et sortir ici, c'est pas mieux. Mais là, je suis en train de me dire que je suis probablement mieux ici que mal prise dans un petit taudis crasseux avec toi. Fait que là, on s'en va au terminus et tu vas prendre l'autobus pour t'en retourner chez nous.

— Tash... Écoute. Tout ce que je voulais, c'était te voir, fille. Je peux pas endurer que tu sois pas là. Pour moi, y a plus rien qui a du sens. C'est de la merde quand t'es pas là. Je serais prêt à tout virer à l'envers, prêt à mourir pour toi, tu le sais, ça.

— Tu serais prêt à tout virer à l'envers et à mourir pour le chat, Keith. C'est quand la dernière fois que t'as passé une journée complète sans boire une bière, sans fumer un joint, sans prendre une pilule ?

— Je suis désolé, Tash. Quand je bois, c'est juste plus facile de passer au travers. Mes nuits sont câlissement vides depuis que t'es partie.

— Est-ce que ça a besoin d'être *câlissement* vide ? Es-tu capable de dire une phrase complète sans sacrer ? Tu sais, si je pensais pendant une minute que tu serais capable d'arrêter de boire, qu'on pourrait s'organiser pour avoir une sorte de futur devant nous autres, je serais là l'instant de le dire. J'y penserais même pas deux fois.

— Correct. Correct. Je vais arrêter...

— Ouin. Certain. Je l'ai déjà entendue celle-là...

— Écoute, je suis venu jusqu'ici seulement parce que je voulais te voir. Ça veut rien dire, ça ? Je t'aime, fille. Pour moi, y a rien de plus important au monde. Pas l'alcool ni les câlisses... désolé, pas l'alcool ni les défonces. Rien. Et si je pensais que je pouvais te prendre au sérieux, que tu reviendrais avec moi chez nous si j'arrêtais de boire, je toucherais plus jamais à une goutte de toute ma vie. Je t'aime, Tasha chérie. Je t'aime vraiment. Viens que je te prenne dans...

Je m'approche, mais elle recule et jette un œil en direction du bout de la ruelle.

— T'as pas d'allure, Keith, le sais-tu au moins?

Elle a dit ça tout en douceur et j'ai enfin la chance de voir un peu de la fille que j'étais venu retrouver. Du revers de la main, je lui caresse la joue et je me penche pour pouvoir sentir l'odeur de ses cheveux. Finalement, elle cède et me laisse tomber dans ses bras.

Ici, dans une allée de merde, à deux pas d'Agricola Street, la voici en ce moment même dans mes bras. Le nez dans ses cheveux, j'ai jamais rien senti d'aussi bon.

Je me mets à brailler puis, après un bout, elle commence à pleurer elle avec, et l'écho de nos pleurs rebondit sur les toits. Et j'arrive pas à me souvenir de m'être jamais senti plus léger que ça. Moi et elle, on en a vu des pires. Évident que le reste, c'est de la marde.

— Comme ça, tu baises pas avec lui?

— Keith! Pour l'amour du ciel.

— Désolé. Je suis désolé. Je voulais juste être certain.

Mitch nous donne un lift jusqu'au terminus d'autobus dans un quatre-par-quatre flambant neuf. Ça doit être celui de sa môman. Je me sens tellement hypocrite. Je veux rien qui vienne de ce con-là. C'est Natasha qui a insisté. Elle s'est assise sur le banc d'en arrière avec moi et j'ai posé ma tête sur ses cuisses. On roule en silence. Mitch se sert du rétroviseur pour garder un œil sur nous autres, je le sens. Une fois arrivés, elle sort de l'auto avec moi. Faut que je me dépêche d'aller acheter mon ticket parce que l'embarquement pour North Sydney est déjà en cours. On se laisse en se faisant un millier de promesses et en s'échangeant au moins un millier de *je t'aime*. Elle a vraiment l'air d'avoir aussi hâte que moi au mardi suivant. Je la serre très fort dans mes bras et, une fois qu'elle a le dos tourné, je fais un doigt d'honneur à Mitch. Con. Je me promets de me reprendre avec lui, un de ces quatre, dans le fin fond d'une ruelle.

Il y a une section fumeur dans l'autobus, ce qui est étonnant et tout aussi réjouissant, fait que je me gêne pas pour fumer tout le long de l'interminable traversée des forêts de la Nouvelle-Écosse. À titre d'ambassadeur de Terre-Neuve en fonction, je déclare que la Nouvelle-Écosse est probablement l'endroit le plus prospère pour les éleveurs de moutons pour autant qu'ils parviennent à assurer la garde de leurs moutons par vidéo-caméras. Mais, farce à part, je suis bien décidé à tout faire pour me prendre en main. Je suis mort de peur juste à l'idée d'arrêter de boire, mais je me dis que j'ai ce qui faut pour passer au travers. Je suis écœuré de tout ça. Me réveiller le matin et plus me rappeler où j'étais la nuit d'avant ou ce que j'ai dit ou fait, à qui, jamais une cenne dans mes poches, toujours avec l'impression que j'ai attrapé quelque chose. Faut que je me donne la chance d'essayer.

Je suis toujours pas convaincu qu'il y avait pas quelque chose entre Natasha et l'hostie de Mitch. Malgré tout, pendant que je suis en train de glisser doucement vers le sommeil, je sens comme une sorte de chaleur... une légèreté de cœur pour le monde en général. Ça va bien aller.

~

Cinq heures plus tard, quand vient le temps d'embarquer à bord du traversier, à North Sidney, je me sens pas mal poqué, pas mal fatigué. Il me reste à peu près quinze piastres sur l'argent que Natasha m'a donné et je m'enligne direct sur le bar. Je pense prendre une bière mais, à la dernière minute, je commande un bon gros pichet d'eau glacée. Je sens l'eau partout dans mon corps, j'ai l'impression que ça me nettoie, que ça me guérit. Un cave du nom de Evan Roberts est en train de jouer la plus newfie de toutes les musiques que j'ai jamais entendues. C'est à cause de ces niaiseries-là que le mot *newfie* existe encore. Le folklore terre-neuvien a sa place, c'est pas un problème, mais c'est la façon dont ce niaiseux-là en joue qui fait que ç'a juste l'air d'une grosse farce. Genre, hey tout le monde, regardez ça, je peux à peine gratter ma guitare, je peux pas chanter ben ben plus, mais d'la marde, je m'installe sur le stage pour la nuit juste pour vous prouver que j'ai pas une once de bon sens. Et, bien entendu, tout le monde l'adore. C'est une câlisse de vedette. Fuck. Le monde entier vient faire son tour à Terre-Neuve et ça, c'est le genre de merde qu'on leur sert comme avant-goût de la culture et de la tradition. Ça devrait être interdit par la loi.

Je regarde le barman qui est en train de sortir un pauvre bâtard en dehors du bar. Tout le monde lui crie après, tout le monde rit de lui. C'est triste. Je peux pas croire que c'est comme ça que j'étais. Jamais plus.

Je sors de là pour me rendre sur le pont. Au moins une demi-douzaine de fumeurs accotés là sur le garde-fou. Je me trouve un petit coin à moi, loin d'eux autres, je me penche au-dessus de la garde puis je me remplis les poumons d'air, du bon air pur, salé. La seule chose qu'on peut voir, c'est le sillage du traversier qui, par la seule puissance de son gouvernail, se taille un chemin à travers les eaux glacées. Après ça, tout ce que je peux voir, c'est la noirceur, la noirceur de la nuit. Un trou solitaire au cœur du monde et c'est là que je suis, en plein cœur de ce trou. Au moins, la Nouvelle-Écosse s'éloigne de plus en plus. Mais l'idée de me rapprocher de chez nous m'excite pas davantage. Je m'en retourne vers quoi ? Qu'est-ce qui va se passer si je recommence à boire, si moi et Tash, ça recommence à être l'enfer ?

Je sors le revolver du fond de mon sac, là où je l'avais caché pendant que j'étais à bord de l'autobus. Je suppose que la meilleure chose en ce qui concerne les traversiers et les autobus, c'est que tout le monde se fout de savoir qui tu es ou ce que tu transportes dans tes bagages ou quoi que ce soit d'autre. Pas d'hostie de détecteur de métal.

Dans le noir, le revolver pointé comme si je visais avec. Faut qu'il y ait une raison, quelque chose derrière la petite excursion que je viens de faire. Dis-moi pas que la seule raison pour laquelle j'ai fait le voyage jusqu'à Halifax, je l'ai là dans le creux de ma main. Et si tout ça était écrit d'avance, dans les étoiles, comme disait Sally Ann, alors c'est quoi le gros message que je suis supposé voir là-dedans ? Et pour quelle raison ça aurait été écrit d'avance ? Elle est où, la leçon qui m'était destinée ? Et pourquoi est-ce que je me sens si vidé, comme si... je venais de frapper mon propre point final ? Où est-ce que je vais trouver le courage de passer au travers de tout ce qui s'en vient, dans les jours, les semaines, les années à venir ? Il y en a peut-être même pas de jours, de semaines et d'années à venir. Imagine ça, *moi* en train de me prendre en main, d'arrêter de boire. Moi. Keith Kavanagh.

Je me mets l'œil vis-à-vis le canon du revolver. Je pourrais me faire éclater la cervelle, ça revolerait un peu partout sur le pont, ici et maintenant. En fait, je pourrais me pointer l'hostie de revolver sur la tempe et me forcer à sauter par-dessus bord. Me tirer avant de tomber dans l'eau. Personne me retrouverait jamais. Et ça m'éviterait de mourir noyé. Ça m'éviterait de me taper le sentiment de grande paix qui prend le dessus supposément quand tu te noies. Évident que la grande paix sert plus à grand-chose quand t'es sur le point de mourir. Bof... j'ai pas le courage de le faire de toute façon. Je laisse retomber ma tête et j'essaie de brailler, mais y a rien qui vient. Je dois être beau à voir.

Fuck! Fuck. Je laisse tomber le revolver le long du bateau dans les tourbillons d'eau qui se forment au passage du traversier. J'arrive pas à le voir frapper l'eau, je le perds de vue avant. Le grondement des moteurs a enterré le son, je l'ai pas entendu frapper l'eau. Je suis même pas capable de dire si c'est la meilleure ou la pire chose que j'ai jamais faite. J'aurais pu me faire un peu de fric avec ce revolver-là. Mais je suppose qu'il faut que je me compte chanceux d'avoir tué personne. J'ai peut-être même sauvé une couple de vies en l'arrachant des mains d'un gars aussi louche que Renny. Le geste lui-même, l'idée elle-même me donnent un petit peu d'espoir quant à ce qui m'attend. Faut que je me donne une chance d'essayer. Faut que j'y arrive cette fois-là. Que j'arrive à changer tout ça.

Je suis transi et j'ai froid, j'en profite pour retourner du côté du pont des passagers et là, je me trouve une petite place pour m'écraser dans une rangée de bancs, juste à côté d'un grand bonhomme assis là avec son chien-guide. J'ai faim, mais je sais aussi que je serai pas capable de rien avaler pendant un bout de temps. J'ai couru après, faut croire. Je fouille dans le fond de mon sac à dos pour trouver la dernière petite bouteille de rhum que j'ai prise dans l'avion. Il me semble qu'il s'est écoulé dix ans depuis que j'ai passé le détecteur de métal à l'aéroport de St. John. Je replace le rhum dans le fond du sac, j'installe mon sac pour qu'il me serve encore une fois d'oreiller et j'essaie de dormir un peu. Mais mon cerveau prend le dessus. Vire d'un bord, vire de l'autre, comme si ça pouvait m'aider à me débarrasser de la merde qui se brasse entre mes deux oreilles. Peu importe comment j'essaie de m'installer, je me retrouve toujours au même point. Les larmes me montent aux yeux.

Fuck. Faut me voir l'allure. Parti en fou parce que j'étais sûr que ma blonde me jouait dans le dos. Sûr de mon coup, parti en croisade pour la retrouver, puis je m'arrête en chemin pour fourrer ma queue dans la gueule d'une pute. Entre-temps, la blonde est en train de s'organiser pour me faire la surprise et revenir à la maison parce qu'elle s'ennuie trop et parce qu'elle m'aime. J'ai-tu assez l'air fou d'essayer de faire pitié? de m'attendre à ce que le monde entier compatisse? Je dois être un des pires hypocrites que la Terre a pas porté. Mais en même temps, j'étais là. Mes hosties d'yeux direct dans les siens, je sais ce que j'ai vu. Elle a couché avec. Je le sens jusque dans le fond de mes tripes. Mais qu'est-ce que ça changerait maintenant? Je sais ce qui s'est vraiment passé. Je l'ai vu, de mes yeux vu. Et elle revient chez nous de toute façon. Je veux juste que les affaires s'arrangent. Et pour ce qui est de Sally Ann, j'imagine que je peux toujours me dire que c'est plate, mais bon, j'étais saoul et que ça voulait rien dire ou n'importe quelle autre niaiserie du genre. Mais je le ferai pas. Je le sais que ce serait hypocrite de ma part, va juste falloir que je vive avec, parce que ça, ça fait partie de la nature de l'ancien Keith.

Le lendemain matin, en sortant du traversier, après une nuit d'enfer à me débattre avec mes démons, je ramasse quelques petits cups de crème à café. Pour me calmer l'estomac.

La meilleure chose que je peux faire pour rester en vie, c'est de remonter jusqu'à l'autoroute qui mène à Port-aux-Basques, de fumer pour me calmer les nerfs, de chanter et de faire du pouce. On dirait qu'une bonne centaine de gros tracteurs avec leurs charrettes s'étaient donné le mot pour passer tout droit, je viens de comprendre le message et je me mets à marcher. Après un bon deux milles, j'arrive en face d'un panneau qui indique :

« St. John : 931 km »

Juste à lire le panneau, j'ai le cœur qui éclate en morceaux. Comme si la réalité venait de me revoler comme une claque en pleine face. Je recommence à faire du pouce, mais j'imagine que je dois encore avoir l'air d'un nazi. Avant même de m'en rendre compte, je suis là en train de crier, de danser, de maudire Dieu, de faire des deals avec.

— S'il vous plaît, mon Dieu, donne-moi au moins une chance de me rendre jusqu'à une station de gaz. Je vais m'organiser pour changer. Je vais me ramasser. Je vais arrêter de boire. Pour vrai. Fais juste que je retourne chez nous. S'il vous plaît, mon Dieu ?

Je prends la dernière petite bouteille de rhum et, après l'avoir regardée bien comme il faut, je la garroche de l'autre bord du fossé, jusque dans le bois.

— Je boirai plus jamais, mon Dieu. Fais juste que je me rende à St. John.

Un char passe sans s'arrêter et, là, je recommence à sacrer après.

— Ben va te faire fourrer d'abord, maudit bâtard. Tu vas voir que je vais en marcher un coup avant de revenir te demander de l'aide !

Je retourne même un bon demi-mille sur mes pas pour voir si je pourrais pas retrouver la petite bouteille de rhum. Je la vois nulle part. C'est aussi bien de même. Je me mets à rire, mais c'est pas un bon rire. Plus ou moins un rire de désespéré.

Une fois, Joey Smallwood a traversé Terre-Neuve au grand complet à pied. Pour organiser le syndicat des bûcherons ou quelque patente du genre. Bon, si l'hostie de vendu d'échalote purulente à barniques a pu le faire, l'hostie de Keith

Kavanagh devrait bien être capable de le faire aussi. Au moins, moi, j'ai le cœur à bonne place. Je me remets à marcher.

Après environ une heure de marche, durant laquelle j'ai le cerveau qui me gigote comme un yo-yo sur l'acide, il y a finalement quelqu'un qui décide d'arrêter. Une van noire. Fuck. Je faisais même pas de pouce. Depuis le temps que je fais du pouce, je me suis toujours méfié des vans noires. Ah puis, fuck. J'ouvre toute grande la porte du côté passager et j'embarque.

Et qui est-ce que je m'adonne-tu pas à trouver au volant? Bobby O'Neill! Ça fait longtemps qu'on s'est pas vus puis toute l'affaire. Il dit qu'il m'avait remarqué sur le traversier, mais qu'il était pas trop sûr si c'était moi ou pas. Il me semble que j'ai pas changé tant que ça. Faut dire que ç'a été une dure semaine. Bobby s'est fait du muscle à force de travailler pour les compagnies de transport du Nouveau-Brunswick. Il s'en retournait chez eux pour assister aux funérailles de son grand-père. Ça mis à part, il avait l'air de bonne humeur et assez en forme. Mais la conversation est pénible et un peu étrange et je sais au fond que j'en aurais plus à dire à un parfait étranger. Je peux voir qu'il se meurt de me poser mille et une questions, comme d'où est-ce que je sors et pourquoi j'ai l'air d'un gars qui vient de se faire frapper par un camion de vidanges. Après les échanges d'usage et un petit retour en arrière, histoire de se rappeler des câlisses d'affaires, on glisse dans un silence monotone et tranquille. Je suis pas près d'oublier que je lui ai volé Natasha une couple d'années passées, direct en dessous du nez. Il avait pas l'air de m'en vouloir, par exemple, et j'imagine qu'il m'en voudrait pas pantoute si je lui racontais à quoi j'ai *réellement* consacré mon temps ces jours derniers. C'est drôle quand même comment deux gars peuvent venir du même petit coin de merde sur la carte géographique, être élevés pas mal de la même façon pour finir par prendre des directions totalement opposées. Même affaire avec Andy. Juste à penser à Andy O'Toole, hostie de diplômé en psychologie. Docteur O'Toole.

Fuck.

Je sens mes yeux qui se ferment tranquillement, le ronron du moteur qui dissipe peu à peu mes pensées. Bobby me donne une petite poussée pour me dire que si je suis trop fatigué, je peux aller m'allonger sur une des banquettes en arrière pour dormir. Je suis fatigué et j'ai le goût de faire ça. Totalement. Il me passe un joint pour que je tire une pof avant que je m'en aille en arrière. D'habitude, je fume pas trop parce que ça me fait faire de l'angoisse. Mais qu'est-ce que j'ai à perdre ? Je tire une petite pof et je passe derrière. J'ai le cerveau qui tombe à zéro aussitôt que je me glisse dans le gros sac de couchage de Bobby. Dieu merci. J'ai plus entendu un son ou senti quoi que ce soit bouger après qu'on s'est arrêtés prendre du gaz un peu passé Corner Brook. La première affaire que je sais, on entre à Stockwoods, St. John. Bobby me débarque juste comme ça, sans cérémonie, un clin d'œil en passant, comme s'il était certain de me revoir le lendemain. Il disparaît dans la ville. Ça me va. Je suis à deux minutes de marche de l'appartement. Ça, c'est un lift qui valait la peine.

Le chat a l'air content de me voir, du moins pendant un petit moment, jusqu'à ce qu'il se trouve une boule de papier qui traîne sur le plancher. Son plat est plein. Andy m'a laissé une note me demandant de l'appeler une fois rentré chez nous. Chez nous. L'appartement est dans un bel état. J'ai quasiment peur d'enlever mes bottes. Là, tout ce que je veux, c'est dormir. Tant que je vivrai, je veux plus jamais revoir la lumière du jour. Cinq bouteilles de bière froide dans le frigo. J'en vide quatre dans l'évier. J'arrive pas à me décider à domper la cinquième. Il reste une demi-livre de baloney. Durci, graisseux tout le tour, mais je noie ça avec de la moutarde et je l'engloutis.

Même si j'ai dormi pas loin de huit heures, le temps de traverser l'île, même si j'avais dormi un peu avant sur le traversier, je me suis jamais senti aussi épuisé de toute ma vie. Je monte le chauffage, je barre les portes, je débranche le téléphone, j'éteins toutes les lumières et je me couche. Le loyer va être dû dans une semaine. Ici, je suis chez nous. Le chat a mangé. Keith vient de partir pour le pays des Rêves.

Le lendemain, je passe la journée à nettoyer, à me frotter autant qu'à frotter l'appartement, et à dormir aussi. J'arrête pas de trembler. J'ai la chair de poule. Je me sens comme un drogué en manque, couché sur le divan à transpirer, les murs qui ont l'air de vouloir me sauter dessus. Je vomis le baloney et la seule chose que je suis capable de supporter, c'est la bière qui me reste. Une bière, et ça s'arrête là. À des fins médicales, pour m'aider à pousser plus loin mon pèlerinage vers la sobriété. Je suis pratiquement cassé de toute façon et Natasha va arriver demain. C'est le temps ou jamais de me prendre en main. Je vais certainement pas manquer ma chance cette fois-là. Certainement pas.

Mardi, ça va mieux. Le grand jour. Même si j'ai l'estomac à l'envers et que j'arrive toujours pas à manger, j'ai plus d'énergie. J'ai tellement hâte de voir Natasha. La place commence à avoir de l'allure. Je peux pas faire mieux avec le tapis. J'ai pris une couple de Valium. J'avais oublié que je les avais dans ma poche de coat. Je me sens moins sur les nerfs. On dirait que les Valium me font pas le même effet que d'habitude. Les tremblements ont l'air de vouloir se passer, les murs ont l'air de plus m'en vouloir. Ça, c'est bon signe. Je m'arrange pour aller au dépanneur chercher du lait, du pain et des Rolaids. Ils vendent pas de pain de blé entier, mais s'ils en avaient eu, j'en aurais acheté. Je l'aurais fait.

De toute façon, c'est un début.

J'ai essayé de joindre Natasha hier soir pour lui dire que j'étais rentré à la maison sain et sauf. Elle était pas là. Je suppose qu'elle était partie faire ses adieux à tout le monde ou qu'elle était allée chez *l'autre-là* une dernière fois. Je sais pas. Je sais pas plus comment je dois prendre ça. Je veux juste lui pardonner là et passer à autre chose. Essayer de voir ça de son point de vue à elle. Faut que je trouve le moyen de faire la paix avec moi-même avant qu'elle revienne. Mais c'est pas aussi facile que ça en a l'air. Cet après-midi, juste avant de rentrer dans la douche, j'ai écrasé ma cigarette sur le dos de ma main droite.

J'ai essayé de la joindre toute la soirée. C'était toujours occupé et quand j'ai finalement réussi à avoir la ligne, Gertie m'a dit qu'elle était sortie. Je lui ai demandé à quelle heure le vol de Natasha allait atterrir, elle avait pas l'air d'être au courant de rien. Elle pensait que Natasha était restée à coucher chez des amis. Chez un ami.

J'ai dit à Gertie que j'étais désolé pour mes récentes frasques histrioniques, mais elle voulait que je sache qu'elle avait autant de sympathie pour moi en ce moment qu'elle en avait eue l'autre fois.

Je lui en veux pas. C'est pas grave de toute façon. Elle m'a dit qu'aussitôt qu'elle verrait Natasha, elle allait lui dire de me rappeler.

J'essaie de lire un peu, mais j'arrive pas à me concentrer, mes pensées fuient dans tous les sens. Je fouille dans la pharmacie et je finis par trouver une demi-bouteille de Demerol que j'avais achetée à la sortie du Hatchet, une couple de mois passés. J'en avale une couple pour m'empêcher d'angoisser. Une autre pour la chance. La nuit s'installe peu à peu. Je fixe le téléphone. Je fais les cent pas. Imagine, un beau jeune dans mon genre en train de faire les cent pas à cause d'une petite jeune.

Je vois de moins en moins clair à cause des pilules.

J'ai la peau du visage qui démange, je commence à me gratter.

Je me mords la lèvre inférieure jusqu'à ce que je goûte le sang.

Remerciements

L'auteur aimerait remercier les organismes ou groupes suivants : le Conseil des arts de Terre-Neuve et du Labrador, le Resource Centre for the Arts, le jury du St. John City Arts, l'ACTRA, l'Artistic Fraud of Newfoundland, le Writers' Alliance de Terre-Neuve et du Labrador, Newfound Films, NIFCO, les productions Kickham East, FilmPro, la télévision et la radio de CBC, la Newfoundland and Labrador Arts and Letters Association et Creative Book Publishing.

Les amis et complices, passés et actuels :

Gina Anderson, Chris Barlow, Arnold et Nancy Bennett, les houligans de Cap-Breton, Renee Boland, Tommy Boland, Shaun Bradley, John et Nikki Christian, Jennifer Clouter, Steve Cochrane, Stephen Condon, Michael Crummey, Damienne Cryderman, Mary Dalton, Ramona Dearing, Glen Downey, John W. Doyle, Michelle Cable-Foot, Ray Guy, Debbie Hanlon, Jonny Harris, Kevin Hehir, June Hiscock, Amy House, Declan Hughes, Connie Hynes, Lily Hynes, Lois Hynes, Michael Hynes, Mom Hynes et Granda, Vicky Hynes et toute la gang du *A Feast of Cohen*, Andy Jones, Bruce Jordan, Karen Kane, Nicole Kane, Bride Kavanagh, Susan

Kent, Dwayne LaFitte, Ruth Lawrence, Kevin Lewis, Emir Mahic, Lisa Moore, Roger Maunder, Stephanie McKenzie, Fionnuala McMahon, Heather Mills, Barry Newhook, Cyril O'Keefe, Lorraine O'Neill, Marnie Parsons, Rhonda Pelly, Helen Peters, Anna Petras, Dave Picco, Liz Pickard, Angela Pitcher, Emily Pittman, Margie Pryde, Holly Reddy, Dawn Roche, Gordon Rodgers (mon éditeur sans pitié), Paul Rowe, Dennis Saunders, Don Sedgwick, Bernie Stapleton, Alana Steel, Edith Steffler, Madame Gertie Sullivan, Helen Sullivan, Joan Sullivan, les Traynors de Clontarf, Bob Tucker, Iris Tupholme, Agnes Walsh, Des Walsh, Mary Walsh, Anne Whelan, Jon Whelan, Lee White, Leoance White, Michael Winter.

Si jamais j'ai oublié quelqu'un, dites-le-moi.

Un merci tout spécial pour leur tolérance, leur compassion, l'inspiration qu'ils ont suscitée et leur compréhension à :

Frank Barry, Lois Brown, Gus Donovan, Dyane Gyesdol, Blair Harvey, Dolores et Gary Hynes, Ron Hynes, Adrianna Maggs, Justin Simms, Sheila Sullivan.

Table des matières

Achevé d'imprimer au Canada
en septembre deux mille six
sur les presses de l'imprimerie Lebonfon inc.
Val-d'Or (Québec)